EL MONSEÑOR DE LAS HISTORIAS

OTROS TÍTULOS PUBLICADOS

En español:
Definiendo el Color
El Monseñor de las Historias
El Generalísimo
El Sacerdote Inglés
El Regreso del Al Ándalus
Memoria de la Sombra
Secreto laberinto del amor
Inminente ataque
Misión en La Habana
La chica del Fort Greene Park
de Brooklyn (J.J.)
Un destino llamado New York

En inglés:
The Oath (J.J. Kovacick)

CARLOS AGRAMONTE

Durante más de 25 años se dedicó a la enseñanza universitaria, juntamente con su vocación de escritor; que ahora ejerce a tiempo completo.

Desde hace años se ha consagrado a escribir novelas que narran nuestro tiempo y que siempre esperan sus fieles lectores.

Vive en una tranquila ciudad del valle de Delaware, en la costa este de los Estados Unidos.

Sus novelas se publican en español e inglés.

cagramonteusa@gmail.com

CARLOS AGRAMONTE

EL MONSEÑOR DE LAS HISTORIAS

Número de Control de la Biblioteca del Congreso de EE. UU.:   2021902634
ISBN: Tapa Blanda   978-1-5065-3618-7
             Libro Electrónico   978-1-5065-3619-4

Información de la imprenta disponible en la última página.

Fecha de revisión: 10/02/2021

Para realizar pedidos de este libro, contacte con:
Palibrio
1663 Liberty Drive, Suite 200
Bloomington, IN 47403
Gratis desde EE. UU. al 877.407.5847
Gratis desde México al 01.800.288.2243
Gratis desde España al 900.866.949
Desde otro país al +1.812.671.9757
Fax: 01.812.355.1576
ventas@palibrio.com
826157

Al monseñor Santiago Alonso

PRIMERA PARTE

CAPITULO I

El viaje había sido muy largo y pesado. Desde la llegada al aeropuerto de Barajas, en Madrid, capital de España, la travesía para llegar al Aeropuerto de Las Américas, de la ciudad de Santo Domingo, el reloj consumió 18 horas. El avión se había retrasado varias horas. Ahora estaban sentados en dos rústicos asientos en el recibidor de la casa de retiro de sacerdotes ancianos, ubicada en las afueras de la Ciudad Primada de América.

Juan Javier Salazar y Pedro Pablo Zambrano llegaban desde España, su tierra natal, a vivir la experiencia de la vida en una comunidad normal, antes de ordenarse como sacerdotes de la Iglesia Católica. Habían sido remitidos donde el monseñor Santiago Alonzo para que probaran su vocación religiosa, además de que existía una duda en los rectores del Seminario Mayor sobre la fe de los estudiantes de religión. A pesar de haber aprobado todas las asignaturas para optar por la consagración como sacerdotes, el principal guía espiritual de los jóvenes no había dado su veredicto sobre la fuerza de la fe de los seminaristas.

En virtud de lo que ocurría, la Orden decidió enviarlos a las orientaciones del anciano sacerdote que dirigía el hogar de ancianos eclesiásticos. El monseñor Alonzo había sido, durante mucho tiempo,

1

el principal guía de los seminaristas de la Orden; pero, estaba en retiro y sólo en casos muy especiales y de difícil solución, le enviaban, de cualquier parte del mundo, los seminaristas con los problemas de fe.

Los dos jóvenes seminaristas habían aprobado todas las asignaturas para ser ordenado como sacerdotes, pero no habían probado que creían, verdaderamente en Dios. Su consejero espiritual tenía algunas dudas sobre la fe de los estudiantes de religión. Hizo un informe negativo que impedía que fueran ordenados.

Habían logrado una dispensa para probar su fe y su vocación antes de ser aceptados para realizar los votos sacerdotales. Eran dos jóvenes seminaristas de la Orden de los Predicadores, también llamada "Dominicos". La dispensa debía ser dirigida por el anciano sacerdote, responsable de la casa de retiro, a la que habían llegado.

Los jóvenes seminaristas, después de una hora de espera, sintieron que la puerta que comunicaba con el interior de la casa se abría. Se miraron. Un silencio invadía el lugar. No había nadie de la comunidad religiosa en la sala. La puerta se abrió y un anciano sacerdote vestido con sotana negra apareció, ofreciéndoles la bienvenida al hogar de retiro.

— Soy el monseñor Santiago Alonzo —saludó el sacerdote, mientras ofrecía un apretón de manos—. Deben estar muy cansados. Estos viajes desde España hasta Santo Domingo son muy agotadores; pero ustedes son muy jóvenes y seguro lo han soportado con entusiasmo.

— Pedro Pablo Zambrano, para servirle, monseñor —se presentó, al momento de levantarse y besar el anillo del anciano sacerdote.

— Yo soy el seminarista Juan Javier Salazar. Monseñor, es un honor compartir con usted. En el Seminario Mayor de España me han hablado maravillas de su labor.

El monseñor Santiago Alonzo era un sacerdote de 85 años y 60 años en el servicio religioso. Desde muy joven, como sacerdote, fue enviado en misión al Caribe y se quedó como misionero en la República Dominicana. De seis pies de estatura y de color blanco; de cabello y barba copiosos, además de tenerlo totalmente blanqueados. De caminar lento y de cuerpo un poco encorvado. Sus ojos inquisidores eran de color azul, y en su piel parecía que las venas eran transparentes. Su mirada era piadosa e inquisidora.

Cada cierto tiempo, la congregación de los misioneros, les enviaban a los alumnos más difíciles del Seminario Mayor de España. Había tenido éxito con algunos, pero no con todos. Descubrir la verdadera vocación del hombre es una de las tareas más difíciles. Desde hacía dos semanas esperaba a los dos seminaristas. Todo indicaba que habían desertado de la Orden. Pero estaban allí. Estaban los dos señalados para ser conducidos por el camino que disponía el Señor para los dos jóvenes.

El anciano sacerdote se sentó en una butaca, frente a frente a los dos recién llegados. Sus ojos, de muchos años vividos, contemplaron a los aspirantes a ser religiosos, con inquietud. Sus aspectos eran más de bailarines de teatro que de estudiantes de la fe. Frunció el ceño.

— Me imagino —expresó el monseñor Santiago Alonzo—, que ustedes saben la razón por qué están aquí, en este lugar. El Seminario Mayor me envía a los seminaristas que se sienten que no han probado que su vocación es la de ser religiosos y que tienen dificultades con la fe. Yo no soy quien los va a hacer religiosos a ustedes. Son ustedes quienes encontrarán su vocación. Sólo quiero que ustedes me vean como su consejero; nunca como confesor. No seré quien les ponga penitencia por sus acciones. No estoy aquí para juzgarlos ni para castigarlos. Estoy aquí frente a ustedes para buscar el camino que el Señor ha dispuesto para cada uno de ustedes. Dios dispone la razón de cada vida. A unos nos indica la vocación religiosa, y a otros, les indica otras vocaciones. Lo importante es encontrar la razón de cada vida creada por el Señor.

Los seminaristas guardaban silencio. Las palabras del anciano sacerdote los sobrecogía. Algunas de las cosas que decía, ellos no las entendían. Los dos amigos se miraron y siguieron guardando silencio. En su interior sentían que estaban frente a un sacerdote de gran sabiduría.

—En el día de hoy —continuó hablando el sacerdote—, solamente yo hablaré. Ustedes tendrán mucho tiempo para conversar y para preguntar todo lo que quieran. Serán asignados a dos parroquias para que puedan servir de ayuda y tendrán mucho tiempo libre para que disfruten de la belleza y de la música del Caribe. Aun cuando ésta es una casa de retiro y ustedes deberán seguir con todas las reglas de la misión, no tendrán ninguna exigencia de comportamiento cuando salgan de los muros de nuestra casa. Todo lo que su corazón les diga que deban hacer, háganlo. Sólo lo que le dicta su conciencia.

Pueden tomar sus cosas para que se acomoden en las habitaciones que ocuparán. Uno de mis ayudantes los llevará —ordenó.

El monseñor Alonzo observó a los seminaristas cuando levantaban sus pesados equipajes y cómo, con mucha dificultad, trasladaban las maletas hasta el lugar que les señalaba el ayudante del monseñor. <<Estos jóvenes tienen demasiadas cosas que cargar para, también poder cargar con la obra del Señor>>, pensó para sí, tristemente. Ésta parecía una labor fallida.

CAPITULO II

El desayuno había terminado y los dos seminaristas caminaban, uno a cada lado del fraile, por el espeso bosque que rodeaba la residencia de retiro, en compañía del sacerdote designado. El monseñor Santiago Alonzo caminaba en silencio. Los dos jóvenes estudiantes religiosos caminaban a cada lado del sacerdote. El viento movía las hojas de los árboles con suavidad. Los rostros de los caminantes eran acariciados por una brisa fresca que cruzaba por el bosque que hacía danzar los árboles.

— Monseñor, ¿por qué lo llaman el Monseñor de las historias? —preguntó Juan Javier, a quien también lo llamaban JJ. El anciano de largas barbas de nieve que le cubrían casi todo el rostro, siguió caminando en silencio. Después de un pequeño tramo del camino, expresó:

— Mis queridos amigos, ustedes deberán conocer todo por ustedes mismos; nunca por mí. El método que uso para guiar a mis alumnos a que encuentren su razón de vida, es un método simple. Deben aprender a leer la vida. Uso el mismo método que usó Jesús cuando estuvo entre nosotros. El Maestro nos enseñó a entender, para que nosotros pudiéramos aprender a amar la vida. Si nos explican la vida, en cada caso de ella, nunca la entenderemos, y, por lo tanto, nunca encontrarás tu razón de vida y la misión para la que has venido al mundo. El hombre sólo logrará su felicidad plena cuando conozca la creación de Dios, que es la naturaleza.

— ¿Qué tiene que ver eso con que le llamen el Monseñor de las historias? —preguntó, de nuevo, con imprudencia Juan Javier.

Pedro Pablo, a quien llamaban también PP, seguía la conversación en silencio.

El sacerdote siguió caminando por el estrecho sendero cubierto por las sombras de grandes árboles. La brisa fresca de la mañana cruzaba, juguetona, por el lugar.

— Te pido que no tengas prisa en el conocimiento. Todo se debe saber; pero todo tiene su tiempo para ser conocido. Las cosas de la vida tienen una velocidad y tú debes conocer la velocidad de las cosas para que puedas tomarlas para provecho. No te desesperes, todo lo sabrás. En el lugar donde estamos, sólo puedo mostrarte los árboles que están en esta parte del camino. Los árboles que están más alejados o aquellos que hemos dejado atrás, no puedo mostrártelos. Espera llegar a cada lugar y, entonces, pregunta por las cosas de ese lugar.

El método utilizado para hacer que los seminaristas conozcan su verdadera vocación es muy sencillo y fácil. No requiere de grandes conferencias ni de estudiar grandes libros.

Ustedes saben que sólo pueden permanecer en el hogar de retiro una semana —expresó, el anciano, dándole un giro diferente a la conversación—. Esa semana debe ser suficiente para que puedan encontrar un apartamento o una pequeña casa donde deberán vivir. Nosotros no queremos que ustedes tengan la vida religiosa en la ciudad de Santo Domingo. Sólo queremos que ustedes encuentren el mundo al cual le van a servir.

Cada vez que ustedes vengan a verme, tendremos una conversación como ésta, y, al final, yo les entregaré una historia como lectura para su meditación. Esa meditación no tiene que compartirla conmigo. Solo tendrán que leerla y entrar en un proceso de meditación de todo lo leído. ¿Por qué las historias? Es la pregunta que todos me hacen. El tiempo para que ustedes tomen la mayor decisión de sus vidas es muy corto. Ustedes son jóvenes y no han vivido todas las experiencias que se requieren para tomar la mejor decisión. Las historias suplirán esa deficiencia.

— ¿Monseñor, no es demasiada libertad la que nos ofrece? ¿No nos está usted enviando al mundo perdido en el vicio y la corrupción? —cuestionó Pedro Pablo, mientras observaba las manos venosas del sacerdote y saliendo del largo silencio.

El sacerdote siguió caminando. Cada vez que los seminaristas le preguntaban algo, él guardaba silencio y caminaba un tramo del sendero. Parecía que las preguntas eran hechas para que guardara silencio. Las preguntas pueden hacerse rápidamente; pero las contestaciones necesitan de ser pensadas. El sacerdote necesitaba meditar cada contestación que hacía, porque los jóvenes podían confundirse, y él estaba allí para que los jóvenes tuvieran la verdad con claridad.

— El mundo que ustedes compartirán es el que está ahí afuera. Si el sacerdote no es capaz de convivir con lo peor, entonces, no será capaz de vivir su fe. El propio Jesús vino a compartir con los hombres llenos de pecados. Su misión era la de llevar el mensaje al mundo perdido. La misión de un sacerdote es la de llevar el mensaje de Jesús al mundo perdido.

Cuando el Señor estuvo entre nosotros utilizó pequeñas historias para mostrarnos la verdad —continuó hablando el anciano religioso—. En cada parábola que nos mostró el Maestro estaba llena de sabiduría. Pero Jesús sabía que no debía decirnos las cosas con las explicaciones, porque el Creador nos había hecho inteligentes y con libre albedrío. Vosotros conoceréis el mensaje de la verdad y caminareis por el pecado. Tenéis la libertad de tomar uno de los dos caminos. Cada hombre tiene que elegir el camino que desea seguir para su bien, ya sea religioso o no religioso. El camino elegido define la vida que tendrá.

— ¿Las historias tienen una explicación final para nosotros conocer la verdad de los que nos quieren decir? —preguntó PP, mientras se secaba una gota de sudor que rodaba por su blanco rostro. Su cabello negro era levantado por el viento que pasaba.

— Ninguna de las historias tienen explicaciones, más allá de su propia lectura. Cada lectura les proveerá una enseñanza que ustedes tendrán que buscar en sí. Toda la verdad está en ustedes; las historias sólo les darán el punto de partida para llegar hasta ella. Todas las personas pueden encontrar la verdad de la vida. Sucede que la mayoría de las personas no buscan la verdad de sus vidas en la meditación de la lectura que les da la naturaleza cada día.

Vosotros debéis buscar su razón de vida, viviendo en el seno del mundo que van a compartir. Los que se esconden del mundo, por creer que tienen la verdad, son los más equivocados. La verdad no está en el mundo; está en ti, si eres capaz de encontrarla. No les temáis al mundo. Cuando un hombre le teme al mundo, el mismo mundo le devora; mientras que cuando un hombre enfrenta al mundo, es el mundo que te abre las puertas para que construya el nido de tu vida. Si los provoca la tentación de la carne, no temáis; es la tentación de la vida; todo sacerdote tendrá que vivir con esa tentación a cuesta. La pureza no está en haber expulsado la tentación; no, la pureza está en dominar la tentación siempre. El pecado es parte del hombre. El hombre sin pecado no existe. Jesús estuvo entre nosotros para mostrarnos lo que hay que padecer para limpiar al hombre del pecado.

Los jóvenes seminaristas caminaban tan despacio como el anciano sacerdote. Guardaban un silencio respetuoso. En sus nuevos mundos se debatían las ideas del orientador. Algunas cosas entendían; pero otras no le encontraban la razón. Estaban desconcertados.

Juan Javier pensaba que el Monseñor estaba viviendo el mundo del pasado. El mundo de hoy estaba muy lejos de lo que planteaba. Un sacerdote hoy no necesita de tanta sabiduría y tantas enseñanzas. Estamos en la era de la alta tecnología y de la ciencia súper desarrollada. Esas enseñanzas eran cosas del pasado, estaban añejas y fueras de tiempo.

— Vosotros pensáis que lo que les estoy diciendo es un asunto fuera de tiempo y que yo estoy muy desfasado —expresó el padre Santiago, sorprendiendo al pensamiento de Juan Javier.

—¿Cómo supo que estaba pensando en eso? —preguntó Juan Javier, con rostro desconcertado.

El anciano siguió caminando y no miró el rostro del seminarista que le había hecho la pregunta. Guardó un breve silencio hasta alcanzar una pequeña curva del camino. El sol comenzó a encumbrarse en el firmamento. El viejo se mostraba un poco cansado. La caminata estaba llegando a su fin.

— Los viejos conocen el comportamiento de las cosas porque las han visto producirse muchas veces en sus vidas. Eres igual que todos los seminaristas y pensarás, igual que todos los seminaristas en las cosas triviales. No me crean sabio. Todos los hombres son sabios. Sólo tienen que vivir leyendo la naturaleza con placer. Los viejos son la memoria de la humanidad. Nunca permitan llegar a la vejez sin ser parte de la memoria de la humanidad, porque, entonces, no habrá valido de nada vivir.

Voy a quedarme un rato solo para mi meditación diaria; por favor, sigan el camino y nos veremos en la tarde, después de la oración —ordenó el consejero religioso, al momento de entregarle las dos primeras historias, que la había extraído del interior de la sotana.

Los dos seminaristas continuaron caminando, mientras el viejo sacerdote se sentaba debajo de una frondosa mata de mango. Ellos tenían que ir a buscar a otro religioso que los ayudaría a buscar una casa donde vivir en la ciudad. Pero ahora no podían hacer otra cosa que guardar silencio. <<Ese viejo sabio nos conoce hasta el pensamiento>>, pensaron al alejarse.

Historia para Juan Javier Zambrano.

HISTORIA NO. 1

UN NUEVO NOMBRE

La camioneta había entrado en una zona de la vía donde los hoyos hacían saltar a los ocupantes de la máquina de transporte. Las dificultades del camino auguraban una tardanza mayor para llegar al lugar de destino. El paisaje bucólico era extraordinario, pero el rap que bailaba el vehículo no permitía, a los ocupantes, disfrutar del paisaje. Caona y Felipe habían salido de la ciudad de San Cristóbal de las Casas y se dirigían al lugar donde estaba establecida la tribu de indígenas, donde ella había nacido hacía treinta años.

Caona, una mujer con las facciones del rostro propio de los indígenas mexicanos, y Felipe, oriundo de la isla de Santo Domingo, se dirigían a visitar a los familiares de la mujer de origen indígena. Caona y Felipe se habían conocido realizando trabajos con los campesinos mexicanos, a partir de un proyecto de las Naciones Unidas y, en poco tiempo, lograron conciliar sus vidas y convertirse en novios. Tenían programado casarse el próximo mes, pero Caona necesitaba el permiso de sus padres para contraer nupcias.

La tribu, de donde era oriunda Caona, no permitía el casamiento de sus miembros con hombres blancos. Sólo había sucedido una vez que un hombre blanco se casara con una mujer de la tribu, y ese hecho fue una desgracia para la familia de la mujer. Caona sabía lo que le esperaba; pero tenía que enfrentarse a la cultura de su familia, para poder tener a Felipe de marido y poder conservar a su familia. Ella era la única mujer de los hijos de sus padres y sería una gran deshonra que sus padres se quedaran sin ninguna hija. Pero no tenía otra alternativa que enfrentarse a los ancianos de su tribu para que le permitieran casarse con el hombre que había conocido en la espesura del bosque, pero que venía de una isla lejana.

— No estés tan preocupada. Todos entenderán la situación. Hasta en las tribus más atrasadas han cambiado algunos hábitos culturales. Tú saliste de la tribu para poderle llevar luz y conocimiento a ellos, y ellos deberán entender el nuevo rol de tu vida. Los tiempos han cambiado, y, no es solamente en la civilización de los blancos, sino en todas las civilizaciones del mundo. Cuando lleguemos, verás que no estoy equivocado —comentó Felipe, con las manos adheridas al volante de la camioneta, tratando de que no se le resbalara y fuera a caer al fondo del precipicio que lo cercaba por el lado derecho.

—Tú hablas así, porque no conoces a mi gente. Ellos son muy cabezas duras y, por más que yo les he explicado las cosas de la nueva civilización, no han cambiado nada de sus antiguas creencias. La sorpresa será para ti, no para mí —comentó la mujer enamorada—. La tradición de la tribu dice que para que un hombre blanco se case con una mujer de la tribu tiene que probar que le puede cambiar el nombre, y eso sí es difícil.

— ¿Cómo que le puede cambiar el nombre?

— Según la tradición, sólo las madres pueden ponerles el nombre a los hijos. Les está vedado a los papás ponerles nombres a los hijos. Cuando una madre está con los dolores del parto, es el único momento cuando un ser humano se comunica con Dios y, en el momento de parir, Dios le susurra al oído de la madre el nombre de la criatura. Dios hace eso, porque la madre es el ser que produce el amor más cercano al que Él nos tiene. Solamente la madre puede producir un amor parecido al amor de Dios. Para un hombre blanco casarse con una mujer de la tribu, debe

— ¡Has oído a tu madre! —bramó el padre, terminando la conversación.

Caona salió de la casa, y caminó lentamente por el solar, en compañía de Felipe. Le contó todo lo ocurrido. No podía creer lo que le estaba pasando. Sus padres se negaban a que ella fuera feliz. Felipe escuchó pacientemente las palabras traducidas de Caona. Él sabía que la lógica de un hombre de la selva era distinta a la de un hombre de civilización de la ciudad; pero sabía también que no podía pedirle a Caona que se marchara con él y que abandone su familia tribal, tampoco ella lo haría. Él la conocía muy bien y sabía que ella no ofendería la voluntad de sus padres.

La mañana llegó sin que Felipe pegara los ojos en toda la noche. Caona no pudo conciliar el sueño en ningún momento. La noche fue una agonía interminable. Felipe sabía que se tenía que marchar y que no volvería a ver a su adorada Caona. Había venido desde una isla tan lejana y ahora no podía lograr tener la mujer que amaba. Caminó lentamente hacia la camioneta que lo esperaba. Observó el paisaje montañoso. Caona caminaba junto a él y el grupo de vecinos observaban la partida del intruso que le quería quitar una de las mujeres de la tribu. ¡Porqué tendrían que cederles una mujer a los blancos, si los blancos no les ceden una mujer a los indígenas! Caona tomó la mano izquierda de Felipe y la apretó en señal de despedida.

El vehículo inició su marcha por el laberinto del camino y comenzó a dejar atrás el poblado indígena. Un escalofrío recorrió el cuerpo de Felipe. Siguió conduciendo por el maltrecho camino. El conductor sintió que una roca le impedía el camino y dio un giro hacia el lado contrario y el vehículo se precipitó por una barranca profunda y fue a dar al fondo.

El estruendo de la caída de la camioneta se escuchó en el poblado indígena y Caona corrió desesperadamente por el camino hasta encontrarse con la terrible realidad. El vehículo estaba en el fondo de un cañón y, segura estaba, que Felipe no estaba vivo. Caona corrió por la ladera hasta llegar a donde estaba la camioneta. Buscó a Felipe y lo observó atrapado entre los hierros retorcidos. Parecía que el golpe lo había matado al instante. Lo tomó por la cabeza y sintió que respiraba: no había muerto.

Posdata: La madre de Caona cedió cambiarle el nombre a su hija, y Felipe la llamó desde entonces: Pequeña Luna. Había probado su gran amor.

Historia para Pedro Pablo Salazar.

HISTORIA NO. 2

LA LLEGADA DE UNA LUZ

— ¡Por qué a mí, Dios mío! ¡Qué he hecho para merecer este castigo! ¿Por qué no me quitaste la vida? —gritó desesperada María Antonieta Martínez, cuando escuchó al doctor Andrés López certificar, después de leer los resultados de los exámenes realizados a su única hija, Esperanza Aurora. Su hija sufría del Síndrome de Down. Su hija, aferrada a su cuello, la miraba sin entender qué sucedía. La mujer lloraba, con llanto desesperado. No sabía qué hacer. Su hija seguía aferrada a su cuello. Era su hija y no podía abandonarla. La noticia era devastadora, y el médico la contemplaba con resignación. Sabía que tenía que dejar llorar a la mujer.

— ¿Qué voy a hacer, doctor? —preguntó, limpiándose el rostro de las abundantes lágrimas. El médico permaneció en silencio—. ¿Cómo se lo digo a mi marido? Después de tanto esfuerzo para tener una hija, me sucede esto. ¡Dios mío, ayúdame!

— Cálmese, señora María Antonieta. Su hija puede tener una vida casi normal —expresó el galeno, tratando de tranquilizar a la mujer que había entrado en un estado de descontrol. Los gritos de María Antonieta se escuchaban en todo el recinto hospitalario. El médico observó cómo la mujer sentaba a su hija en una de las butacas del dispensario. La niña seguía aferrado al cuello de la madre. Volvió a intentar dejar a la niña en la butaca; pero la niña seguía aferrada a la madre, sin saber lo que estaba ocurriendo.

— ¡Dios mío... Dios mío... Dios mío...! —exclamaba, la madre, en un estado de desesperación—. Dígame algo, doctor... dígame algo... ¿Qué voy a hacer?; dígame qué hacer —María Antonieta se había desplomado totalmente—. Usted tiene que estar equivocado; mi hija no tiene esa enfermedad. Usted no es competente —sentenció con amargura.

El galeno acomodó a la mujer en una camilla y la inyectó con un calmante para tranquilizarla. La pequeña hija seguía mirando, con sus ojos inocentes.

Poco tiempo después, la madre salía de la clínica privada, hacia su hogar. Ahora le tocaba enfrentar a su esposo, Joaquín Delgado, del resultado de las pruebas realizadas a su hija. El infierno apenas había comenzado; ya no tendría vida jamás. La vida se había ensañado en su contra. No sabía cómo resolver el problema. Estaba atada de pies y manos y la habían lanzado al océano.

Se desmontó del automóvil y colocando a su hija en los brazos caminó hasta el interior de su vivienda. Sus ojos, enrojecidos, no vieron cuando su marido, por detrás de la casa, se acercaba. El hombre abrazó con ternura a sus dos mujeres. Besó el rostro de su mujer y atrajo hacia su regazo a la pequeña Esperanza Aurora. La abrazó con un infinito cariño.

— ¡Venga para donde su Papi! —exclamó, abrazando a la pequeña hija—. Ésta es la princesa de su padre. ¿Qué té pasa, que tienes los ojos colorados? —preguntó observando a su esposa, aún con el efecto del calmante.

La mujer miró al padre tan embobado en las caricias de su hija, que guardó silencio.

— Hablaremos después de que descanse un poco —comentó la madre, escondiendo el rostro y dejando a su pequeña en los brazos de su padre.

Después de algunas horas, María Antonieta estaba tranquila y serena. Buscó a su esposo que estaba en la biblioteca de la casa. Su pequeña hija se había dormido. El hombre estudiaba algunos papeles de su profesión de abogado. Se sentó frente al escritorio en que trabajaba Joaquín Delgado. Respiró profundamente. Miró a su esposo con tristeza. Observó todo el espacio que ocupaba la amplia biblioteca hogareña. Durante muchos años habían luchado por conseguir un estatus económico holgado y ahora, sobre la riqueza obtenida, tenía que informarle a su marido que su única hija había nacido con el mal denominado "Síndrome de Down". Se acomodó y dejó pasar los minutos. No sabía cómo comenzar el diálogo. Sabía que sus vidas entraban en un laberinto que no sabían por dónde encontrar la salida mejor. Se levantó del asiento y expresó, en forma tajante y con rapidez.

— Nuestra hija sufre del Síndrome de Down. El médico me ha confirmado los resultados de los análisis.

El hombre paralizó la escritura que estaba haciendo y miró con incredulidad a su mujer.

— ¿Qué estás diciendo? —preguntó, un tanto desconcertado.

— Los resultados de los análisis a los que sometimos a la niña, dicen que ella sufre del Síndrome de Down — repitió la mujer.

— Eso no puede ser —reprochó el padre—. Iremos a donde otro médico para que le repita los análisis. Ese doctor debe estar equivocado. Mi hija no sufre de esa enfermedad. Ella podrá tener algunas deficiencias en el aprendizaje o en cualquier asunto de su desarrollo; pero no sufre de esa enfermedad.

María Antonieta comenzó a llorar. Joaquín la contemplaba totalmente confundido. La mujer seguía llorando y cuando pudo pronunciar algunas palabras, expresó:

— Lamentablemente es verdad. No sé qué vamos a hacer —dijo en voz poco audible, mientras se abrazaba a su esposo que, a pesar de su carácter, comenzó a verter lágrimas que recorrían por todo su rostro. Los esposos permanecieron un largo rato abrazados y llorando por la terrible situación. Estaban tan absortos en su problema que no escucharon los toques a la puerta. La trabajadora le traía la noticia de que la niña se había despertado. Se limpiaron las lágrimas que rodaban por sus caras, se arreglaron el pelo y María Antonieta salió en búsqueda de su hija. Al entrar a la habitación de la pequeña, un rostro alegre e inocente sonreía a la madre. << ¿Por qué? >>, se preguntó de nuevo. Su hija era tan bella y tierna que no parecía que estuviera enferma. Abrazó a su hija y le dejó que le cubriera el cuello con sus tiernos y blancos brazos. Permaneció un rato en silencio, abrazada a su hija.

Joaquín Delgado sumido en su desesperación llamó a un amigo médico. Aun cuando no era especialista de niños, debía conocer de la enfermedad que sufría su hija. El doctor Fernando Valdez llegó en pocos minutos a la casa de los Delgado. Joaquín y María Antonieta lo esperaban en la terraza de la casa. El galeno se acomodó en una confortable butaca.

— Un médico nos ha dado un diagnóstico de que nuestra hija sufre del Síndrome de Down —explicó Joaquín, dirigiéndose directamente hacia el recién llegado—. Enséñale los análisis al doctor, María Antonieta.

El galeno tomó los documentos y observó los resultados que habían arrojado los análisis.

— No hay dudas, la niña sufre del Síndrome de Down —confirmó—. Pero creo que el grado no es muy alto. Su hija podría llevar una vida casi normal.

— Explícame qué quiere decir, "casi normal" —exigió el padre.

— El Síndrome de Down no es una enfermedad; es una condición genética de origen cromosómica. La condición incluye niveles de retardo mental en el desarrollo. Las personas afectadas con esta condición genética se expresan con alteraciones de órganos y de algunas partes externas de su cuerpo. Aunque no es una enfermedad, las personas que tienen esta condición deben tener un cuidado médico especial. Esta condición genética fue identificada por el médico inglés, John L. Down, en el año 1886, y a él se debe el nombre. La situación de normal debe conocerse a partir de que los padres acepten y reconozcan de las deficiencias de sus hijos. Algunos, casi llevan una vida normal y, por lo que veo aquí, el caso de la niña es muy tratable.

— Doctor Valdez, ¿qué debemos hacer? —cuestionó la madre.

—Todo lo que deben hacer es aprender de la condición de la niña y, ayudarla a llevar una vida lo más normal posible; sin que esto implique no entender la situación.

I

Los esposos Delgado visitaron una escuela dedicada a educar a niños especiales. Un grupo de monjas educaba a los niños. Lograron una entrevista con la Madre Superiora para solicitar ayuda en el cuidado de la niña.

— Si ustedes vienen aquí porque su hija tiene problemas, se han equivocado de lugar. En esta escuela no se reciben a niños que tengan problemas. Todos los niños que están aquí vienen porque, como todos los niños, necesitan educarse. Nosotras somos bendecidas por el Señor porque nos ha permitido entrar en contacto con sus hijos preferidos. Los niños especiales son las personas preferidas por el Señor. Un niño con una condición de amor puro y de inocencia permanente es una gracia que Dios les da a algunas familias. La llegada de un niño o niña de condiciones especiales es la llegada de una luz a la familia y eso indica que Dios los ha elegido, porque ustedes son especiales para Dios. Dios ama tanto a los niños especiales que los envía a familias muy escogidas. En vez de estar tristes, ustedes deben dar gracias a Dios por ser escogidos por Él para hacer su obra más pura sobre la tierra; y deben estar alegres y felices de tener la gracia y la luz del Señor en su casa. Ustedes son escogidos por Dios, porque son capaces de brindar ternura toda la vida. Den gracias al Señor por el privilegio.

— Madre, no sabemos cómo cuidar a nuestra hija — comentó la esposa.

— Nadie sabe cuidar a los niños. Cuando se tienen los niños, las personas aprenden teniéndolos y cuidándolos. Nosotros sólo aceptamos a los niños que no tienen problemas; de hecho, los niños nunca tienen problemas, son los padres quienes tienen los problemas. Aunque ustedes no lo crean, con los padres tenemos más problemas que con los niños. Los niños son especiales y, por lo tanto, para estar con ellos hay que ser especial y tener un alma pura. Los niños especiales son los únicos seres que dan ternura pura toda la vida. Para ellos, el odio, el resentimiento, la malquerencia, la envidia, el rencor no existen y, por lo tanto, todo lo que pueden dar es amor y ternura. Cómo podemos sentirnos desgraciados por tener un hijo que sólo traiga ternura al mundo y a nuestras vidas. Si el hombre y la mujer no fueran pecadores como lo son, estoy seguro de que Dios le proveería de un niño o niña especial.

María Antonieta sintió un enorme alivio con las palabras de la Madre Superiora. No había pensado en ese ángulo de las cosas.

— Cuando quieran, pueden traer a la niña y con gusto la educaremos; aunque es ella la que nos educa a nosotros. Dios nos habla desde su sonrisa limpia y pura, nos habla desde su mirada transparente, nos toca con sus pequeñas manos tiernas y, nos hace puro con su amor.

II

Pasaron algunos años y Esperanza Aurora cumplía, ese próximo sábado, siete años. Los esposos Delgado salieron de tienda a comprar los juguetes, globos y otros elementos para celebrar el cumpleaños de su hija. Cuando llegaban a la casa, sintieron que algo raro estaba ocurriendo. El portón de la marquesina estaba abierto y notó que el guardián de la casa no había llegado. Joaquín buscó su pistola en la gaveta del vehículo. Activó el arma y caminó hacia el interior de la casa. Penetró de un salto y encontró a la muchacha del servicio amarrada a una silla, con la boca amordazada. La muchacha le hizo seña de que los ladrones se habían marchado. Liberó a la joven trabajadora.

— ¿Dónde está Esperanza Aurora? —gritó desde la puerta la madre, al momento de correr hasta la habitación de su hija.

— Se la llevaron, doña María —explicó, llorando, la jovencita trabajadora.

— ¿Adónde se la llevaron? —gritó con fuerza Joaquín.

— No sé adónde se la llevaron, pero dejaron un papel que está en la mesa de la cocina.

Joaquín buscó el papel dejado por los ladrones. Tomó sus lentes y leyó el mensaje de los delincuentes. Habían secuestrado a la niña y pedían una alta suma de dinero y que no le dieran parte a la Policía si querían ver a su hija viva. Informaban que llamarían por teléfono para realizar la operación. Le informó de situación a su esposa.

— ¡Pero esa niña es muy delicada y necesita ser cuidada con esmero, Dios mío! —exclamó, desesperada, la madre— ¿Qué vamos a hacer? — se preguntó entre sollozos.

— Voy a dar parte a la Policía. Esos malditos no se saldrán con la suya.

— No llames a la Policía; ellos dijeron que no quería que llamemos a las autoridades.

Joaquín llamó a un oficial del Ejército Nacional para que le auxiliara con el caso. Dos horas después, la familia tenía el dinero exigido por los secuestradores de la niña. Esperaron todo el día para que se comunicaran con la casa. El teléfono seguía en silencio. Pasó el día y no hubo ninguna noticia de Esperanza Aurora. Con el paso de las horas, y la niña sin el cuidado y las medicinas que tomaba, la situación se empeoraba. Se sabía que la niña podía sufrir un colapso y morir. La noche pasó, y los dos esposos no se apartaron del aparato telefónico. Llegó la mañana y nada ocurría. La desesperación invadió a María Antonieta y a Joaquín; su hija estaba en peligro de muerte y se sentían impotentes frente al peligro que cubría a la infante. No sabían qué hacer. Una niña especial en manos de secuestradores era una verdadera desgracia. Otra desgracia se había ensañado en contra de la familia Delgado.

Habían pasado dos días cuando sonó el teléfono. Un impacto de pánico se apoderó de Joaquín. Caminó hacia el aparato de comunicación y levantó el auricular.

— ¿Habla el señor Joaquín? —preguntó una voz de hombre del otro lado de la línea telefónica.

— Sí, habla Joaquín, ¿dónde tienen a mi hija?

— Queremos hacer el negocio hoy, para entregarle a su hija. Queremos que sea hoy, porque la niña se ha enfermado. ¿Usted tiene el dinero que pedimos?

— Sí, ya lo tengo. ¿Dónde puedo dárselo, para que me entreguen a mi hija?

— No se atrevan a llamar la Policía, porque, entonces, no volverá a ver a su hija.

— ¿En qué tiempo vuelve a llamar?

— Permanezca ahí, que le llamaremos muy pronto. Sabemos que no ha llamado a la Policía; pero, si se quiere pasar de listo, no volverá a ver a su hija.

El aparato se quedó sin comunicación. María Antonieta y la joven del servicio esperaban impacientemente para saber lo que le habían dicho a Joaquín.

— Ellos van a llamar para decir el lugar donde le entreguemos el dinero y nos entreguen a Esperanza Aurora —comentó, observando el rostro demacrado de su esposa. En esos cinco días había avejentado como veinte años—. Dicen que la niña se ha enfermado y que desean entregarla hoy.

— ¡Dios mío… Dios mío… cuídame mi angelito! —exclamó desesperada, mientras se sacudía las narices y se limpiaba el llanto que rodaba por sus mejillas.

— Sólo podemos esperar. No podemos hacer nada más. Nuestro amigo, al oficial del Ejército, no debemos llamarlo. Si él participa, es posible que pongamos en peligro a la niña. Es mejor que nosotros tratemos de rescatar a nuestra hija. Los secuestradores saben que nosotros no vamos a llamar a la Policía y, por lo tanto, ellos no le harán ningún daño; eso creo yo.

Dos horas después, los secuestradores se comunicaron con Joaquín y concertaron entregarle el dinero en la carretera que va a La Cuaba, después del Kilómetro 22 de la autopista Duarte. El lugar era desierto. A dos kilómetros no había ninguna vivienda. Joaquín y María Antonieta, con el dinero en una funda plástica, tomaron el rumbo señalado por los delincuentes. Una corazonada sentía la madre; su pequeña hija había muerto. El llanto seguía bajando por el rostro de la envejecida mujer. Joaquín, nervioso, manejaba la jeepeta Ford Explorer, con destino al lugar dispuesto por los secuestradores.

— Cuando los secuestradores dicen que la niña está enferma es porque le ha pasado algo malo —comentó entre sollozos la madre.

— Deja de decir cosas, mujer. Tienes que estar positiva —reprochó el marido. Joaquín sabía que su mujer tenía razón. Un secuestrador nunca dice que su víctima está en mal estado; sólo lo diría si ha muerto y quiere cobrar el dinero, entregando el cadáver. Una angustia se apoderó del hombre. Había perdido la esperanza de volver a ver a su pequeña y adorada hija, con vida.

Llegando al lugar señalado observó un carro que lo seguía. Se detuvo en el paseo de la carretera. El vehículo que lo seguía se parqueó en la parte delantera. Del vehículo se desmontó un hombre; otros dos se mantuvieron dentro.

— ¿Trajeron el dinero? —preguntó con autoridad un hombre fornido, de color negro y aspecto militar.

— Sí, lo tenemos aquí. ¿Dónde está la niña?

El hombre sacó una pistola de su cintura y apuntó a Joaquín.

— Deme el dinero. Su hija está a un kilómetro más adelante. Está en la orilla de la carretera.

Joaquín no podía hacer nada más que entregarle el dinero. Entregó el dinero e inmediatamente, los saltantes arrancaron a toda velocidad. Los esposos encendieron el vehículo y arrancaron. El automóvil caminó un kilómetro y medio y no apareció la niña. La desesperación se apoderó de los esposos. Se devolvieron y, al pasar por unos arbustos, observaron que algo se movía en un saco tirado en la cuneta de la carretera. Detuvieron la marcha y abrieron la boca del saco: ahí estaba Esperanza Aurora semiconsciente.

— ¡Dios mío, gracias por devolverme a mi angelito! —exclamó la madre levantando sus brazos al cielo y luego abrazando a su hija que, poco a poco, abría los ojos. Había llegado, de nuevo, la luz de su hija a sus vidas. La alegría, ahora inmensa, llenaba todo el ser de la madre al ver, de nuevo, su pequeña hija "perfecta".

CAPITULO III

Habían pasado dos semanas desde la llegada de los seminaristas de España. Ese sábado, el padre Santiago Alonzo esperaba a Juan Javier para su reunión semanal, en el hogar de retiro. El sacerdote vio caminar al joven estudiante hacia el lugar donde estaba sentado en el jardín de la casa. El semblante del recién llegado era de alegría. Sus cabellos brillantes y su vestir impecable lo mostraban más un hombre de mundo que un religioso. Sintió un sentimiento de disgusto, al verlo llegar con la facha que traía.

— ¡Buenos días, Monseñor! ¿Cómo se siente? —saludó al momento de inclinarse ante el anciano y estrecharle la mano derecha.

— Estoy muy bien. ¿Cómo te ha ido en tu nueva vivienda?

— No me puedo quejar. Es un apartamento muy cómodo y está en buen lugar de la ciudad. La parroquia de la Divina Providencia es muy buena congregación. El párroco me ha recibido con mucha alegría y he podido ayudarle en la celebración de la misa. Estoy yendo dos días a la semana a la iglesia —explicaba el seminarista mientras se sentaba en el mismo banco donde estaba el sacerdote.

El padre Santiago Alonzo guardó silencio. El aire fresco de la mañana le llenaba los pulmones. Respiró profundamente. Juan Javier lo observaba con cierto temor; también hizo silencio. Permanecieron un tiempo sin pronunciar palabras.

— ¿Qué estás haciendo en la parroquia? —preguntó el sacerdote, sin dejar la expresión de estar meditando.

— El párroco quiere que le ayude con la Pastoral Juvenil y que participe en el ceremonial de la misa, inclusive, dando la hostia. El grupo de jóvenes es muy dinámico. Celebran, con frecuencia, fiestas, conciertos, retiros y viajes turísticos. Creo que me la voy a pasar bien en el grupo. Hasta me están enseñando a bailar merengue —dijo delineando una amplia sonrisa. Parecía que se sentía a gusto en la ciudad primada de América.

— Debes entender tu misión. Estás aquí para conocer el mundo al que te vas a enfrentar cuando seas sacerdote. Conocerlo no es ser parte de él. Debemos conocer todo para saber cómo caminar. Nunca rechaces conocer algo; pero nunca hagas cosas que no conozcas como correctas. El problema del conocimiento es saberlo usar para el bien —aconsejó, tocando por el hombro con afecto.

JJ miró con ternura los ojos del viejo sacerdote. Sus ojos cansados parecían estar perdidos en su mundo interior. El cantar de los pájaros, que anidaban en las cumbres de los árboles interrumpía, de vez en cuando, la conversación.

— Monseñor, en la parroquia, hace algunos días entró una rana y fue todo un problema para encontrarla. Ningunos de los que trabajan en la parroquia querían entrar a sacar el animal. ¿Por qué Dios creó animales tan feos y que no le sirven para nada al hombre? —preguntó extrañado— Nunca he entendido la razón de la existencia de alimañas en la naturaleza. Como todo ha sido creado por Dios, estas alimañas, también, son obras del Creador. Los hombres somos la obra perfecta de la creación, ¿por qué, entonces, animales que desmeritan la obra de Dios? —comentó el joven aprendiz, buscando una explicación en el viejo monseñor.

El sacerdote guardó silencio. Permaneció un largo rato sin pronunciar palabras. Sonrió levemente. Sentía que había comenzado el proceso de la búsqueda de su propia razón: estaba preguntando la razón de las cosas, y ése era el mejor signo de que había iniciado el camino del conocimiento. Juan Javier no permanecía indiferente ante el drama de la naturaleza, sino que cuestionaba, el porqué. Sintió una alegría intima. Sus ojos brillaron como un sol. Su rostro mostraba satisfacción.

— Me alegro de que comiences por cuestionarme sobre las cosas de la naturaleza. Tú estás buscando explicaciones; por lo tanto, estás buscando lecturas. Eso indica que ha iniciado el proceso del aprendizaje. Si tu primera pregunta hubiese sido sobre la Biblia, estoy seguro de que no encontrarías la respuesta en mí; la Biblia se explica por sí. La naturaleza, en el drama que hace cada día, es la Biblia mayor que nos dejó el Padre. Si no aprendes a leer la naturaleza, nunca entenderás el mensaje divino. El mejor religioso es aquel que puede leer el teatro de la vida. Hoy te entregaré otra historia, para la meditación de estos días. Cuando salgas del recinto, te la entregarán en la salida. Nunca me preguntes el asunto de la historia y nunca lo discutas con otra persona. Las lecturas son para el cultivo de tu sabiduría. Algunas veces, en la primera vez que las leas, no las entenderás. No te preocupes, con el tiempo, el día menos pensado, te llegará el entendimiento y entonces, reconocerás la verdad. No te desesperes. Las cosas de mayor grandeza, algunas veces, toman su tiempo para producirse.

— Monseñor, ¿Cómo sabes cuál historia corresponde a cada momento? —preguntó con cierta candidez. El sacerdote dejó ver sus dientes con una amplia sonrisa.

— Yo estoy aquí, porque conocí la razón de mi vida, y el Señor me utiliza para mostrar la grandeza de su obra. Nada de lo que yo hago viene de mí, todo lo que yo hago viene del Creador. Todos los hombres, cuando conocen el sendero señalado de su vida, hacen la voluntad del Señor. Solamente los hombres extraviados en la vida, nunca saben la razón de por qué ocurren y para qué ocurren las cosas. No te desesperéis. Todo llegará a su debido tiempo. Cada historia te mostrará una parte del conocimiento que debes tener —afirmó acentuando la pronunciación del idioma.

— ¿No vamos a hablar de la fe y de la religión, Monseñor? Yo creía que usted nos iba a señalar los caminos que están previsto que caminemos en la vida. Usted es la persona de mayor formación en asuntos de la fe. Hemos sido enviados para que usted nos enseñe el camino del religioso —reprochó ingenuamente. Muchas de las cosas no eran entendidas por el seminarista. Creía que estaba frente a un jurado que lo juzgaba; pero estaba equivocado, porqué estaba frente a un hombre muy sabio.

El Anciano sacerdote hizo un silencio largo. El joven seminarista quería seguir el camino que él pensaba que debía seguir; no el camino que debía seguir. El camino que conduce hasta el lugar hacia donde nos dirigimos solo lo conocen los que han ido primero que nosotros. El seminarista se impacientaba. La paciencia debía ser cultivada en la vida del aspirante a religioso. La paciencia es en sí sabiduría.

— Conmigo no tendrás charlas de religión ni de fe. Para eso ustedes tuvieron mucho tiempo en el seminario. Aquí encontrarán la forma de entender la vida. La fe es sólo una parte de la vida. La fe no puede obstruir la vida. La fe debe dar vida. Tú tendrás una fe robusta cuando leas la inmensa Biblia que es la naturaleza.

El joven seminarista no entendía las palabras del sacerdote. Solo hizo silencio para seguir escuchando las palabras. Pero sabía que estaban dichas por la experiencia y por la sabiduría de un hombre de Dios.

— Al salir te entregarán la historia de esta semana. Espero que la sigas pasando bien — expresó el sacerdote, despidiéndose de Juan Javier.

JJ se despidió del anciano y caminó hacia la salida de la casa de retiro. Fue interceptado por un religioso que le entregó un sobre que le enviaba el padre Santiago. Salió del recinto y caminó por el sendero boscoso que conducía hasta la calle que lo llevaba hasta su casa. Abrió el sobre y leyó el título de la historia: "Una creación perfecta".

HISTORIA NO. 3

UNA CREACIÓN PERFECTA

Melissa Landolfi contemplaba, con evidente orgullo, las flores y la boscosidad de su espléndido jardín. Durante todo el año había cuidado, con esmero, las plantas de flores que ahora se expresaban en su máxima belleza. Respiró profundamente el aroma que expelían las rosas y demás flores. Estaba tan absorta en el maravilloso ambiente que no notó cuando una pequeña rana se colocaba muy cerca de uno de sus pies.

— ¡Una rana… una rana… una rana! —gritó desesperada Melissa, al ver la pequeña rana debajo de una de las matas de rosas de su jardín. La mujer saltó del lugar y corrió hacia la terraza de la amplia mansión. Su marido, Aníbal, salió al jardín, al escuchar los gritos de la mujer; la encontró casi en un estado de pánico. El pequeño animal, cubierto por las sombras de la mata de capullos, permanecía quieto.

— ¿Por qué me temen? —se escuchó decir a la rana, con su voz ronca y desafinada.

— Eres el animal más feo y sucio que he visto —comentó la mujer, mientras se escondía detrás del marido.

— Yo no soy feo; simplemente no soy como ustedes. Para los humanos sólo es bello aquello a lo que sus ojos se acostumbran a ver. Si no eres una criatura de su uso común, entonces eres feo —explicó la rana, mientras se acercaba hasta la pareja de esposos.

— ¡No te me acerques! —gritó la mujer—. Mata a ese animal tan repugnante, Aníbal —ordenó, mientras le entregaba un trozo de madera. El esposo permaneció quieto observando la escena.

— No tienes ninguna razón para temerme. Soy inofensiva y no le produzco daño a nadie. Mi función en la tierra es la de evitar que las plantas sean afectadas por insectos malignos. La razón de mi existencia es la de preservar el milagro divino de la creación. Todos los animales tienen que alimentarse de plantas o de otros animales que comen plantas y yo debo preservar las plantas limpias de infección. Este jardín tiene hermosas flores: rosas, orquídeas, trinitarias, cayenas, etc. y todo se debe al cuidado que tengo para que nazcan sanas y bellas.

— Pero yo nunca te había visto, hasta ahora en el jardín –comentó el marido, mientras acariciaba el cabello de su mujer, quien temblaba de miedo.

— Nunca me habías visto, porque el trabajo que me asignó el Creador no tiene vanidad. Mi misión es trabajar sin que se reconozca mi trabajo. Sólo el trabajo que no es reconocido es grande. Hago mi trabajo como lo hace Dios en cada ser vivo, que ellos no se percatan de todos los beneficios y bendiciones que Él le provee. Yo soy parte de la bendición de Dios para los hombres: trabajo toda la vida para que ustedes puedan disfrutar de la belleza de la vida.

— Creo que es mucha vanidad de tú parte considerarte parte de la bendición del Creador del Universo —comentó Aníbal.

— No puedo tener vanidad. Por la naturaleza de mi trabajo y por la estructura corporal, tan diferente al humano, no puedo ser vanidoso. Trabajo en la oscuridad de la noche, en la soledad del bosque y la razón de que ustedes no me acepten se debe a que he sido hecho por Dios para no ser reconocido por el hombre; porque el único reconocimiento que se me he dado recibir es el del Creador. Cuando un hombre es reconocido por los otros hombres es un acto de ofensa al Señor. Todo el bien y todo el talento de los hombres le vienen dado por Dios y, por lo tanto, al único que se le puede reconocer es al propio Dios, que no acepta reconocimiento; sino conversión.

— Tú no puedes ser una obra perfecta de Dios, como dices. Si fueras una obra perfecta de la creación, te hubiesen dotado de gran belleza, como lo hizo con el hombre.

— Dios hizo, para algunos de su creación, la tierra y el aire para que puedan vivir (ejemplo el hombre); para otros hizo las aguas, y ahí viven confinados y felices, otros hijos de su creación (ejemplo los peces); a mí me ha dado el don de poder vivir en toda su grandeza, su creación. Puedo estar en las aguas y en la tierra y respirar el aire. Porque él me ha dotado de tanta bendición, es que no necesito del reconocimiento del hombre. Tengo el don mayor de la creación y es el de reproducir, cada vez, la vida como el mismo Dios la hizo.

— Tú no puedes reproducir la vida como la hizo Dios en el inicio de los tiempos. El Señor creó al hombre a su semejanza, como su obra maestra en la faz de la tierra. Nadie sobre la tierra tiene mayor don para el Santísimo que el hombre que es hecho a su imagen y semejanza. El hombre fue donde encarnó Dios para venir a salvar la humanidad —expresó el marido, con orgullo y vanidad.

— Dios se encarnó en el hombre porque era el único de su creación que no hacía su voluntad y, por ser el más imperfecto, tenía que sacrificar a su hijo, lo más amado, para salvarlo de la maldición. Jesús vino para que los hombres puedan volverse a llamar hijos de Dios; ya habían perdido ese título con el creador.

— El hombre es el preferido de Dios —comentó, de nuevo, Aníbal—. Es el hombre quien levanta plegaria al Altísimo y es quien lo adora con mayor fe. Nadie sobre la tierra puede compararse con el hombre en su relación con Dios.

—Eso no es un don; eso es un castigo por las inconductas realizadas en la vida. Sólo el hombre, con su maldad, ha provocado que Dios sacrificara a su hijo. Ningún otro ser vivo sobre la tierra ha ofendido tan profundamente a Dios. Los hombres son los únicos seres vivos llenos de vanidad. Cada hombre y cada mujer cuando se mira al espejo se consideran el más bello y desprecia a todos los otros seres. Por eso es por lo que ustedes me observan como un animal feo. Ustedes sólo saben verse a sí mismos. Toda la belleza que existe es la que está en ustedes. Nadie tiene más belleza que cada persona. Y nadie cree que otra persona es más bella que sí mismo. Tu mujer no te cree tan bello como ella y tú te crees que eres mucho más bello que tu mujer. La verdad es que el hombre es tan imperfecto y feo que debe verse a sí mismo para poder vivir. Dios lo hizo feo como castigo a su vanidad.

— Tú quieres decir que eres más bello que nosotros —comentó la mujer con ironía, mientras se acomodaba, recogiéndose el cabello.

— Ningún ser viviente considera a otro de su especie como feo, y más; no considera a ningún otro ser viviente como feo, porque la expresión corporal es una obra divina y toda la obra divina es perfecta. Sólo los hombres no consideran la grandeza de Dios, en la creación, como perfecta, aun para ellos mismos.

La rana dio dos saltos hacia la pareja, que seguía parada con una madera en la mano en actitud agresiva. Los esposos permanecieron quietos, aun cuando sentían temor por aquel pequeño animal.

— Según todo lo que has dicho, tú eres una creación perfecta de Dios. Los hombres somos imperfectos —ironizó Aníbal.

— Una creación es perfecta cuando su trabajo en la vida es expresar la voluntad de Dios y hacer que su grandeza sea formulada con el mayor esplendor, sin recibir ningún reconocimiento por su labor. Todos los hombres que trabajen para expresar el bien para todos sin recibir recompensa son seres perfectos, sólo son imperfectos cuando la vanidad los envuelve en su manto de codicias. De toda la creación de Dios, el hombre es el más imperfecto, aun cuando tienen la belleza de ser una creación divina.

Una brisa fresca invadió todo el lugar y las flores expelieron sus olores y sus fragancias con esplendidez. El jardín, colectivamente, expresa la grandeza del creador. Aníbal y su esposa aspiraron con placer el aroma de las flores. Cerraron los ojos para sólo tener sentidos para el olor. La rana permanecía inmutable, esperando que los dos humanos despertaran del éxtasis.

— Todo el trabajo de cuidar las plantas es para que puedan brotar flores bellas y perfumadas. Los humanos se deleitan con el perfume, el color y la esplendidez de las flores; en cambio, nosotras, las ranas, no nos está dado el don del placer de disfrutar de esas maravillas. A nosotras no nos corresponde, como al mismo Dios, de disfrutar de la creación. No nos quejamos de eso, porque eso nos hace creación perfecta. Sólo nosotras somos a imagen y semejanza de Dios.

La mujer miró, por primera vez sin amenaza, a la pequeña rana. Se acomodó en una butaca del jardín y apretó las manos de su marido. El miedo no había desaparecido, del todo, de su rostro. El pedazo de madera permanecía en las manos del hombre, quien no había aceptado los argumentos de la pequeña rana.

Con pequeños saltos, el batracio, comenzó a alejarse del lugar y a internarse en el bosque de plantas ornamentales del jardín. La pareja de esposos permanecía sentada observando la marcha de la rana. En un momento, la rana, se detuvo y volteó su cuerpo, de nuevo, hacia los dos humanos. Los contempló con sus ojos llenos de vida.

— Cuando quieran ver el rostro de la belleza de Dios, cierren los ojos. Sólo cuando el hombre cierra los ojos todas las criaturas de la creación son bellas, incluyendo sus semejantes.

La rana caminó, de nuevo, con sus saltos danzarines y raperos. Los esposos, ya no contemplaban el hermoso jardín que estaba a su vista, sino a la grandeza de Dios, en la pequeña rana.

Juan Javier terminó de leer la historia y se sentó, un rato, a meditar. Tenía el resto del día para pensar en el mensaje de la historia. Recordó las palabras del sacerdote: "No creas entender el mensaje de la historia con una sola lectura". Dobló el papel y continuó su camino.

CAPITULO IV

El domingo había transcurrido en absoluta tranquilidad en el hogar de retiro de ancianos sacerdotes de la Orden de los Dominicos. Las últimas horas de la tarde pasaban, mientras Pedro Pablo conversaba coloquialmente con el padre Santiago Alonzo. Era la primera vez que venía al hogar, después de mudarse a vivir en un apartamento junto con Juan Javier. Había sido asignado a la parroquia de San Mauricio, de uno de los sectores de clase alta de la ciudad, en un lugar no muy lejano del hogar del fraile asignado a su conducción espiritual.

— Estoy extrañando a España —señaló el seminarista, mientras asomaba una mirada nostálgica a sus ojos—. Nunca me ocurrió cuando estaba en el seminario estudiando y ahora, después de mucho tiempo, me pasa esto. Tengo mucho deseo de ver a mi familia y a mis amigos. Creo que no estoy hecho para vivir lejos de mi tierra.

El sacerdote le miró con cierta pena. Hizo un silencio y entró en la profundidad de su pensamiento. Era muy joven para entender que la vida que había elegido le llevaría a todos los lados, menos a su casa. A partir de la ordenación no tendría casa ni patria. Su única patria era la iglesia. Las personas, sean sacerdotes o no, después que llegan a la edad adulta tienen que abandonar su casa materna. Los padres solo pueden tener los hijos para prepararlos para el día de la partida. Todos debemos partir de donde nacemos, e incluso, del mundo. Nadie debe sentir nostalgia por estar alejado de su casa materna. La nostalgia debe ser cuando no estemos en el lugar donde podamos realizar la razón de nuestras vidas.

— Es una sensación desagradable, pero, gracias a Dios, muy pasajera. En pocos días, llenarás tu vida con la dinámica del país donde estás viviendo y olvidarás a España —comentó el sacerdote de la Orden de los Predicadores—. ¿Cómo has estado tu vida, esta semana? Me imagino que has tratado de conocer la ciudad y sus lugares históricos. Eso te ayudará mucho en tu proceso de adaptación en estas lejanas tierras americanas.

— Monseñor, tengo que confesarme y quisiera que usted me confesara. Me siento en pecado —expresó Pedro Pablo, poniendo una cara de culpa.

El viejo sacerdote Dominico, lo miró extrañado. Estaba sorprendido por las palabras del seminarista. Su pensamiento se turbo por un instante.

— ¿Qué té pasa, hijo? —preguntó con dulzura el sacerdote, mientras le tocaba el hombro con ternura, tratando de hacerlo comprender que estaba en compañía de la precisa para el momento.

— Quiero confesarme, Monseñor —repitió el seminarista. Bajó el rostro para esconder la mirada. Se sentía impuro. En su interior se debatían contradicciones que no sabía la forma de conciliarla. Había sido afectado, no en sus costumbres de vida; sino en su conciencia. Algo malo estaba ocurriendo.

— Pero, ¿qué cosa tan grave has hecho? Yo no te puedo confesar. Si quieres una confesión, cualquiera de los sacerdotes que están en el hogar te la puede recibir. Yo no estoy aquí para confesarte; estoy aquí para conducirte a tu razón de vida. Si quieres comunicarte conmigo y decirme lo que te está pasando, lo escucharé y trataré de ayudarte. No soy tu confesor, porque no te puedo juzgar, sólo puedo conducir tu vida. Si quieres exorcizar algunas culpas, yo no soy el indicado.

El sacerdote contempló el rostro angustiado del seminarista. No había dudas, estaba cargado con un gran problema. Levantó la mirada y contempló la imagen de Cristo cargando una pesada cruz en camino al Gólgota e hizo una íntima oración. Guardó un silencio breve.

— Prefiero conversarlo con usted y luego confesarme —expresó el angustiado joven—. Nunca me había sucedido hasta que llegué a Santo Domingo. Me he sentido atraído por una de las jóvenes que trabajan en la pastoral juvenil, en la parroquia. He tratado de alejar los pensamientos de mi mente, pero no puedo. Será que soy muy débil o que no estoy preparado para compartir con la gente, aún —expresó mostrando un rostro angustiado. Estaba muy afectado.

El anciano permanecía en silencio, mientras el seminarista explicaba la agonía que estaba viviendo. Lo miró con la comprensión de un padre carnal. Le colocó un brazo por la espalda y le dio un par de palmadas, cariñosamente.

— No sé si podré continuar con mi misión. Solicitaré que me trasladen de parroquia. Tal vez alejándome del lugar logre calmar estos impulsos —continuó hablando el joven estudiante de religión—. Me siento miserable, Monseñor. Sólo tengo algunos días en Santo Domingo y ya me siento que no puedo continuar con mi misión.

El sacerdote permanecía en silencio. Sabía que era hora de dejarlo hablar. No había podido hablar su angustia con nadie y ahora llegaba la hora de desahogarse. Cuando una persona tiene un problema, el cual no se puede comunicar con facilidad, se debe dejar que hable, cuando ha elegido la persona para expresar su infierno. El seminarista entraba al mayor conflicto que puede sufrir un religioso, que era conciliar sus sentimientos.

El joven estudiante comenzó a llorar. El anciano no expresaba ninguna palabra. Sólo lo atrajo a su pecho y lo dejó derramarse en lágrimas. Tenía que dejarlo que sacara toda la angustia acumulada por el sufrimiento y sus contradicciones internas. Después de un rato, el joven se limpió el rostro y miró al fraile como quien mira al salvador, implorando ayuda.

— Mi querido Pedro Pablo, esa es la cruz más pesada del sacerdocio. No todos los hombres pueden cumplir la misión del Señor.

¿Te sientes enamorado? —preguntó mirando fijamente a los ojos del alumno. Tenía que posibilitar que expresara todo el desasosiego que arropaba su corazón.

— No lo sé, Monseñor. Sólo sé que su presencia me provoca una turbación y una felicidad desconocida. Esta es la primera vez que me sucede. Cuando estoy dando la hostia en la misa y me toca entregársela, me siento indigno de hacerlo. ¡Ayúdeme, Monseñor! — exclamó, al momento que, de nuevo, sus lágrimas volvían a rodar por sus mejillas—. Casi imploró un beso de su boca cuando le entrego el pan de la comunión en la Eucaristía.

El sacerdote guardó silencio, mientras el joven sollozaba. Dejó que el tiempo transcurriera. El tiempo era su aliado, en estas circunstancias. Después habló.

— Ha llegado el tiempo de conocer la dureza de la vida religiosa. Pero, también, conocerás la bendición y la felicidad de ser religioso. No te mortifiques por creerte indigno. Ser sacerdote es un camino que nos muestra el Señor para llevar su Palabra. Pero Él, también, les indica a los hombres otros caminos. Deja que el Señor obre en tu vida y estoy seguro de que te conducirá por el mejor camino. La presencia de esa jovencita en tu vida es parte del propósito de Dios. Tal vez tu destino es ser un hombre casado, o tal vez sea una prueba para fortalecerte en tu misión.

No abandones la parroquia, porque eso sería cobardía. Los hombres que aman al Señor no son cobardes. El que tiene fe no tiene a quien temerle. Si abandonas tu misión en el primer problema que se te presenta, entonces, no eres digno de ser un hijo de Dios, para llevar su palabra. Trata de superar ese sentimiento. Concéntrate en el trabajo pastoral que te han asignado y no desmayes en el propósito.

— Monseñor, yo no sé si podré con esta carga. Apenas tengo una semana y algunos días y ya estoy metido en un problema. ¿Usted cree que deba confesarme? —peguntó implorando una respuesta. Su interior se batía en contradicciones inconciliables.

— Confesarse, siempre es bueno. Si mis palabras no producen la descarga que te permitan seguir llevando la misión, entonces debes hacerlo. Recuerda que no eres sacerdote; que apenas estás en el camino. El impulso que te atrae a esa joven no es pecado, por lo que no creo que necesites de una penitencia. El amor siempre es bueno. El hombre debe amar y seguir el camino del amor. El hombre tendrá muchos amores y seguirá como misión de su vida el amor mayor.

— ¿Usted cree que debo seguir viéndola? —preguntó con cierta desesperación. Sus ojos enrojecidos y su rostro con una expresión de abatimiento, mostraban la difícil situación que estaba viviendo el seminarista.

—Realmente, ¿qué ha pasado entre ustedes? —preguntó inquieto el viejo sacerdote.

Pedro Pablo hizo un silencio culpable. Había llegado el final de su conversación. No podía seguir con la conversación. No se sentía con el valor de continuar con la conversación. Se avergonzaba. Su sufrimiento era muy grande. El monseñor Santiago Alonzo entendió el momento que vivía el joven estudiante de religión y le facilitó las cosas —cambiando el sentido de la conversación.

— Por último, Monseñor, ¿por qué los hombres no tienen más amigos con los cuales compartir las angustias? Es tan difícil tener amigos. Siento que la amistad no está abundando en estos tiempos.

Santiago Alonzo entendió las angustias del joven y se levantó para despedirlo. No contestó la pregunta. Tenía que permitirle que madure en su conflicto, para que pueda conseguir el verdadero camino que debía seguir su vida.

— En la salida te entregarán la historia para la meditación de esta semana —expresó al momento de despedirse. Lo miró caminar con sus ojos entristecido. Tenía que dejarlo ir con toda su carga de angustia para que cualifique su espíritu y llegue a su mejor destino. Por él mismo debía encontrar su auténtico camino que era su verdadero amor.

El estudiante de religión caminó hacia la salida. La noche comenzaba a posarse sobre la ciudad. Recogió el sobre que le entregaron en la salida. Lo abrió. Observó el título de la historia y lo cerró. Le extraño el título de la historia, "Deseando un Enemigo".

HISTORIA NO. 4

DESEANDO UN ENEMIGO

El día entró lleno de luz por la ventana de mi dormitorio. El sol, este sábado, estaba más cargado que de costumbre de energía. Me levanté de la cama y un extraño deseo me invadió: ¡Quería tener un enemigo! Nunca había tenido un deseo de tener un enemigo. Pero la realidad era que en el día de hoy quería tener un enemigo. Me bañé rápidamente y me vestí para salir a comprar un número en la lotería que tenía como premio, un enemigo.

Caminé tranquilamente por las calles, buscando un puesto de ventas de números de las loterías que operan en el país. Llegué hasta la ventanilla de una banca de apuesta y solicité un número:

— ¿Quiero un número de la lotería que sale premiado con un enemigo? —solicité diligentemente.

El vendedor de los números de la lotería, me miró extrañado. Parecía haber visto un bicho extraño. Creyó no haber escuchado y preguntó:

— ¿Qué es lo que usted quiere, señor?

— ¿Quiero un número de la lotería que tiene como premio a un enemigo? –respondí enojado.

El vendedor de números manipuló su computadora, para revisar las loterías. En el mundo existen muchos tipos de loterías.

—Señor; hoy es sábado y ya no me quedan números de la lotería en que se ganan enemigos. Esa lotería vende los números desde el lunes y, el mismo lunes, se agotan. Todos los números son comprados el mismo lunes, iniciando la semana. En esta semana, se han vendido todos los números del año entero. Los números de la lotería de ganar enemigos son comprados, a veces, por una sola persona, en la semana, porque no quiere perder la oportunidad de tener enemigos. Algunos hombres son abonados todo el año y durante toda su vida de los números de ganar enemigos. Tengo la impresión de que no les gustaría estar, después de sus muertes, en un lugar donde no exista lotería de ganar enemigos.

Entristecido por no encontrar la forma de jugar un número para ganarme un enemigo. Me retiré un momento de lugar. Pensé buscar otra lotería para jugar un número. Entre todas las loterías que había en el tablero de la banca, busqué otra donde jugar un número y obtener un premio. Hablé, de nuevo, con el vendedor de números de loterías y le solicité otro número de otra lotería.

— Véndeme un número de la lotería que sale premiado con un amigo —expresó.

Una alegría invadió todo mí ser. Había cambiado radicalmente mi actitud de aquel sábado en la mañana. Regresaba a la lógica natural de los seres humanos: ¡Tener amigos! Esperé que el vendedor revisara su computadora para asignarme un número para ganarme un amigo. Después de unos minutos, me dijo:

— Señor; la lotería, en los cuales los números salen premiados con un amigo, fue cerrada. Los propietarios de esa lotería se arruinaron porque no se vendían los números.

La lotería, donde los números salen premiados con amigos, fue clausurada y sus propietarios fracasaron en el negocio. No era negocio vender números para ganar amigos. Los hombres no tenían afición de obtener semanalmente a un amigo; todo lo contrario, su mayor ambición era la de obtener a un enemigo. Decidí regresar a mi casa. Había fracasado en ganarme a un enemigo y en ganarme a un amigo. Estaba devastado. Vivía un mundo donde la competencia era la enemistad.

La mañana seguía bañada por la luz del sol caribeño. Los árboles se balanceaban, celebrado el baile de la mañana y la razón de la vida de la naturaleza. Los vecinos escondidos en sus pensamientos no contestaban los saludos de las aves y del viento que los vestía de una frescura divina. Los automóviles cruzaban rápidamente hasta su destino; los automóviles no tienen destino. Pasé por las orillas de un arroyo que cantaba la canción de la mañana y felizmente llevaba su energía por las venas de la tierra hasta depositarla en el suelo fértil de los agricultores. Las primeras horas habían pasado y yo había fracasado en mi primera actividad del día.

Llegué hasta mi casa, entristecido: no había podido lograr jugar un número en la lotería. Al llegar me encontré que alguien estaba en el jardín y podaba las matas de rosas, trinitarias, cayenas y otras variedades existentes en el jardín. Con cuidado, aquel hombre limpiaba los troncos de las plantas y los arreglaba, de tal manera que pudieran volver a crecer con energía y gran belleza. Sus manos lograrían que, en la primavera, el jardín se llenara de las más hermosas flores. Caminé hasta el extraño que había entrado hasta el jardín de mi casa. Él sintió mis pasos y se volteó.

— ¡Hola, amigo! —me saludó con afecto y tendió sus manos embadurnada de suelo hasta mí. Miré sus manos llenas de tierra mojada y opté por no tocarlas. Él se quedó con su mano tendida esperando la mía. No tuve otra alternativa que estrechar su mano. Cuando solté su mano, busqué detectar el olor que me había dejado su mano sucia. Cuando aproximé mi mano para olerla, me encontré que el olor que tenía, era el olor de las rosas que estaba plantando. Ahora mis manos estaban perfumadas.

— ¡Hola, amigo! –contesté al jardinero que había venido de muy lejos a cultivar las plantas que embellecerían mi casa. Sus manos eran las responsables del nacimiento de las más bellas y variadas flores de mi jardín. Me miró y comentó:

— ¿No se siente bien, señor? El día está perfecto para preparar el jardín y estoy seguro de que la primavera será esplendorosa aquí en el jardín de su casa. Cuando un jardín está alegre es porque la naturaleza quiere que todos su miembros estén alegres. Me alegro de que viniera porque no tenía un amigo aquí para compartir el jardín.

Entonces supe que, para ganar amigos, no se requería de jugar ninguna lotería, ni caminar muy lejos, ni tener mucho dinero.

¡Para obtener amigos, solo hay que jugar un saludo por un saludo, en unas manos desnudas, que siempre tenemos a mano!

CAPITULO V

Juan Javier cruzó rápidamente el umbral del hogar de retiro de ancianos sacerdotes. Llegaba tarde a la cita con el padre Santiago Alonzo. Busco en los asientos del jardín, donde regularmente se sentaban a conversar; no vio al fraile que buscaba. Caminó hasta la oficina de información y no le supieron decir a donde se había ido el rector de la institución.

Se sentó en uno de los bancos del espeso jardín, que era más bien un bosque. Decidió esperar algún tiempo hasta que apareciera el anciano sacerdote. Por su lado pasaban, por el camino de tierra, realizando sus caminatas matinales otros internados del hogar. Contempló a los viejos, caminando dificultosamente por los senderos del pequeño bosque. <<Dios haría una buena obra enviándole la muerte a estos ancianos. Toda la misión, en la tierra, que el Señor les había asignado, ya la habían cumplido. Sólo les faltaba una muerte digna. Era una pena ver a los otrora fuertes misioneros, convertido en verdadera lástima. El Señor debía pagarle con una muerte buena a la gran obra que habían realizado>>, pensó, mientras se reflejaba una expresión de tristeza en su rostro.

Se levantó del asiento y comenzó a caminar. El paisaje era espléndido y bello. Los ancianos utilizaban sus escasas últimas fuerzas para mantener aquel lugar como un paraíso. La brisa matinal movía, tiernamente, las hojas de los árboles. Los pájaros se alimentaban en el juego propio de la naturaleza. Parecía que en aquel lugar el tiempo estaba detenido. El recinto era un oasis de paz. Siguió caminando en círculo para no perder de vista el lugar donde se encontraría con el servidor de Dios. Caminaba absorto en los pensamientos, cuando vio caerse a uno de los ancianos. Corrió hasta el lugar y tratando de levantarlo, supo que no podía. Corrió hasta la oficina de la dirección y, entonces, con un grupo de ancianos, lo levantaron y lo colocaron en una camilla, para llevarlo hasta el dispensario de salud.

El médico del hogar examinó al anciano sacerdote y determinó que estaba muerto. En poco más de una hora, el cadáver estaba en un simple féretro de madera desechable. JJ contempló la escena con tristeza. <<¡Cómo era posible que un servidor de Dios, de toda la vida, no sea merecedor de un ataúd de madera de primera calidad!>>, pensaba mientras observaba lo que sucedía. Un frío le invadió su interior. Había servido con dedicación suprema a la obra de Dios y sólo tenía como recompensa una simple caja de madera de pino.

Alrededor del cadáver, los sacerdotes rezaban una oración. Nadie estaba compungido. No se reflejaba el dolor por la partida del viejo servidor. Era como si se despidiera a un extraño. Sintió que no había valido la pena vivir para Dios. Ni siquiera un funeral de calidad le servían después de pasarse toda la vida de misionero.

El ataúd permanecía en la pequeña capilla del centro de reclutamiento de ancianos sacerdotes. Sólo se escuchaba las voces, en tono bajo y de recogimiento de los sacerdotes haciendo sus oraciones de imploración que escoltaban el féretro.

Juan Javier no entendía lo que estaba ocurriendo. El cuerpo es lo de menos valor del hombre. El alma es la razón de vida de un sacerdote. Si se glorifica y se enaltece un funeral, entonces, no ha valido la pena vivir para el Señor. La partida de un sacerdote no puede ser llorada por los demás sacerdotes, debido a que la partida era el objetivo de la vida en Cristo. No se puede llorar la partida a la presencia de Dios, porque, entonces, usted está renegando de su fe. Si vas a entrar a servirle a Dios, para qué tener reconocimientos materiales; entonces, no sabes lo que estás haciendo. A lo que debe temer un sacerdote es a no estar en la gracia de Dios. Toda la vida lucha para llegar a la presencia de Dios. La partida hacía el padre debe ser de inmensa alegría.

El grupo de sacerdotes colocó el féretro en una camilla y lo empezó a empujar en dirección al bosque que rodeaba el hogar de retiro. Juan Javier caminaba lentamente detrás del grupo de ancianos designados para el entierro. El silencio sólo era roto por el chillido de las ruedas de la camilla al desplazarse por el sendero de suelo arcilloso. La procesión seguía caminando lentamente por el camino cobijado por las ramas de los grandes árboles. Llegaron al lugar donde enterraban a los sacerdotes cuando murieran. El pequeño cementerio, perfectamente cuidado, estaba intacto. No había ninguna tumba abierta. JJ se extrañó de la situación. Permaneció en silencio. Apostaron la camilla a un lado, y dos de los más jóvenes, de los ancianos, comenzaron a cavar la tumba. Juan Javier intentó prestarle ayuda para cavar la tumba y los ancianos se negaron.

La labor del hogar debía ser realizada por los ancianos. Ninguna persona extraña al hogar debía participar en las labores propias de la casa. La misión de los ancianos, en esta etapa de sus vidas, era la de cuidar hasta enterrar a cada anciano. Era la misión que Dios les había dispuesto y ellos debían cumplirla. Si nunca, en su estado de juventud, quisieron ayuda para realizar la misión que el Señor le había asignado, entonces, ahora, tampoco permitirían que la responsabilidad que el Creador había puesto en ellos fuera realizada por otros. La misión de un servidor de Jesucristo era hacer la voluntad del Salvador. El propio Dios cuando estuvo en la tierra cargó una cruz, en camino al calvario, que no podía con ella. Pero el Señor cargó con el mandato del Padre, y todos los sacerdotes tienen que cargar con la cruz, que al final del camino, le coloca su fe.

Después de un tiempo, la caja mortuoria era depositaba en el fondo de una fosa. Una breve oración de gratitud y después fue cubierta por la tierra movediza que estaba en los lados del hoyo. Terminado el funeral, JJ trató de indagar dónde estaba el padre Santiago, de nuevo; pero nadie le sabía decir el paradero del sacerdote. El hogar funcionaba sin la presencia de Santiago. Todo había sucedido y todo se había realizado sin la presencia del responsable del hogar. Entonces supo que quien dirigía el hogar no era el monseñor Santiago Alonzo sino el propio Dios. Aquel lugar era un hogar santo.

Caminó por el sendero que conducía hasta la salida de la institución. Un temor le invadió su ser. <<¿Habría muerto el monseñor Santiago Alonzo y no se lo querían decir?>>, pensó. Era muy posible que hubiera muerto y lo enterraron en cuestión de horas y ya nadie hablaba de él. Sintió un estremecimiento que le cubrió todo el cuerpo. Ésa era la vida que había elegido. Su mente se turbó. No sabía qué hacer. No era posible que la labor, de toda una vida, sólo fuera compensada con una breve oración. Un frío se alojó en su estómago. No sabía que pensar. Nunca había visto el funeral de un sacerdote. Estaba de frente al espectáculo del fin de la vida consagrada y era un depósito simple en el suelo abierto. Se estremeció.

El que quiera ser alabado, que no busque de Dios. Toda la obra de un hombre, cuando es material es finita y no tiene valor. JJ no veía la obra mayor, que era la de llegar al cielo. Si quería ser famoso y tener reconocimientos terrenales, entonces estaba en el camino equivocado. El camino de Dios, para sacerdotes y para los que no eran sacerdotes, es el camino de la búsqueda de la presencia del Salvador; nunca la presencia del hombre que hace cada trabajo por dinero. No podía entender que el funeral fuera hecho por las manos de hombres santos. No podía entender que el funeral fuera tan simple y que el valor de un cadáver es despreciable. No podía entender que la grandeza mayor del funeral fuera que su cuerpo regresara a la tierra, para volver a convertirse en suelo y su alma volara a los brazos del Señor. El joven estudiante para sacerdote no entendía aún, su razón de buscar el camino del servicio de Dios. Realmente tenía problema con su fe.

Cruzaba la puerta de salida, cuando un sacerdote se le acercó y le entregó un sobre. Lo abrió y encontró la historia que le había dejado el padre Santiago. Caminó hasta un pequeño banco que estaba en las afueras de la casa y comenzó a leerla. Sintió una íntima alegría al conocer que el monseñor Alonzo no era el que había muerto.

HISTORIA NO. 5

EL VALOR DEL TIEMPO VIVIDO

Los pasos, cansados, de don Sebastián Espaillat fluían hasta la mecedora que lo esperaba, sin balancearse, en la terraza de la casa. Se sentó, dejándose caer. Sus 85 años, recién cumplidos, les pesaban en el cuerpo. Bajó las delgadas y blancas manos y tomó un libro que descansaba en una porta revista, ubicado al lado del cómodo asiento. Intentó abrir el libro, pero sintió la necesidad de sus espejuelos; los encontró en el bolsillo de la camisa. Se acomodó y abrió el libro en la página que lo había dejado, el día anterior. Se balanceó, placenteramente, en la mecedora, e inició la lectura. Tan absorto estaba en la lectura, que no sintió la presencia de Roberto, el hijo de su hijo mayor, que había llegado de la universidad.

— ¡Hola, Abuelo! —saludó el joven, mientras se acomodaba en la mecedora más próxima de la de Sebastián Espaillat, el abuelo que vivía en la casa.

— Roberto, ¿cómo estás? —respondió el anciano, mientras cerraba el libro—. No te vi llegar. ¿De dónde vienes? Todo el día has estado fuera de la casa. ¿Cómo va el trabajo de tesis, en la universidad? —bombardeó de preguntas, mientras sentía una extraña felicidad, por la presencia del joven pariente.

—He estado trabajando con los compañeros estudiantes en la tesis. Creo que estamos terminando. El próximo lunes vamos a realizar la primera presentación ante el profesor que nos asesora. ¿Cómo has estado, Abuelo? —preguntó en confianza.

— Estoy bien. He sentido un pequeño dolor en el pecho; pero eso no es nada grave. Muchas veces me duele un poco el pecho y, en poco tiempo, se quita el dolor. Ya, a esta edad, los dolores pequeños y grandes son partes de nuestra condición, por haber vivido muchos años. Esos dolores son las dificultades que tenemos que enfrentar, como reto, cada día.

Roberto miró a su anciano abuelo. Sus cabellos encanecidos, su piel cultivada de arrugas y su rostro lleno de barbas blancas, lo mostraban con un aspecto de profeta. Acarició suavemente la mano derecha del abuelo y lo miró a los ojos; su mirada se perdía en la lejanía.

— Abuelo, ¿para qué sirven los viejos? —preguntó, sin saber que preguntaba. Después de formular la pregunta, sintió un poco de vergüenza.

El anciano lo miró a los ojos y apretó la mano del nieto de diecinueve años. Hizo un silencio prolongado. Roberto trató de esconder la mirada. Había ofendido a su adorado abuelo. No se perdonaría una ofensa al ser que más lo había querido y protegido, y, al cual amaba con verdadera devoción.

— Creo que esta ha sido la pregunta más importante que me has hecho en tu corta vida. Es la pregunta fundamental de la vida. No puede ser que los hombres y las mujeres nazcan, solamente para ser viejos y morir; no, eso no tiene sentido. Si todos los jóvenes de tu edad hicieran esa pregunta, estoy seguro de que el mundo funcionaría mejor. Si la propia sociedad se hiciera esa pregunta, estoy seguro de que esta operaría con mayor eficiencia. Ésa es la pregunta definitoria de la esencia de la vida y de la presencia del hombre sobre la faz de la tierra. Todos envejecemos y tiene que ser para algo. Dios y la naturaleza no dan un paso que no sea para perfeccionar su obra. Todo lo que ocurre es para bien; nunca para mal, y el envejecimiento es un acto superior de la naturaleza.

Roberto sintió un alivio con las palabras del anciano. Se acercó un poco más y acarició con tranquilidad las manos venosas y blancas del pariente. Su atrevimiento fue tomado, por el abuelo, por el lado positivo. No había dudas, el viejo era muy sabio. Sintió alegría.

— Un anciano es la única biblioteca, no importa que sea letrado o analfabeto, que su lectura siempre es para el bien. Las informaciones que tiene un anciano son procesadas y producidas para el consumo de los seres humanos que él más quiere, por lo tanto, es la única sabiduría que nos viene certificada por el amor.

— ¿Cómo va a ser un anciano una biblioteca, si no ha leído libros? —preguntó el universitario, interrumpiendo las palabras de don Sebastián.

Las luces diurnas de la tarde comenzaron a escasearse en el firmamento. Las distancias eran absorbidas por la oscuridad que comenzaba a cubrir toda la ciudad. El día estaba agonizando y la luz solar estaba muriendo.

— Los ancianos son la memoria de la humanidad. En los primeros tiempos, la ciencia, la poesía, los cantos y la creación del hombre eran pasados de generación en generación, por medio de los ancianos memoristas. Sin los ancianos, protegidos y venerados, del pasado, hoy no tuviéramos el desarrollo que gozamos. La poesía nació verbal, por lo que, durante muchos siglos fue pasando de una a otra generación, de forma oral.

— Pero Abuelo, eso eran otros tiempos, hoy tenemos los libros, y ya no es necesario que los ancianos guarden la tradición de los pueblos. En estos tiempos, tenemos Internet y otros adelantos que hacen que los ancianos no sean necesarios. Posiblemente, en el pasado eran útiles, pero ahora, me parece que no; un solo libro o una computadora tiene más sabiduría que todos los ancianos juntos. Los nuevos tiempos han hecho que los ancianos no se necesiten.

— La sociedad que no utiliza a sus ancianos y no veneran la sabiduría acumulada por su gente, es una sociedad que no tendrá ninguna oportunidad de desarrollo en el futuro. El bien mayor de los pueblos es la capacidad instalada y la preparación, juntamente con la experiencia de sus gentes. La sociedad que desprecia el mayor bien que tiene, que son los ancianos, es seguro que tendrán que comenzar, siempre de nuevo, y nunca llegarán al desarrollo. El camino del progreso es iniciado por los que primero vivieron, y, si usted no respeta a los iniciadores, no puede esperar que lo respeten a usted en el futuro; porque todos pasaremos por el mismo ciclo de vida.

El anciano hizo una pausa. Acarició el cabello negro del nieto. Miró las distancias que se acortaban por la oscuridad. Hizo una mueca de agrado y sonrió. Las horas del final del día pasaban con la suavidad de las manos de don Sebastián. Se sentía el placer de compartir la vida con el viejo patriarca familiar.

— El anciano es el grado más alto que logra un hombre o una mujer en la vida. Es el punto donde tiene dominio de la mayor información de las cosas y tiene las experiencias para tener menos posibilidad de cometer errores. Los ancianos son los únicos con capacidad de presentar los errores cometidos en el pasado para que no se vuelvan a cometer los mismos errores en el futuro. Solo en ellos está la sabiduría útil de la vida.

Una muchacha, del servicio de la casa, interrumpió el diálogo para entregarle una pastilla al anciano. Había llegado la hora de tomarse la medicina. Roberto tomó el vaso de agua y se lo pasó. El hombre tomó un poco de agua con la medicina, después se extasió en la cómoda mecedora. Se balanceó un par de veces antes de volver a hablar.

— La razón de tu juventud es la misma razón de mi ancianidad. Cada etapa de la vida tiene una razón de ser. La juventud es la energía y el proceso de aprendizaje del hombre, y la ancianidad es la edad del entendimiento superior. Debes comprender que la existencia de los viejos es un bien, no un mal. Si una sociedad no envejece es porque no acumula experiencia e información para poder avanzar en su propio desarrollo. Los ancianos son los sujetos que tienen la mayor información para apuntalar el avance de la sociedad. Toda sociedad que tenga un plan de desarrollo debe respetar y proteger a los ancianos; porque son ellos los que saben, con certeza, cómo se siembra la semilla.

— Abuelo, tú estás pasado. Según tú, los viejos son más importantes que los jóvenes. La juventud es la fuerza del futuro, y es en ella donde está la razón de la vida — argumentó el adolescente, con cierta claridad en el pensamiento—. Yo creo que los jóvenes son más importantes que los viejos —afirmó resuelto—. La vida es energía y la energía somos los jóvenes. Somos el motor que mueve la rueda de la vida cada día.

— La vida es energía y es quietud. La energía y la quietud deben compartir el espacio. Hasta que los jóvenes no entiendan que son jóvenes y que la vida dispone lo que deben hacer; y que no quieran ocupar el puesto que no les corresponda, nuestra sociedad no alcanzará un nivel alto de desarrollo. Fíjate que ya yo no puedo tener hijos; yo sólo puedo realizar trabajos de inteligencia, en cambio, los jóvenes, sí pueden tener hijos y tener trabajos de fuerza bruta. Ésa es la gran diferencia. Cada edad debe hacer lo que la naturaleza le señala; no hacer la actividad que realice con menor eficiencia, sino hacer la actividad que aporte mayor beneficio al orden de la naturaleza y de la sociedad. Cuando yo cumpla con la misión de trasmitir mis conocimientos y la sabiduría acumulada con los años, entonces, ese día, me debo morir. Ésa es la ley de la vida y debo cumplirla sin poner ningún obstáculo.

Las luces de la tarde se habían marchado. Roberto se levantó y encendió la luz eléctrica. La iluminación hacía que el anciano pareciera un ser divino. Un profundo amor le llenaba el corazón. El anciano parecía iluminado. Observó, con respeto y ternura, el rostro, lleno de barbas blancas de una pulgada de longitud del anciano.

— ¿Estás cansado, Abuelo? —preguntó el universitario, mientras le ofrecía otro poco de agua. El abuelo rechazó el agua.

— No. Estoy bien. ¿Te quieres ir? —se lamentó el abuelo, alzando el brazo derecho para abrazar al nieto.

— No. Creía que te había fatigado con la charla. Estoy muy contento de estar contigo aquí. Aunque no estoy, del todo, de acuerdo contigo, creo que tiene razón en muchas de las cosas que dices.

—Los jóvenes se resisten a entender el funcionamiento de la naturaleza. Ahora me toca mostrarte cómo actúa la naturaleza. A ti te toca aprender cómo funciona y cómo actúa en cada momento. Si tienes la capacidad de aprender, en el tiempo que debes usar para aprender, estoy seguro de que tendrás éxito en la vida. No soy más inteligente que tú, quizás tú lo seas más que yo; pero tu inteligencia, para funcionar con eficiencia, necesita de información y de experiencia, y sólo así podrá lograr grandes cosas en el futuro. Hoy me toca a mí, en el futuro te tocará a ti. Debemos cumplir con la ley de la vida.

El anciano volvió a hacer un alto en la conversación. El joven guardó silencio. La noche se iniciaba, y desde la terraza se presentaban las miles de luces que invadían la ciudad. El día había muerto.

— Una biblioteca es una comunidad de ancianos —continúo el abuelo hablando—. Cada libro es la sabiduría de un anciano. Los libros son ancianos que nunca mueren. Si tú entras a una biblioteca y no he ninguno de los libros, nada aprenderás. Si estás frente a un anciano y no le preguntas las cosas que no sabes, tampoco aprenderás nada. Una sociedad que abandona y desprecia la sabiduría de los ancianos es una sociedad muerta, porque abandona el bien mayor que tienen.

— Abuelo, pero no todos los ancianos son sabios e ilustrados —preguntó, imprudentemente, el nieto, mientras se acomodaba en la mecedora y se arreglaba el cabello que le caía en la frente.

—Todos los seres humanos que viven experiencias, tienen cosas que enseñar. Los viejos campesinos, que nunca fueron a la escuela, saben cómo actúa la naturaleza a la perfección. Llegar a la ancianidad debe ser la meta de todo ser humano. Un anciano no es sólo la edad, es también, la acumulación de conocimiento y de sabiduría. Fíjate, el caso de los países con desarrollo sostenido, los funcionarios mayores, jueces de la Suprema Corte de Justicia, los senadores, etc., son los hombres de más experiencia de esos países; esa sociedad, en manos de esas experiencias es muy difícil que fallen. Aprende ahora, que puedes tener el tiempo y tener los libros, además de las experiencias de los más viejos, porque llegará un momento en que no lo tendrás, y, entonces, sabrás de la importancia de aprovechar el tiempo. Un hombre tiene éxito cuando sabe valorar el tiempo. El tiempo es uno solo para cada persona y, en ese tiempo, debes hacerlo todo; si te equivocas con el tiempo, te equivocarás con la vida.

— Abuelo es hora de la cena —informó el joven universitario, al percibir el olor de la comida nocturna—. Vamos a cenar y después seguimos conversando. Tú debes cenar a tiempo, porque te acuestas temprano.

— Me quiero quedar un rato más, aquí en la terraza. Ve y cena, que yo lo haré un poco más tarde —expresó, dejando su mirada azul que vuele por el firmamento lleno de estrellas y luceros. El abuelo se miraba por dentro.

— Abuelo, después de la cena, quiero que me hables: ¿qué es el amor? —preguntó de repente el universitario.

El anciano lo miró tiernamente. La fuerza mayor de la vida estaba tocando la puerta del jovenzuelo. Sonrió levemente y se reclinó en la mecedora. Dejó que pasara el tiempo. La vida seguía cursando el rumbo señalado por las leyes de la naturaleza.

— Vete a cenar, que después hablaremos del amor. Es una fuerza que nace con el ser humano. Pero hablaremos después, desde donde esté —opinó el anciano, con sus miradas perdidas en la lejanía. Las horas iniciaban la noche y el anciano volaba en sus alas.

Pasó media hora, cuando Roberto salió a la terraza para terminar la conversación con su abuelo. Lo observó: estaba dormido. Le tocó la cabeza para acomodársela en el espaldar y el cuerpo rodó sobre el mueble. El abuelo estaba muerto. Lágrimas, silenciosas, rodaron por las mejillas del universitario. Había llegado la hora de saber la falta que hacen los ancianos, cuando se marchan. Había muerto un libro, su mejor libro.

El amor es la única lección que no les podemos dar a los jóvenes. El amor es una fuerza que motoriza la vida. Sebastián Espaillat había terminado su última lección. Había llegado el momento que ya no tenía la respuesta. Había llegado su fin.

CAPITULO VI

La vida de Pedro Pablo se había convertido en un azaroso laberinto sin puertas por donde salir. Los sentimientos que le brotaban por la presencia de la muchacha parecían superiores a su voluntad. El tiempo se encargaba de hacer su agonía de mayor intensidad. Recurrió a algunos autocastigos, pero no lograba los resultados esperados. Las oraciones y las visitas al sagrario no apaciguaban la angustia que vivía. Era miércoles y no le correspondía ir a visitar al padre Santiago Alonzo; pero la desesperación lo obligaba a tomar el camino del hogar del anciano sacerdote. Llegó hasta la casa y solicitó ver al fraile. Sentía una necesidad muy grande de conversar con el sacerdote. Su interior se debatía en un infierno.

— Uno de los seminaristas españoles le está buscando, padre Santiago —le informaba uno de los ancianos al sacerdote de la Orden de Los Predicadores, sacándolo de su meditación diaria.

El sacerdote miró al enviado, con incredulidad, y comentó:

— Dile que me espere en el jardín, que, en poco tiempo, estoy con él —expresó, mientras se le asomaba una arruga de preocupación en su rostro. Sabía, que cuando un seminarista llegaba sin aviso era que estaba en un conflicto moral muy fuerte. No sabían lidiar con los sentimientos que se les presentaban a cada momento.

PP vio acercarse al sacerdote con sus pasos lentos y sus zancadas cortas. Sintió alegría por ser recibido por el maestro. La presencia de Santiago le proporcionaba una paz interior inmensa. El viejo sacerdote es un sabio, y siempre tiene las respuestas a todos los cuestionamientos que se le hacen. Sentía la presencia del fraile como una salvación de su agonía. Su rostro se iluminó y su mirada brilló de una manera especial.

— ¡Hola, Pedro Pablo! ¿Cómo te sientes, hijo? —saludó amablemente el rector del hogar de ancianos. En su rostro se dibujó una arruga que denunciaba la preocupación que le provocaba la presencia del seminarista español.

— Estoy bien, Monseñor —mintió protocolarmente—. Perdone por venir a importunarlo en medio de la semana. Yo sé que no debo venir otro día que no sea el señalado, pero tengo urgencia en conversar con usted.

— Los sacerdotes estamos siempre en servicio. Para la obra de Dios no existen días que no se puedan usar. El trabajo de sacerdote es un trabajo de todas las horas y de todo el tiempo. Cuando entre al ministerio, sabrá que necesita mucho de Dios; para poder suplir de los requerimientos de los hombres en su sufrimiento. Aun cuando está asignado el día que debemos tener el encuentro, tú serás siempre bienvenido a nuestro hogar, y yo estaré siempre, dispuesto a escucharte —explicó con un acento puramente español, que conservaba de sus raíces ibéricas.

— ¡Gracias, Monseñor! —expresó, con cierta alegría, por el recibimiento del ungido—. No he podido sacarme de la mente a Rocío del Carmen. No sé qué debo hacer. Ella me ha propuesto que nos casemos. Estoy muy confundido. Quiero su consejo, Monseñor. Creo que amo a Rocío del Carmen. Es una fuerza superior a mi voluntad. No puedo vivir sin su amor.

Se hizo un silencio entre los contertulios. El cielo parecía que derramaría agua en algunas de las horas del día. Santiago sabía que no podía aconsejar al alumno. En los asuntos de la energía del amor, los consejos son la peor solución. Tendría que dejar que las cosas sucedan por la voluntad divina.

El amor se basta a sí mismo. Nace, crece y termina en su ciclo natural. El torbellino que envolvía al joven estudiante de religión era sólo un asunto de él y sólo de él. Nadie podría interponerse en su decisión. PP conocía las orientaciones de un sacerdote y, por lo tanto, estaba allí, solamente en un acto de desesperación. Sabía que un religioso no podía aconsejar a otro religioso, en asuntos de amor carnal.

— Creo que estás haciendo el problema más grande de lo que es. Apenas ha pasado un mes y tú no crees poder resolver el asunto. Los problemas tienen solución, si nosotros nos ponemos sobre ellos. Si te concentras en el problema, nunca tendrás solución. Si te concentras en la solución del problema, seguro que encontrarás la solución. Cada asunto de la vida tiene una dinámica, y debes conocerla para llegar hasta su razón. Lo que está sintiendo es parte del propósito de Dios contigo. Debes luchar por desbrozar el camino hasta conseguir el lugar indicado para tu vida.

— Monseñor, creo que saliendo de la parroquia puedo solucionar el problema. Asígneme otra iglesia donde cooperar. Creo que puedo superarlo. Pero no puedo estar cada día que voy a la parroquia con Rocío del Carmen en el frente —se lamentó el seminarista—. Necesito dejar de verla. Si me envía a otra parroquia, muy lejos de ella, estoy seguro de que podré superar la agonía que me consume.

El Fraile guardó silencio. Dejó el tiempo transcurrir. La brisa arrastraba las hojas secas caídas. PP se desesperaba con el silencio prolongado del anciano. El monseñor Alonzo se acarició las blancas barbas y frunció el ceño. Estaba desconcertado por la propuesta del seminarista.

— Aconséjeme, Monseñor. Creo que estoy en la peor encrucijada de mi vida —exclamó en forma imploración, abriendo los brazos.

— Todos los hombres, a cada paso, se someten a encrucijadas difíciles de salvar. Los problemas mayores son aquellos que están dentro de nosotros. No podemos huir de nosotros mismos. Si te dispongo a otra parroquia, sucederá lo mismo. A todos los sacerdotes nos sucede lo mismo. Los que nos mantenemos en la misión, somos los que podemos dominar el demonio de las tentaciones. Hasta ahora, tu vida era la de estudiante del Seminario Mayor de España; ahora eres el estudiante de ti mismo. Sólo tú podrás superar la prueba que te ha impuesto el Señor. Si el camino del Señor fuera fácil, estoy seguro de que todos los hombres fueran santos. Nada es más difícil que promover la Gloria del Altísimo. Ha llegado el momento de conocer la cruz que llevará en la vida sacerdotal. Nadie te puedes aconsejar, desde este tiempo, sólo tu entendimiento y tus oraciones pueden decirte que hacer en cada momento. Solamente el Señor puede ayudarte.

Volvió a producirse un largo silencio. Los dos hombres se levantaron y comenzaron a caminar por el sendero desnudo del pequeño bosque. PP sentía que no encontraba lo que buscaba en las palabras del fraile. Se sentía indefenso y derrotado para combatir contra el sentimiento que lo consumía con fuego abrasador. Se pasaba la mano por la cabeza y se secaba el fino sudor del rostro. El nerviosismo delataba su desesperación.

— ¿Cómo podemos buscar en nosotros mismos el camino que debemos seguir? —preguntó, sin mirar el rostro del compañero de caminata. Las palabras le salían dificultosamente de su boca.

El silencio regresó. PP sentía que el viejo sacerdote no quería seguir hablando. No tenía respuesta para sus preguntas. Su angustia se incrementaba con el paso de los minutos. Había venido a buscar la solución de su problema en el único lugar que podía encontrarlo en Santo Domingo, donde el monseñor Santiago Alonzo, y no tenía la respuesta que deseaba.

— Recuerda que las contestaciones de las preguntas requieren de mayor sabiduría que las mismas preguntas —expresó el monje, después de romper el silencio. Sabía cómo estaba debatiéndose contradictoriamente los sentimientos del estudiante. Pero tenía que dejarlo que encuentre su camino por sí mismo su camino en la vida.

Pedro Pablo se sorprendió por las palabras de Santiago. <<Este hombre que puede leer mis pensamientos, debe saber, como debo resolver este problema que me sucede>>, pensó, observando los pasos lentos del anciano por el sendero desnudo del jardín. El cuerpo del monseñor Alonzo parecía más encorvado que de costumbre. Parecía que cargaba una pesada carga.

— Todo lo que tú eres está en tu interior. La mayor dificultad del hombre es tratar de encontrar la solución de sus problemas en el exterior de su existencia. El mismo Dios no puede resolver algunos problemas del hombre; es el hombre quien tiene que caminar el sendero que lo lleve al punto indicado. El hombre fue dotado de libre albedrío, y esa calidad lo hace responsable de sus actos. Busca en tu interior la respuesta del problema y la encontrarás.

— ¿Cómo hacerlo, Monseñor? —preguntó, adelantándose al paso del anciano y colocándose en el frente. El rostro de PP mostraba una angustia desesperante.

— Tu mayor problema es que tienes miedo. El miedo es el principal enemigo de un hombre de fe. La presencia del Señor en cada acto de un religioso es un acto divino, y así lo debes entender. También tendrás que conocer la presencia del enemigo, cuando te llegue. Si tu fe es sólida, todo lo que te venga siempre será fácil de derrotar. Concéntrate en tu trabajo pastoral sin temor. Camina seguro de tu convicción, y llegarás con éxito a la meta que te has propuesto. No tengas temor al amor. El amor siempre es una voluntad divina.

Las últimas palabras del sacerdote hicieron un impacto fuerte en PP. No tenía por qué temerle al amor. Entonces, no era pecado. Sintió un gran alivio, y una breve sonrisa se dibujó en su rostro.

— Deja al Señor obrar en tu vida y no Le pongas cortapisa. Trata de estar con la joven y busca que ella sea parte del plan de Dios. No detengas la razón de la vida. El sufrimiento es un acto de temor. Si tu fe es fuerte, nada ni nadie podrá contra ti.

— Monseñor, que lectura usted me aconseja para estos días — comentó Pedro Pablo, cambiando la conversación.

El sacerdote lo miró y una leve sonrisa se posó en sus labios. Levantó la mano derecha y la estrechó con la del alumno. Lo atrajo y lo abrazó con afecto.

— No desmayes. La vida no es un lecho de rosas; pero, cuando el fin es la presencia de Dios, entonces, vale la pena, cualquier sufrimiento. Sigue el camino que te trazó la Providencia y no dejes que lo interrumpa el enemigo malo. Cuando busques la solución de un problema, búscala en donde tiene solución. Si te hace falta pan, entonces, ve a la panadería. Si tienes problemas con tus sentimientos, entonces, busca la solución en tu interior.

El sacerdote se despidió y caminó hasta sus habitaciones. Un ayudante del fraile le entregó a PP, una historia para el día. Detuvo su camino y comenzó a leer el texto que le había dejado el padre Santiago Alonzo.

HISTORIA NO. 6

LA MINA DE ORO

Nacía la vida. El camino parecía ancho y espléndido. Había llegado la hora y Gonzalo Billini se prestaba a inicial el camino que lo llevaría por el futuro.

Gonzalo había tenido una larga charla con su abuelo y sentía que la vida le sonreía. El abuelo le había informado de un gran secreto que guardaba y que había esperado que él tuviera la edad de emprender la vida propia para confesárselo. Ese día, muy temprano, Armando, su abuelo, le había tocado la puerta de su dormitorio y lo requería para una larga conversación matinal. Se levantó con rapidez y, en pocos minutos, estaba frente al anciano de barbas largas y blancas, con la tez blanca rojiza y lleno de una mirada dulce.

— Abuelo, ¿Qué quieres decirme? —cuestionó Gonzalo con evidente curiosidad.

— Has cumplido la mayoría de edad y quiero hablar contigo algunos asuntos importantes. Ha llegado la hora de que sepas la verdad de la vida. Yo, que soy un viejo, tengo la responsabilidad de decirte algunas cosas para que emprendas el camino de la vida con herramientas útiles y correctas para que puedas alcanzar la meta que té traces —explicó el anciano con palabras lentas y claras.

— Pero abuelo, tú vienes con un sermón a estas horas de la mañana —reprochó el joven.

— Lo primero que te debo decir es que los sermones tienen validez, solamente, cuando se dicen y se escuchan en la mañana. Si no eres capaz de escuchar en la mañana, es seguro que no tendrás un atardecer conveniente —replicó Armando, mientras tocaba el cabello del nieto y se lo peinaba con sus largos y delgados dedos.

— Dime, entonces, abuelo, ¿Qué quieres decirme?

— Desde el inicio de la vida, cuando Dios creó al hombre, y el hombre cometió el pecado que lo expulsaba del paraíso, el Señor no lo castigó cruelmente, sino que lo condenó a buscar el tesoro de la vida. Todo ser humano cuando nace, Dios le provee una mina de oro. Debido al pecado del hombre, Dios no le dice dónde está la mina de oro de cada ser humano; sino que cada persona debe buscarla hasta encontrarla. La mina de oro tuya está en algún lugar del planeta y tienes una vida para encontrarla.

— Abuelo, pero esa historia no me parece creíble — comentó el muchacho con incredulidad.

— Muchas de las cosas que hoy tú crees, mañana no las creerás y muchas de las cosas que hoy tú no crees, mañana será tu mayor fortaleza; así es la vida.

— ¿Cómo puedo enterarme dónde está mi mina de oro? —preguntó, mirando fijamente al anciano, que plácidamente sentado, lo observaba con ternura.

— Producto del pecado original, tú tendrás que buscarla hasta que la encuentres. La mina de oro de cada ser humano, que Dios dispone, sólo la encuentran los hombres y las mujeres que logran descifrar la razón de su vida y la razón de Dios. Sal al camino y encomiéndate a los brazos del Señor que Él te guiará por el camino correcto —explicó el anciano, mientras se levantaba del asiento y se alejaba del lugar; dejando a Gonzalo, envuelto en una nube de pensamientos y de dudas.

Pasaron los días y una mañana, cuando Gonzalo salía de su casa miró hacia lo alto de una montaña de donde salía una luz que lo encandilaba. Cerró los ojos por un momento, luego los abrió y vio que la luz seguía en el firme de la montaña.

— Dios mío, ¿Qué será esta luz? —se preguntó. Esta debe ser la señal de la que me habló el abuelo. Ahí debe estar la mina de oro que me corresponde a mí. El Señor me ha hablado y me prepararé para ir a buscar mi tesoro —se dijo para sí, convencido.

Se tomó algunos días para preparar todo lo que necesitaba para lograr escalar la elevada montaña. No dejó ningún detalle suelto; todos y cada una de las cosas que necesitaba para subir a la montaña las buscó y las colocó en el lugar indicado. Todo estaba listo para ir al encuentro de su mina de oro.

El sol no había hecho su entrada al firmamento, cuando Gonzalo ya había iniciado el camino hasta el firme de la enorme montaña. Caminó rápidamente por los primeros caminos, tratando de ganar tiempo. Se encontró con una pobre viuda que pedía una limosna para alimentar a sus hijos; su marido se había muerto de hambre; ni siquiera la miró; no tenía tiempo que perder con una pobre mujer, su razón mayor de aquella caminata, no era la pobre mujer, sino la mina de oro que le esperaba en la cima del monte.

Llegó a un pequeño pueblo, al inicio de la falda de la montaña y encontró a un maestro que enseñaba la sabiduría de la vida. El maestro lo invitó a pasar y a entrar a su docencia. Gonzalo le explicó que no tenía tiempo para aprender, porque su razón era ir en búsqueda del tesoro que Dios había dispuesto para él. <<Después tendré tiempo para la escuela>>, pensó, y siguió su camino.

Cuando iba a salir de la escuela escuchó el tañer de las campanas de un templo. Un sacerdote lo invitó a pasar al interior de la iglesia y Gonzalo no aceptó. No tenía tiempo que perder, <<cuando tenga la mina de oro regresaré y le daré una buena cantidad al párroco para que pueda mejorar esa casa de Dios>>, pensó. Dios le había señalado el lugar de su mina de oro y no iba a perder tiempo; luego veremos qué haremos, ahora su objetivo fundamental era lograr llegar hasta la mina de oro.

Caminaba por uno de los senderos del bosque, cuando vio que un equipo de bomberos trataba, afanosamente, para apagar el fuego que había llegado a un pedazo de bosque. Los bomberos le solicitaron que los ayudara a apagar el fuego, porque de lo contrario todo el bosque podría ser arrasado. Gonzalo le dijo que iba muy deprisa y que no podía detenerse a extinguir fuego. No tenía tiempo para ocuparse de ser solidario con la naturaleza y con los demás; la mina de oro lo esperaba y después que lograra tener su mina de oro, se ocuparía de las cosas simples del mundo. Los bomberos lo miraron con tristeza.

La luz seguía en el firme de la montaña y, cada vez, se veía más clara y señalaba el lugar específico donde estaba. Siguió caminando, ahora más lento, sus piernas no tenían la resistencia de otros días y el cansancio comenzó a invadir su cuerpo. Su piel comenzó a resecarse y a tomar las arrugas de la ancianidad. Sus cabellos se llenaron del color de las nubes. Sus ojos, cansados, miraban con cierta tristeza la cima de la montaña donde estaba su tesoro. El tiempo había pasado y su única razón de vida había sido la búsqueda de la mina de oro que el Señor le tenía reservada, desde su nacimiento. Su vida se había convertido en la pasión del oro.

Observó el último tramo del camino para llegar hasta la cima de la montaña y vio con claridad la luz que salía del monte. Caminó apresurado, usando sus últimas fuerzas hasta escalar el lugar donde estaba su tesoro.

Exhausto y abatido llegó al firme de la montaña donde se encontró con un gran cofre que brillaba espléndidamente. Con cierta cautela se aproximó hasta la luz. Entonces descubrió que el cofre estaba revestido de espejos. Miró por el lado Sur al cofre y sólo pudo observar su imagen reflejada en el espejo; observó por el lado Norte, Este y Oeste y sólo pudo ver su rostro reflejado en los espejos del cofre.

Se dispuso a buscar su tesoro en el interior del cofre y, cuidadosamente, levantó la tapa del gran cajón. El cofre era tan grande que Gonzalo cabía dentro de la caja. De un brinco entró y se encontró que, dentro del cofre, no había nada; apenas un pequeño papel escrito. Su corazón se estremeció. Dentro del cofre revestido de espejos, su imagen se observaba en todos los lados.

Tomó el papel y leyó lo que decía: "La mina de oro que Dios dispone para cada ser humano es su obra mayor, el propio ser humano. La mayor mina de oro que existe es la vida y ella debe ser encontrada en cada detalle del tiempo que nos toca vivir en la tierra. Toda la riqueza que se tiene es la riqueza de su propia voluntad y, si sabes buscar dentro de ti la riqueza que ha puesto Dios en ti, seguro que encontrarás la más grande de las minas de oro que existen en la tierra."

CAPITULO VII

La empinada cuesta provocaba un agotamiento prematuro en el padre Santiago Alonzo. A su lado caminaba Juan Javier que, debido a su juventud, caminaba sin ningún síntoma de fatiga. El religioso y el estudiante caminaban hasta el firme de una montaña donde estaba el santuario del Santo Cerro.

— Detengamos aquí y descansemos, Monseñor —opinó Juan Javier, el seminarista asignado a la parroquia de Nuestra Señora de la Divina Providencia, en la ciudad de Santo Domingo, mientras observaba el semblante del viejo sacerdote.

— Detengamos. Estoy muy cansado y los pies comienzan a dolerme. Esta montaña siempre me cansa, al caminarla. He subido muchas veces este cerro, y siempre tengo que descansar, inclusive, cuando era joven —expresó Santiago, mientras se detenía y buscaba un lugar donde descansar, debajo de uno de los enormes árboles que franqueaban el camino. La brisa fresca de la mañana acariciaba el rostro, provocando una agradable sensación. El viento frío le llegaba hasta estremecerle el cuerpo.

Los dos hombres se acomodaron en un tronco. El calor de las 10:00 de la mañana, en el Trópico, lo hacía sudar copiosamente. Se secaron el rostro. Santiago respiró profundamente. Parecía que les faltaba oxígeno a sus pulmones. Cerró los ojos por un instante para sentir el descanso. Realmente estaba muy agotado. Miró la empinada montaña, que le parecía inalcanzable. Se sintió triste. El camino de la vida se agotaba. Las fuerzas y las energías se habían marchado de su cuerpo y se sentía muy débil. Sólo la férrea voluntad y la fe de llegar al lugar santo le permitía buscar fuerzas que no tenía.

Juan Javier observaba las acciones que hacía el sacerdote. No entendía el porqué del esfuerzo que hacía el fraile. Pero él no entendía muchas de las cosas del viejo servidor de Dios. La sotana negra que cubría el cuerpo del padre Santiago le producía mayor capacidad de calor, y el sudor era más copioso. La brisa hacía bailar las ramas de los grandes árboles y los pájaros que saltaban de árbol en árbol convertían el lugar en naturaleza pura.

— Monseñor, ¿por qué no usamos un vehículo para venir al Santo Cerro? —cuestionó el seminarista al ver el agotamiento que tenía el sacerdote—. Este es un esfuerzo mayor del que usted puede resistir. Si quiere, nos devolvemos y después venimos en un automóvil. Usted no está para estos trajines. Los vehículos llegan hasta el santuario sin problema. No entiendo la razón de caminar esta empinada montaña.

El anciano seguía secándose el sudor. Escuchó las palabras de JJ, pero no contestó. Una escasa brisa fresca lo acaricio. El viejo sacerdote sintió renovar sus fuerzas. Respiró sin mayor esfuerzo. Abrió los ojos y contempló a su acompañante que, tranquilo, esperaba por él. La sombra refrescaba el lugar. Observó el paso de muchos devotos de la Virgen de las Mercedes, que cruzaban caminando hasta llegar al templo. Muchas de las personas, caminaban descalzos, como promesa hecha a la Virgen por algún favor recibido. Campesinos, hombres y mujeres, de avanzada edad, caminaban sin sentir ningún cansancio. Permaneció sentado hasta que el sudor dejó de cubrirle el rostro. Tomó un poco de agua, de una pequeña botella plástica, y se humedeció la cabeza. Su semblante había vuelto a su estado normal. Estaba descansando. Sintió que sus fuerzas se renovaban. El aire puro de la montaña lo hacía recuperar las energías perdidas, en poco tiempo.

— ¿Cómo se siente, Monseñor? —preguntó el seminarista al ver al viejo sacerdote mover los brazos con agilidad y esbozar una tierna sonrisa.

El rector del hogar de ancianos sacerdotes de retiro, no contestó. Permaneció en silencio. Dejó su mirada vagar por todo el espacio rural. Aun cuando no habían subido toda la montaña, desde el lugar donde estaban se podían observar los campos cultivados del Valle de La Vega Real. El espléndido paisaje lo hizo sentir alegre. Contempló el paisaje bucólico y se extasió a disfrutarlo. A lo lejos, un tractor surcaba un enorme predio agrícola y el sonido del aparato parecía escucharse en la lontananza. El inmenso valle estaba dividido en grandes parcelas agrícolas y ganaderas.

— He subido esta montaña a pie durante toda mi vida de misionero. Este santuario fue fundado por los españoles, al principio de la colonización. Desde su fundación, el mandato de la Virgen, es que debe llegarse a pie hasta su altar. Si observa a los caminantes, algunos, inclusos, van descalzos. Este camino santo debe caminarse a pie. El día que no pueda hacer la ruta señalada por la Virgen, como ella quiere que la haga, entonces, no volveré al santuario.

Todas las cosas tienen su dinámica y su forma de hacerse. Nunca rompas con las cosas impuestas por la sabiduría popular y por Dios: ninguna de las dos se equivoca. Tendrás que aprender, como sacerdote, que la fe está definida por el pueblo. Tu razón, de ser sacerdote, es la salvación y la conducción del pueblo de Dios. Aunque ahora muchas personas hacen el tramo en automóviles, creo que debo seguir la tradición de hacerla a pie.

— Monseñor, ¿todas estas gentes que van de camino para el santuario, lo hacen por algún favor que le ha hecho la Virgen? La ignorancia de los campesinos los hace creer en milagros que no existen. La iglesia deberá cambiar para que la ignorancia no arrope la fe —comentó el estudiante de teología, recurriendo a la racionalidad simple.

El monseñor Santiago Alonzo lo fulminó con una mirada de reproche.

— El ejercicio del sacerdocio es la comunión con el pueblo. No existe pueblo culto, ni existe pueblo inculto, para nosotros existen almas que hay que salvar. No puedes despreciar la forma de la fe que tienen algunos pueblos. Lo importante, para nosotros, es que las gentes crean en Jesucristo. Para el servidor de Dios, todos los seres humanos son iguales y, por lo tanto, el éxito obtenido con la conversión de un gran comerciante es la misma que la de un simple trabajador. Tú has decidido vivir para servir al Señor y para el Señor los pobres son su prioridad, por lo que, para ti, tendrán que serlo, también. Si yo no camino estos senderos, como lo camina la gente común, entonces, yo no puedo ser su conductor. El principal objetivo de un servido de Dios en su labor diaria es ser ejemplo.

— Pero, ¿usted no es conductor de estas gentes? —interrumpió el joven, contradiciendo las palabras del monseñor.

El monseñor Santiago Alonzo hizo silencio. Contempló la vegetación del bosque que rodeaba el camino. Respiró profundamente. Tomó un poco de agua. Miró con cierta pena al seminarista. No entendía a Dios ni entendía la creación divina. Se entristeció.

— Los servidores de Dios, conducimos al pueblo de Dios, no a una parroquia o a una congregación. El pueblo tiene que ser servido con el ejemplo y con el trabajo diario. Aquí donde nosotros estamos, estamos sirviéndole al Creador. La vida de un religioso no tiene horas específicas para ser usadas: es para toda la vida y para todas las horas. Vamos a caminar, que nos queda un buen tramo del camino —invitó el viejo sacerdote, levantándose y rompiendo con la conversación que le desagradaba.

Emprendieron, de nuevo, la ascensión del empinado cerro. Muchos visitantes le cruzaban por el lado y llegaban al firme de la montaña. Juan Javier observó, a la distancia, la imponente edificación colonial de la iglesia de Las Mercedes. El monseñor Santiago Alonzo se había auxiliado de un pedazo de madera que le servía de bastón. El camino se estaba haciendo pequeño. Era poco el tramo que le faltaba por caminar, pero el paso lento de Santiago, hacía que utilizaran más del doble del tiempo que tomaban otros caminantes. El camino era una prueba de resistencia y sólo la profunda fe del sacerdote le permitía llegar sin desfallecer. El suplicio de la empinada cuesta era reconfortado con la llegada al altar mayor del santuario, que provocaba un recogimiento y una sensación especial de paz.

— El sacerdote de la parroquia de Nuestra Señora de la Divina Providencia no está muy contento contigo —señaló Santiago al momento de sentarse a descansar en un asiento que estaba ubicado en el frente de la majestuosa edificación colonial, construida por los españoles, antes de penetrar al área sagrada del lugar. Respiró profundamente llenado sus pulmones de aire puro de la montaña.

Fue Juan Javier que, ahora, hacía un silencio. No pensaba que la pequeña discusión que tuvo con el párroco se la iba a comunicar a su guía espiritual. El comentario lo sacó de la concentración que tenía.

— ¿No quieres hablar del asunto? —preguntó el anciano—. Si no lo deseas, no hablemos de ese asunto y lo trataremos cuando hablemos en el hogar o mañana, cuando nos retiremos del templo —aconsejó paternamente.

— No, Monseñor, podemos hablarla ahora, si usted así lo desea. No he hecho nada que no sea lo normal en la parroquia, pero el párroco es muy difícil de tratar. Me dice que ayude a los jóvenes en la Pastoral Juvenil y después me dice que uso mucho tiempo con los jóvenes; no lo entiendo. Me dice que debo ganarme el cariño de los feligreses y cuando estoy en confianza con algunos, entonces, no le agrada que tenga confianza. Le confieso que no sé cómo entender al párroco. Me agrada la parroquia y no quisiera salir de ella hasta el día de mi regreso a España; pero, si él no se siente bien conmigo, no tendré otra alternativa que la de irme.

Se hizo un breve silencio. Santiago observó al seminarista que cambia de actitud. Algo no le agradaba de aquella situación, a pesar de no conocer los detalles del conflicto. Algo malo estaba ocurriendo y lo escondía.

— El párroco me informó que tú participas más en las fiestas de los jóvenes, que en los retiros espirituales que hacen. Que no cumple con el comportamiento de un seminarista. Debes de entender que el comportamiento de un religioso es diferente de la de una persona común. No deseo que salgas de la parroquia de San Mauricio, pero tú debes poner de tu parte para cumplir con el ciclo que te ha trazado —aconsejó el anciano—. Debe ser muy cuidadoso con tu comportamiento. No todos los sacerdotes tienen la capacidad de entender las nuevas energías de la iglesia.

— Monseñor, no tengo comportamiento diferente del que tienen todos los seminaristas en el mundo. Hago lo que hacen todos. Lo que sucede es que el párroco está enchapado a la antigua, y no lo digo por la edad, usted es más viejo y entiende a los religiosos de este tiempo —expresó envalentonándose y tomando la ofensiva.

— ¿Te siente feliz en la parroquia? —preguntó, observando la expresión en el rostro del joven estudiante. Quería conocer lo que estaba ocurriendo en el interior del muchacho. Le dio una palmada en la espalda con un pequeño golpe tierno.

— Monseñor, he logrado hacer muchas amistades. La mayoría de los jóvenes quieren compartir conmigo. Usted sabe que el hecho de ser extranjero es una razón para acercarse a mí. Pero todo es la amistad con el españolito. ¿Qué tiene de malo hacer amigos?, y si es de los feligreses de la parroquia, debería ser mejor. Me siento bien con los jóvenes que participan en los trabajos parroquiales.

— Tu misión es la de trabajar la obra de Dios. El encuentro con los grupos de oración es parte de tu trabajo pastoral. No puedes confundir una cosa con otra. Está prevista tu ordenación y debes conocer cómo funciona una parroquia. Ese es el motivo de tu presencia en la parroquia de San Mauricio. Nunca confundas tus roles en la vida —aconsejó.

— Monseñor, siempre me he preguntado, el porqué, del comportamiento de algunos seres humanos. Muchas personas actúan extrañamente. En la propia parroquia existen comportamientos que no sé descifrar. Incluso en el reino animal, Dios hizo cosas que no entiendo la razón de ser de ellas —expuso, cambiando la conversación. No deseaba volver sobre el tema; le era muy doloroso.

— Éste es tu tiempo para entenderlo todo. Si no sabes la razón de la acción del Creador de las cosas, entonces, nunca serás un gran sacerdote. No sólo debes entender la Palabra de Dios, también debes tener el entendimiento para todas las cosas que ocurren a tu alrededor. Trata de entender el comportamiento de la naturaleza y sabrás la razón, del porqué de las cosas. Nada en la naturaleza está hecho sin sentido. Todo ha sido concebido por el Creador para el bien.

Los dos religiosos caminaron hasta el interior de la iglesia hasta hincarse frente a la imagen de la Virgen de las Mercedes. Después de la oración ritual se levantaron y fueron hasta la sacristía, donde les esperaba el rector del santuario. Durarían dos días en el lugar. Juan Javier tendría que compartir con todos los del santuario. No podría hacer contacto con el monseñor Santiago hasta el momento de la partida, a menos que se le requiriera.

Santiago apretó la mano, despidiéndose del seminarista. Abrió el pequeño equipaje que cargaba y sacó un sobre que le entregó a JJ, donde contenía una historia titulada: "La piel de Dios".

— Gracias, Monseñor, nos vemos mañana —se despidió el joven estudiante de religión. Salió del lugar y se sentó a leer la historia.

HISTORIA NO. 7

LA PIEL DE DIOS

En el jardín de la casa de Pablo Bueno habita una culebrita verde, que se pasea alegremente y con gracia por todos los rincones del patio. La culebrita se pasa el día limpiando todas las plantas de todos los insectos y alimañas que las atacan. Ella participa en todo el ritual del proceso de embellecimiento del pequeño campo de flores.

Las personas que visitan el jardín de don Pablo se asustan cuando se les presenta la culebrita y quiere acercárseles. El temor de las personas se debe a que es un animal que causa repulsión a la vista de los visitantes. La culebrita es un animal despreciable y repugnante para las gentes.

Don Pablo llamó a la culebrita verde y le comentó: — Nunca he entendido, ¿por qué?, tú les produces a las gentes tanto temor, si eres una culebrita inofensiva y tierna, que no le haces daño a nadie. La labor que desarrollas es la de limpiar de parásitos y bichos a las plantas para que crezcan sanas y fuertes.

La pequeña culebra verde miró a don Pablo con sus ojos llenos de naturaleza. Pensó con calma, como responder aquellos cuestionamientos.

—Las personas me temen porque se temen a sí mismas y se extrañan de Dios. —respondió.

— ¿Qué respuesta es esa? ¿No te entiendo? Aclara tus palabras. —comentó Pablo Bueno.

La pequeña culebra se trepó por una de las plantas para acercarse a donde estaba ubicado don Pablo Bueno. Las flores se balanceaban por el paso de la culebrita verde y expedían su perfume característico. Había armonía entre las flores y la culebrita.

— Las personas no se extrañan de Dios. Todos conocen de la grandeza de Dios. —siguió comentando don Pablo.

La culebrita verde seguía escuchando en silencio y, finalmente, dijo:

— Ellos se extrañan con mi presencia, porque se extrañan de Dios. Ellos solo ven a Dios en su imagen. Dios es solo Dios si es igual que ellos. No entienden a Dios que no sea semejante a ellos. Sí Dios no es como ellos, entonces Dios no existe. La presencia de Dios es la presencia de ellos; nunca la presencia de una de las creaciones del propio Dios. A todos las creaciones hechas por Dios, él les ha dado su amor infinito. El amor de Dios es grande e igual para toda su creación. Dios es justo. ¡Yo soy una creación perfecta de Dios!

—Eso es una vanidad de tú parte. —acusó don Pablo—, mientras intentaba alejarse de la culebrita verde. Los hombres somos hechos a imagen y semejanza de Dios. Fue Dios que nos hizo así; fue Él quien quiso que nosotros seamos su creación preferida. Nadie sobre la tierra es más poderoso que el hombre; dominamos a toda las demás creaciones de Dios.

La culebrita verde comenzó a desplazarse por todo el jardín con gracia y gran suavidad. Cruzó por un estanque y nado con soltura. Luego trepo por una planta para limpiar algunas hojas. Después cruzó con gran velocidad el espacio más ancho del patio. Don Pablo observaba la agilidad con la que se desplazaba y preguntó:

— ¿Qué haces? ¿Te convenciste de que no eres la mejor creación de Dios?

El sol iluminaba la mañana con su luz de fotosíntesis y el pequeño bosque jardín lucía su follaje de verde intenso

— No; solo te muestro la grandeza de la creación de Dios. Para caminar, no necesito tener piernas; para cruzar por las aguas, no necesito tener aletas; para trepar a los árboles no necesito tener brazos. Todo lo puedo hacer porque estoy en contacto con la piel de Dios.

— Tú solo sabes arrastrarte. No tiene capacidad para levantarte y mostrar la grandeza de Dios. —ripostó don Pablo.

—Te equivocas. Tú crees mostrar la grandeza de Dios porque estás erecto; pero no es así. La grandeza de Dios se muestra cuando tu piel se pone en contacto con la piel de Dios. No crea que me arrastro, ha sido Dios que me proveyó de la gracia de estar siempre en contacto con él. Mi cuerpo entero siempre está en contacto con la tierra que es la creación mayor del altísimo.

— Si fueras la creación superior de Dios; Él no te instituyera para que vivieras entre la maleza y para que no fueras vista por toda la demás creación. Te hizo fea para que vivas escondida y nadie te observe, porque no eres su creación mayor.

—Te vuelves a equivocar. La mayor publicidad que puede tener una creación de Dios, es estar en contacto con Él. Toda la grandeza debe ser exhibida ante el Creador. Aquél que, como yo, está adherido a la piel de Dios, puede andar sin piernas, puede trepar sin brazos y puede nadar sin aleta. Además, mi presencia en el jardín es para que las flores salgan más esplendorosas y bellas, solo estoy aquí para que la grandeza del Señor se manifieste en su mayor expresión.

Don Pablo miró a la culebrita verde que se alejaba a su trabajo cotidiano de limpiar las plantas para que crezcan con más salud y más fuerte. La pequeña culebrita se perdió entre las ramas de los arbustos. Pablo Bueno estaba seguro de que todo lo que hiciera en el jardín y en el bosque era para mostrar la grandeza de Dios.

¡La mejor creación de Dios es aquella que está cerca de su piel, no la que se muestra más públicamente!

CAPITULO VIII

La noche había colocado su sombra sobre el paraje donde estaba ubicado el santuario de la Virgen de las Mercedes. Desde la cumbre de la montaña se observaban las luces de la ciudad de La Vega Real y de otras ciudades cercanas. Santiago Alonzo, después de cenar, se acomodó en una mecedora, en la terraza de la casa curial. A su lado el padre Guillermo López, rector del santuario, también contemplaba las luces que brillaban en la distancia. El silencio, en el momento, era absoluto. Parecía que todo ser vivo estaba en meditación. El lugar era propicio para la reflexión.

— Padre Guillermo, creo que tengo un inconveniente con los dos seminaristas que me enviaron desde España. Los dos muchachos tienen problemas de adaptación a la vida religiosa. Esta juventud quiere vivir una fe a su manera. Tengo el temor de que me los enviaron a mí, porque, en el seminario de España, no podían soportarlos. Uno de los documentos, e referencia de los seminaristas, que me enviaron desde España, que es el reporte del asesor espiritual, dice que existen dudas razonables de su fe.

— Los jóvenes del seminario siempre son problemáticos. Recuerda tu tiempo en el seminario, cuántas cosas hacías. A los jóvenes hay que darles tiempo y enseñarles el camino. Tú has tenido jóvenes muy difíciles, y has logrado que entiendan su vida de religioso. El Señor te ayudará a conducir a esos muchachos. Te he visto hablar con el seminarista que anda contigo y veo que tienen una buena relación. Contigo, monseñor Alonzo, el Señor ha sido muy generoso. Tú tienes el don de poder reorientar las vidas de esos muchachos. Si sobre la tierra hay alguien que tiene la capacidad y el don para conducirlo con éxito, ese eres tú. Te lo han enviado a ti porque saben que en tus manos podrán conseguir encontrar su verdadero camino. La iglesia es sabia.

— No tengo problemas de relación con ellos, lo que sucede es que tienen comportamiento en las parroquias donde están, no muy conveniente para su formación religiosa. El problema es que no tienen ni siquiera un comportamiento considerado con los párrocos donde los he asignado —dijo con voz queda. La tristeza le inundaba el alma.

— Pero, ¿cuál es el problema con los muchachos? —preguntó el padre Guillermo, con cierta inquietud.

— Juan Javier, quien anda conmigo, no lo quieren en la parroquia de Nuestra Señora de la Divina Providencia. El párroco me ha informado que el comportamiento no es el indicado de un seminarista, actuando en una iglesia. Usa más el tiempo para las actividades festivas, que para los asuntos pastorales. Me dice que no le ve condiciones de serenidad y de la responsabilidad de un aspirante a sacerdote. Me informó que su comportamiento está muy lejos a la de un estudiante de religión. Cree el párroco que está un poco descarriado. Yo no lo puedo asegurar, pero la verdad es que es muy preocupante. Son los párrocos los que pueden informarme del comportamiento de cada uno de ellos. No tengo otra fuente para informarme.

— Creo que, con toda esa información, tú debes tomar una decisión muy pronto. El párroco comparte con él mucho más tiempo que tú. Él puede tener más elementos de juicio para tomar la decisión que decidió tomar.

— Ese es el caso de JJ, pero el caso de Pedro Pablo es peor. Me confesó que estaba enamorado de una de las muchachas que trabajan en la Pastoral Juvenil de la parroquia de San Mauricio. Tú conoces, mejor que yo, el párroco de esa iglesia y sabes que es muy recto en sus asuntos; el padre Antonio fue compañero tuyo en el seminario, en España.

Sólo pensar que el padre Antonio sepa que Pedro Pablo está enamorado de una de las muchachas de la parroquia, lo expulsa de su parroquia el mismo día. Estos muchachos se están metiendo en graves problemas. Por más consejo que les doy, creo que no servirán para nada. Nunca había tenido seminaristas tan difíciles y complicados como estos. Creo que ya no tengo fuerzas para lidiar con los demonios de este tiempo. La iglesia tiene que buscar otros gladiadores para el futuro.

— Ahora sí que la cosa se ha puesto difícil. Un seminarista enamorado es un problema para la iglesia. Ese es el único problema que nosotros no podemos resolver. Ese muchacho debe mandarlo, de inmediato, para España. Cuando la pasión carnal entra a la vida de un religioso, lo mejor es apartarlo de inmediato, porque de lo contrario, después el daño es irreparable —expresó con determinación y convencimiento, mientras se rascaba el cuero cabelludo, mostrando su preocupación.

— No hay que ser tan duro con los muchachos, padre Guillermo —comentó Santiago con palabras apagadas y serenas.

— Ese es el mandato supremo de la iglesia. Para ser sacerdote, lo primero que debe saber la persona es que va a hacer voto de castidad. El poder de la iglesia está en la fe. Nada estará sobre la fe y, cuando esto ocurre, hasta la fe cae. No tenga mucha consideración con ese caso. Cuando un religioso siente el llamado de la carne, se debe a que no ha profundizado en su fe —explicó, levantando el tono de la voz en una manera poco común en él. El padre Guillermo estaba molesto por las dificultades que le estaban ocasionando a su viejo amigo.

Santiago hizo silencio. Su mirada se perdía en la inmensidad de la noche. Una arruga de preocupación se dibujó en su frente. La rigidez de la iglesia provocaría la expulsión de los dos seminaristas. Sabía que no podía hacer un informe con los resultados del comportamiento de los estudiantes de religión, porque eso era condenarlos a salir del mundo religioso. Era lógico que Guillermo pensara así, en verdad, el padre Guillermo era el confesor y, por eso era él quien tenía que poner sanción. Pero él no era el castigador, él era conductor de los jóvenes. Él no era el juez que los condenaría. El cuadro que presentaban los estudiantes era desolador. No le dejaban muchas alternativa para decidir.

— No se puede ser débil, en los asuntos de la Iglesia. Los débiles no pueden ser misioneros. Para cargar con la cruz de la fe hay que tener mucha fortaleza; y aun aquellos que tienen gran fortaleza, caen. Debes cumplir con la misión de informar el comportamiento de los estudiantes —dijo el padre Guillermo que había enjutado el rostro.

El sacerdote, rector del hogar de retiro para ancianos frailes, guardó silencio. La vida de un religioso en un santuario aislado es muy dura, y esa dureza, se la imprime a todas las cosas de la vida. Tenía que entender al padre Guillermo López. Sabía que tenía razón, y lo que mandaba el reglamento de la Orden era reportar las inconductas de los seminaristas. Su amigo conocía el mundo del aislamiento y del recogimiento absoluto. Había vivido muchos años en ese estado en el santuario. Su conducta era pura y exigía de todos, pureza total.

— Sé que tú tienes razón, pero yo tengo la responsabilidad de convertirlos en sacerdotes. Me lo han enviado para que los pueda conducir por el camino de las huellas del Señor. Conoces, como yo, que las vocaciones religiosas son escasas en estos tiempos. No podemos dejar a los que se han atrevido a entrar al seminario. Sé que es muy difícil conseguir que cambien su comportamiento, pero debo hacer algo por ellos. Creo que, si fuera por el comportamiento de ellos, no lo hubiesen dejado terminar en el Seminario Mayor de España. Estoy viviendo los últimos días de mi vida y si el Señor me ha impuesto esta penitencia, debe ser para algo grande. Tengo que luchar con los muchachos hasta el último minuto. Si después de todo mi esfuerzo, siguen con sus inconductas, lo reportaré a España.

— La vida de un religioso es muy dura y si tú no tienes vocación es muy difícil que logres conseguir establecerte como un servidor de Dios. Para los que creen que están convencidos es difícil llevar la vida comprometida; ¡imaginaste los dolores de cabeza que te han dado, aun sin comenzar! Esos muchachos no muestran integridad ni responsabilidad. Soy de opinión, que aquellos seminaristas que no muestren capacidad de fe y de dedicación a la obra, sean retirados. Después, la iglesia se gasta mucho tiempo y muchos recursos para la preparación de esos sacerdotes y luego, en el primer tramo del camino desertan. Tú eres muy diplomático con los estudiantes; eso no es bueno para la Iglesia. Como me has dicho, esos muchachos no tienen futuro en la Iglesia. El poco tiempo que té queda de vida debes usarlo para mayor provecho. Tu tiempo es muy valioso. Mucha gente necesita de tu orientación y de tus oraciones.

El viejo sacerdote escuchaba todas las verdades que le decía el padre Guillermo. Reconocía la fuerza del discurso del contertuliano. Sentía, que al final del camino, no le estaba sirviendo al Señor como debía hacerlo. Sus muchos años en el ejercicio del sacerdocio parecía que llegaban a su último tramo. Quien fuera, en el pasado, el mejor conductor de seminaristas, hoy no podía resolver el problema de dos muchachos de conductas extraviadas. Le dolía su impotencia.

— ¿Te parece que la mejor decisión es la de devolver los a seminaristas para España? —preguntó, tratando de buscar ayuda con el canónigo. Se sentía, por primera vez en su vida, incapaz de llevar a cuesta la misión que le había impuesto la Iglesia. Su vida útil se agotaba. La decisión no era sólo la de devolver a los jóvenes estudiantes al Seminario Mayor de España, eso también implicaba condenar a la expulsión de los seminaristas del camino del servicio sacerdotal. Pero, además, si ya no podía conducir a los jóvenes que buscan el camino del servicio, entonces, tampoco serviría para conducir el propio hogar que tenía a su cargo. Su incapacidad no podía ser parcial. Si no servía para servirle con una obra a la Iglesia, entonces estaba llegando al final de su condición de sacerdote, que no era más que aquellos ancianos sacerdotes a quienes ya no se les podía asignar ninguna responsabilidad. Se convertían en uno de los del pasillo a la espera del llamado del Señor. El último tramo de su existencia en la tierra. Se estremeció al pensar en la inutilidad de su vida para la obra del Señor.

El viejo sacerdote miró la oscuridad de la noche. El firmamento, lleno de estrellas y luceros, parecía un inmenso océano de luces. Se levantó y caminó sin rumbo en la pequeña terraza abiertas. Sus manos se buscaron y las apretó en su rostro, cubriéndolo. Una desesperación crecía en su interior.

— Me voy a retirar, para ir al sagrario. Deseo poner en manos de Dios la decisión. Él sabrá indicarme el camino que deben seguir los seminaristas. Salió del lugar lentamente.

El padre Guillermo lo vio salir; sentía que el amigo se estaba despidiendo. Nunca le había visto en un estado tan desastroso y agónico. Un extraño sentimiento de culpas sintió. Pensó que no debió hablarle en la forma que lo hizo.

Santiago se hincó frente al altar del sagrario. Sólo Dios podía ayudarlo a tomar la última decisión de su vida.

— ¡Que se haga la voluntad del Padre, nunca la mía! —exclamó.

SEGUNDA PARTE

CAPITULO I

El monseñor Santiago decidió quedarse una semana en el santuario de la Virgen de las Mercedes. Envió por Pedro Pablo, el seminarista que se había quedado en la ciudad de Santo Domingo. El ambiente campestre y la serenidad casi perpetua del recinto religioso hicieron que tomara la decisión de permanecer. La ruralidad del entorno y el aire puro hicieron que la salud del viejo sacerdote mejorara. También había pensado en la ayuda que le podía proporcionar el padre Guillermo, en la orientación de los muchachos.

El ambiente natural del Valle de La Vega Real y la temperatura de la montaña donde estaba enclavado el templo eran propicios para hacerle ver a los seminaristas el camino correcto. El padre Guillermo aceptó complacido la solicitud de ayuda, hecha por el padre Santiago.

Contiguo a la iglesia, los sacerdotes, en un predio, cultivaban hortalizas, tubérculos, bananas, etc., los cuales servían para alimentar a los servidores de Dios. En los primeros días, los dos jóvenes seminaristas fueron invitados a compartir las labores de labranza. Al principio, se negaron; pero, después, aceptaron, de cierta mala gana.

El trabajo en los muros de cultivo se les hizo muy pesado. Estaban acostumbrados a la ciudad y al uso de tiempo solamente en el estudio. Después de algunos días, comenzaron a acostumbrarse a las labores del campo. Sus manos, poco a poco, se acostumbraron a la mocha y a la azada.

El padre Guillermo los sometió a los trabajos propios del santuario, en época en que se preparaba la celebración del día de la Virgen de las Mercedes, que era el 24 de septiembre. El trabajo de preparar el local y las condiciones para los miles y miles de peregrinos que asistirían a la celebración, como lo hacen cada año, los agotaba, de tal manera que se quedaban sin fuerzas; no tenían otra intención que la de irse a la cama a dormir.

Pedro Pablo y Juan Javier entendían que era un castigo que les estaba aplicando el monseñor Santiago Alonzo, por los inconvenientes que le ocasionaban. Ninguno de los dos hablaba de sus problemas. Estaba totalmente prohibido comunicarse entre sí, sus problemas. Cuando una persona le comunica sus problemas a otra persona que no está calificada para opinar sobre el problema, regularmente opina y opina incorrectamente. La formación y la experiencia son los elementos que se deben tomar en cuenta para conocer a la persona que podemos pedirle algún consejo.

En el proceso de la solución de un problema, el auxilio de una persona preparada para ayudar es muy útil; pero la persona sin calidad, regularmente, lo que hace es empeorar la solución del problema.

El sacerdote es un profesional que está dotado de la formación académica y la estatura moral para ayudar a las personas en los problemas conductuales y éticos. Un sacerdote siempre te ofrecerá un consejo apropiado para la solución del problema y, si ese sacerdote es un anciano es seguro que te encaminará por el mejor de los caminos. La sabiduría de un religioso es un bien que tenemos casi siempre a mano y que no usamos con la frecuencia que deberíamos.

El monseñor Santiago Alonzo observaba el comportamiento de los jóvenes en el recinto sagrado. Ahora, no era lo que le decían los párrocos, donde ellos participaban; ahora era él, en persona, que estaba siguiendo la conducta de los seminaristas rebeldes. Paso a paso vigilaba exhaustivamente a cada uno. Temía que hicieran un acto indebido en el lugar.

Pedro Pablo siempre estaba buscando la oportunidad para salir del recinto y bajar hasta la ciudad de La Vega Real. Seguramente para realizar algunas llamadas a la ciudad de Santo Domingo, donde estaba Rocío del Carmen. No se dejaba acompañar de Juan Javier. Era muy posible que se encontrara con la muchacha de la que estaba enamorado. Desde su asiento, debajo de un copioso árbol, Santiago lo observaba. En una ocasión bajó a la ciudad y no regresó en toda la noche. Informó que no había podido regresar por no conseguir transporte. Una de cosas más difíciles es mentir a los hombres que han vivido mucho. Todas las historias eran conocidas. Nada novedoso les podía presentar la juventud. Los sacerdotes aceptaron las opiniones de Pedro Pablo; finalmente, el padre Alonzo era quien tenía la última palabra.

Juan Javier disfrutaba de la preparación de la fiesta de las Mercedes. Propuso cambios en la celebración de la Eucaristía. Cuando terminara la misa y el sacerdote saliera de la iglesia, permitir a los fieles que iban con instrumentos y conjuntos típicos de la región que le tocaran la música folklórica a la Virgen de las Mercedes. Que se les permitiera a los feligreses realizar ceremonias bailables en el interior de la iglesia, todo esto cuando no se esté celebrando la misa, en honor de la Madre de Dios. Propuso que, en la celebración de la misa, en el momento de la limosna, los campesinos no entregaran dinero, sino algunos productos de sus cosechas o de productos manufacturados manualmente por ellos.

El padre Guillermo, en principio, se opuso a las propuestas de Juan Javier, pero después, y aconsejado por Santiago, permitió que algunas de las cosas propuestas se implementaran.

Juan Javier visitó la iglesia de la ciudad y contactó con los jóvenes de la Pastoral Juvenil para convertirlos en los guías y en el cuerpo de orden de la celebración del 24 de septiembre. Organizó fiestas entre los jóvenes, dos días antes de la celebración. Todo estaba listo para una gran celebración, con innovaciones.

Los sacerdotes del santuario recibieron como una revolución las ideas de Juan Javier. El joven seminarista se ganaba el afecto de los sacerdotes más jóvenes y el desafecto de algunos de los más viejos. El padre Santiago lo apoyaba en todas las iniciativas. El padre Guillermo comenzó a cambiar de actitud frente a JJ.

La llegada de los jóvenes seminaristas españoles cambió la dinámica de la vida del centro de adoración mariana. Este año sería la más grande de las celebraciones a la Virgen que vino con los españoles en el período de la colonización.

Todo estaba listo para recibir a los peregrinos que vendrían de todo el país y algunos de parroquias hermanas de España. La iglesia lucía sus mejores galas. La sangre joven de la Iglesia renovaba el concepto.

Santiago y Guillermo contemplaban el trabajo realizado por los dos seminaristas rebeldes, con cierta complacencia.

— ¿Qué opinión tiene de los muchachos, después de estos días con ellos aquí? —preguntó Santiago, mientras caminaba por una de las aceras del templo mayor.

El padre Guillermo continuó caminando sin pronunciar palabras. Después comentó:

— Creo que la iglesia no nos necesita mucho a nosotros. Esa sangre nueva, renovadora, llevará el evangelio a más lugares que las que ha hecho la Iglesia en estos dos mil años. Esos muchachos, principalmente el que tú le llamas JJ, serán una generación distinta de sacerdotes y creo que es el sacerdote que está esperando el mundo de la tecnología y la ciencia. Pedro Pablo no me convence aún.

Los dos sacerdotes tomaron el camino que conducía hasta el predio de cultivo. Sus lentos pasos hacían que ni las hojas caídas se movieran. La misión impuesta por su Señor estaba terminando, y el propio Creador entregaba los nuevos sujetos de la fe.

— Aun cuando creo que las nuevas corrientes de la Iglesia son muy buenas y renovadoras, también creo que los principios de la fe no pueden ser alterados. Debemos permitir la renovación de los métodos y de las formas de trabajo de los nuevos sacerdotes, pero nunca permitir que se cambien los elementos que construyeron la organización más vieja del hombre.

Algunos de los jóvenes sacerdotes se descarriarán porque no encuentran fácilmente el camino. Creo que esa es la labor de nosotros, los viejos sacerdotes. Algunos se alzarán a las montañas, confundiendo la fe, con el compromiso social. Otros harán de la lucha contra la injusticia su misión y olvidarán que su misión fundamental es la salvación del alma del hombre. Muchos jóvenes sacerdotes abandonarán y caminarán por el sendero del matrimonio y eso no es nada malo. Está llegando la hora más difícil del servidor de Dios. Habrá luchas internas en la Iglesia con el propósito de facilitar al sacerdote el elegir libremente ser casado o hacer voto de castidad. Muchos sacerdotes, principalmente los de la Iglesia contestataria, desobedecerán algunos mandatos de la Santa Sede. Los mayores problemas, en toda la historia de la Iglesia, se levantarán en estos tiempos.

— La Iglesia ha tenido grandes retos y ha salido airosa siempre. Esta es la Iglesia de Dios, y el hombre no tiene capacidad para destruirla. No tengas ningún temor. Yo no le temo a los nuevos tiempos. Ellos vendrán con sus problemas y sus soluciones. Todas esas calamidades que dice que aparecerán con el tiempo, también serán cubiertas con la sabiduría que impone el Señor a sus servidores. No temo a nada de lo que los hombres intenten contra el propósito divino. Todos serán vencidos. El poder de Dios es tan grande que ni la propia Iglesia, aunque quisiera, podría destruirse.

El día llegaba a su medio y el calor afectaba a los caminantes. Se detuvieron a descansar, en un lugar de donde se podía observar la cadena de montañas que acordonaba el hermoso Valle de La Vega Real. El padre Alonzo contempló con admiración toda la creación divina. Sintieron la ráfaga de una brisa fresca que los revitalizaba.

— Ahora entiendo a Cristóbal Colón, cuando dijo: "que ésta era la tierra más hermosa que ojos humanos jamás hayan visto" —expresó, mientras se acomodaba para descansar.

El padre Guillermo lo contemplaba con alegría. Había pasado tanto tiempo en el lugar que el hermoso y sobrecogedor paisaje le era casi indiferente.

CAPITULO II

El sol comenzaba a declinar en el firmamento, cuando el monseñor Santiago Alonzo, Juan Javier y Pedro Pablo se sentaban en el césped, perfectamente cortado, que rodeaba la iglesia principal del santuario de la Virgen de las Mercedes. Habían pasado los días y llegaba la hora de poner algunas cosas en claro. Desde el lugar donde estaban, el bosque parecía venir sobre ellos, con sus sombras frescas. La tarde era plácida y la temperatura comenzaba a refrescar. Grandes copos de nubes, estacionados las cimas de las montañas que rodeaban el valle de la Vega Real, amenazaban con atrapar el firmamento en horas de la noche. El sol, en su último tiempo, iluminada con eficiencia todo el territorio.

— Monseñor —habló Pedro Pablo—. La vida en el campo es muy dura. El trabajo que hacen los campesinos es muy duro. No entiendo el ¿por qué?, los rurales se quedan a vivir en la campiña y no se van a vivir a la ciudad.

El sacerdote hizo el silencio ritual acostumbrado. Miró a Juan Javier, tratando de buscar la opinión de este sobre la pregunta del seminarista. Juan Javier no hizo ninguna señal de aprobación.

— La vida en el campo es muy dura para los que no viven en la campiña. Si te acostumbras a la vida campesina, serás tan feliz o más feliz, que si vivieras en la ciudad. La mayoría de los citadinos detestan la vida agrícola; pero fíjate, aun cuando los hombres de la ciudad tienen los servicios básicos seguros, su calidad de vida es inferior. El hombre del campo es mucho más saludable que el que habita en las grandes ciudades.

— Monseñor, usted habla de la calidad de vida, pero yo creo que lo más importante de la vida del rural es la conformación religiosa que tiene. La fe, en los hombres del campo, es la mayor que tiene el pueblo de Dios —comentó Juan Javier, mientras contemplaba los lagos dedos blancos de las manos del viejo sacerdote, que mostraba el conducto sanguíneo como si fuera transparente.

— No sólo es la fe de los hombres de la tierra, sino que la integridad moral es superior a la del hombre de la ciudad. La permisibilidad en el hombre de la ciudad para corromperse es mayor. El hombre curtido en el trabajo del campo, de sol a sol, es, fundamentalmente, íntegro. Esto sucede en todas las partes del mundo. Los grandes predicadores de la Iglesia eran campesinos. Los grandes hombres de la humanidad eran campesinos. Los mejores profesionales, en todas las áreas, regularmente, provienen del campo. El ambiente bucólico se presta para la meditación y la reflexión, mucho más que el ambiente citadino. De uno u otra manera, vivir en contacto directamente con la naturaleza es muy saludable.

— Pero, además, Monseñor; el mismo Cristo era campesino y nació en un pesebre. Eso indica que la Iglesia nació en el área rural —argumentó Juan Javier.

— Es posible que la Iglesia naciera en el campo, pero vive en la ciudad. Acaso el Vaticano no es una ciudad. El centro de la Iglesia es la ciudad —riposto Pedro Pablo, mirando fijamente a Juan Javier descubrir su opinión oculta.

— Ninguno de los dos tienen razón. La Iglesia es de la ciudad y es del campo. La Iglesia es del hombre; no es de la ciudad ni del campo —explicó Santiago.

— Entonces, ¿el hombre de la ciudad y el del campo es el mismo hombre? —preguntó Pedro Pablo, tratando de provocar una reflexión mayor en el anciano sacerdote de la Orden de los Dominicos.

— El hombre es un ser cultural. La cultura es quien hace al hombre y, por lo tanto, dependiendo del lugar donde se forje tendrá su conformación ética y moral. Ahora bien, el hombre que se forma en el rigor del trabajo rural y en contacto con la naturaleza tiende a respetar más la vida y los valores que esta sustenta. La ciudad, de alguna manera corrompe al ser humano. En la ciudad, el hombre tiene unas ambiciones desmedidas, que no están en el campo. La ciudad es una provocación siempre.

La vida en el campo es superior a la vida en la ciudad. Es más pura y simple. Es verdad que no tiene los teatros y las grandes salas de cine, pero tiene la naturaleza en la expresión más pura y limpia. El hombre del campo dura mucho más que el hombre de la ciudad, por lo que no puede decir que la vida es más difícil. Las condiciones morales de los hombres del campo son superiores a los hombres de las grandes ciudades. La propia Iglesia, cuando va a realizar sus retiros, para ponerse en contacto con el Creador, no lo hace en los centros de las grandes ciudades, sino que lo tiene que venir a hacer en el propio campo.

— Monseñor, entonces, ¿por qué los hombres tienen una tendencia a irse a vivir a las grandes ciudades? ¿Acaso no es ésa una contradicción en su actitud? Nadie quiere lo malo para sí. Lo normal es que el hombre busque su mejoría. El acto del suicidio es absolutamente antinatural. Lo natural, en un hombre, es la búsqueda de un mejor estado de vida —expresó Juan Javier, reflexionado críticamente las palabras del sacerdote y guiñándole un ojo a Pedro Pablo, buscándolo como aliado en el debate.

— Eso que dices es verdad. Si vemos la acción del hombre como un acto voluntario. La mayoría de los hombres que viven en la ciudad lo hacen, en primer lugar, porque creyeron en otras alternativas que no les llegaron, cuando habitaban el campo. Cuando un hombre de clase pobre se interna en un barrio citadino, se siente arruinado y entra a un mundo que él cree que durara muy poco. La mayoría de los campesinos que habitan las grandes urbes tienen una meta fija: lograr un poco de dinero para regresar a su campiña. Pero el mundo de la ciudad los atrapa, y a la mayoría no los deja regresar y se convierten en personas sin valor social.

El valor de la persona en el campo es muy superior al valor de esa misma persona en la ciudad. El lugar de nacimiento es el lar donde se construyen todas las estructuras emocionales y todos los mundos culturales. Los alimentos, las bebidas, la música, el baile y todas las manifestaciones del ser humano se construyen en la primera edad. Todo el mundo emocional de un hombre de campo es muy difícil conciliarlo con el hombre de la ciudad.

El futuro de la humanidad está en desarrollar los valores que se cultivan en los campos.

Ustedes conocen muy bien a España. Todos los personajes relevantes de la sociedad española tienen una finca donde ir a descansar. Es el lugar donde pueden lograr expresarse su gratitud a la vida.

— Monseñor, ¿por qué no eligió un lugar en el campo para su retiro de los trabajos de la Iglesia? —preguntó Juan Javier, mientras tomaba pequeñas piedras y se las lanzaba a algunas palomas que alzaban su vuelo para llegar a su destino de dormir.

El joven seminarista cuestionaba cada momento los planteamientos del experimentado monseñor Alonzo. En algunos caso creía que el fraile no tenía respuesta para sus preguntas, pero cada vez, la sabiduría era expresada con mayor rigor. No había dudas de que estaban en presencia de un gran sacerdote.

— Cuando se decide la vida por la misión religiosa, no se tiene control de la propia vida. Los sacerdotes hemos decidido ir a donde nos necesita la fe. Un sacerdote no tiene lugar propio; todos los lugares son nuestros y no son nuestros. La vida de un sacerdote no depende de él, sino que depende de la voluntad de Dios. Hemos optado por el sacrificio y el amor de Dios para con el hombre, y ese camino nos lleva a todos los lugares que nos señalen los superiores. Si vosotros creéis que podéis elegir por donde dirigir su apostolado, estáis muy equivocados. La única decisión que tiene el estudiante de religión es la de entrar o no entrar al mundo de la consagración. Ustedes están aquí, como lo saben, porque están en el proceso de definición.

Ustedes han probado que tienen la inteligencia que requiere para los estudios de religión. Han probado que el nivel de la fe es suficiente para la vocación. Han probado que pueden servir a la causa del Señor. Lo que ustedes no han probado es que permanecerán en la disciplina sacerdotal. Lo que ustedes no han probado es que tienen la suficiente integridad en el pensamiento para permanecer en la vocación religiosa. Aun cuando, les digo, que ningún sacerdote puede decir que permanecerá en la misión, ni siquiera yo, que ya soy un anciano.

El mismo Dios cuando vino con su misión a la tierra y supo lo terrible de su destino no creyó terminar. La meta de un religioso es la de emular la vida y la obra de Jesús, y eso no es nada fácil. Busquen entre sus intersticios emocionales y su íntima convicción, para que después tomen la decisión apropiada. Ustedes están a tiempo para decidir por su verdadera misión en la vida, que puede ser el camino del servicio al Señor o realizar una vida normal. Cualquiera que ustedes tomen será porque así lo quiso el Padre.

El hecho de que un estudiante de religión no siga el camino iniciado, no indica que ha tomado un camino errado. Lo errado sería seguir un camino que sabe que no llena tu vida. El fin último del hombre es salvar su alma y si la vas a perder siguiendo el camino religioso que no puedes andar, es mejor que busques su camino en las actividades normales del hombre. Existen tantos santos que han logrado su elevación por su misión pastoral, como otros que lo han logrado sirviendo desde la sociedad no religiosa. No temáis por el camino que les dicta su corazón. Seguid el camino que les dicta su conciencia.

Los dos jóvenes seminaristas se miraron con preocupación. No sabían de donde le había llegado el discurso al viejo sacerdote. Todo parecía que los estaban descartando para el servicio sacerdotal. Ellos sabían que la opinión del monseñor Santiago Alonzo era vital para volver a España y ordenarse. Los dos jóvenes seminaristas eran hijos de familias de profundas raíces religiosas, y habían elegido el camino de la consagración, por voluntad propia y por la propia presión de las familias.

Juan Javier tenía un tío que era Obispo en España, y era el tronco fundamental de la familia. Jamás le pasó por la mente no complacer a su familia que tanto deseaba la continuidad de sus miembros en la Iglesia. Ninguno de sus hermanos quiso entrar al seminario y solamente él se dispuso a estudiar para el sacerdocio de Jesús. Recordó el día en que les dijo a sus padres que iba a entrar al Seminario Mayor de los Dominicos. La alegría invadió a todos sus familiares, y celebraron una gran fiesta por el regalo que le había hecho el Señor de indicarle a uno de sus hijos que tomara la carrera eclesiástica. Toda su familia esperaba el regreso para la ordenación sacerdotal. Ahora sentía que el padre Santiago Alonzo no estaba convencido de que él pudiera seguir el camino del servicio a Dios. Una angustia le llenó toda el alma.

Pedro Pablo miró la angustia que se reflejaba en la mirada de su compañero seminarista. Sintió miedo. Casi toda su familia era religiosa: dos tías eran monjas y servían en África. Dos hermanos de su padre eran sacerdotes misioneros en Vietnam, donde estaba prohibida la religión Católica. Sus familiares realizaban la propagación de la fe de forma clandestina y muy riesgosa. La mayoría de los sacerdotes en ese país, en el mejor de los casos, lo deportaban, y en el peor los metían en la cárcel hasta que se murieran. Su padre y su madre estaban muy orgullosos de su hijo en el seminario. ¿Qué sería de su vida si llegaba a España con una desaprobación para ordenarse como sacerdote? El sufrimiento que causaría a sus padres sería terrible. Las palabras del monseñor Santiago Alonzo reflejaban las dudas que sentía por la vocación religiosa de ellos. Una desesperación se anidó en su ser. Aun cuando sintiera un sentimiento de amor por Rocío del Carmen, nunca pensó en abandonar su vocación religiosa. Ahora no sabía qué hacer. Su ser intimo se debatía entre su camino hacia la vocación sacerdotal y el inmenso amor que sentía por Rocío del Carmen. La vida lo ponía a transitar un laberinto sin salida.

Santiago Alonzo sintió que los jóvenes entraban en su ser más tormentoso. Aun tenían dudas de ser sacerdotes, y esa era una situación muy grave. No podía hacer otra cosa que dejarlos cargando sus primeras cruces del calvario que le esperaba.

— Les he dejado las historias de meditación con el ayudante del padre Guillermo. Quiero a partir de ahora que, en dos párrafos, me escriban lo que ustedes creen que les ha dicho la historia que les entregado cada cierto tiempo —expresó el padre Alonzo y comenzó a caminar hacia el interior de la casa curial, después de despedirse de los jóvenes, que se quedaban, cada uno, con un desosiego interno que los consumía.

— Ahora nos va a examinar —exclamó en voz baja, Juan Javier al ver alejarse el sacerdote católico—. Creo que el monseñor no está muy conforme con nosotros.

El padre Santiago, de caminar corto y lento, detuvo la marcha de sus pasos. Se viró hacia los seminaristas.

— El comentario de las historias no tendrá nada que ver con mi última opinión.

Los dos seminaristas se miraron y guardaron silencio. Este monseñor conocía hasta los pensamientos de ellos. La situación parecía difícil. Se levantaron y caminaron hasta el lugar donde siempre estaba el ayudante del padre Guillermo. Buscarían las historias.

Historia para el seminarista Pedro Pablo Zambrano:

HISTORIA NO. 8

UN LUGAR DONDE VIVIR

La mañana entraba a borbotones de luces por el gran ventanal de la habitación de Augusto de los Santos. Abrió los ojos, aún cargados de sueños, y contempló el torrente solar que invadía su habitación. Había llegado el día para partir hacia tierras lejanas. Durante muchos años había tratado de vivir su vida en el pequeño país donde había nacido y solamente había logrado incrementar su tristeza.

Desde que nació, Augusto, buscó en todo el horizonte de la pequeña isla donde nació, un lugar donde poder compartir las alegrías y las tristezas, los triunfos y los fracasos, la felicidad y el dolor; solamente consiguió incrementar sus dudas de si él era normal o era un ser de otro planeta, porque los habitantes de aquella isla del Caribe no aceptaban su forma de vivir en armonía con la naturaleza y con Dios. Le habían hablado de un archipiélago donde existían personas que compartían el pan, un saludo y el techo que cubre las esperanzas con sus semejantes sin provocarle un engaño y una traición.

Desde que nació, en un apartamento lujoso, no había podido ver a los vecinos del frente de su vivienda, porque sus padres lo dejaban en el colegio y en una sala de tareas. Sus padres nunca conocieron a sus vecinos. Después se mudó a una residencia del exclusivo sector de Los Pinos, la cual tenía una enorme verja perimetral que no permitía que entraran los vecinos. Las casas de todos los vecinos tenían verjas más altas y con protección contra la amistad y el afecto, como su propia casa. No había un lugar en la isla donde compartir su vida con sus semejantes, entonces tomó la decisión de buscar el lugar donde vivir en armonía con sus semejantes y con la naturaleza.

Augusto cargó sobre sus hombros con todo lo que podía llevar y emprendió su marcha en búsqueda de un lugar donde vivir.

Después de algunos días llegó a una pequeña isla donde los hombres tenían una fábrica de oro. Desde que llegó extendió su mano para saludar al primer hombre que encontró. El hombre lo observó con extrañeza y expresó:

— ¿Por qué me saluda, si tú no tienes una barra de oro para comprar mi saludo?

Había llegado a un lugar donde el oro compraba los saludos, los besos, los amigos, los compadres, los padres, etc. Él no tenía oro para comprar saludos y, por lo tanto, no podría quedarse a vivir en aquel lugar. Le informaron que casi toda la tierra estaba llena de lugares donde el valor del saludo estaba condicionado al valor de la barra de oro que tuviera el ciudadano. Augusto no tenía oro para compartir, sólo tenía el deseo de compartir la vida, el amor, la solidaridad y un saludo con los demás. No podía quedarse a vivir en un lugar donde la vida vale una barra de oro; y él no tenía ninguna barra de oro.

Caminó con rapidez para alcanzar, en poco tiempo, otra pequeña isla donde emprender su vida. Desde la distancia, la pequeña isla, se veía espléndida y muy bella. Llegó un poco cansado y se acomodó en la sombra de un gran árbol. Frente a él pasaban los ciudadanos danzando todos los tipos de música. Era una isla habitada por mujeres bailarinas y por hombres ciegos. Se acercó a una de las bailarinas y le preguntó:

— ¿Por qué danzan todo el día?

— Nosotras nacimos para alegrar la vida y para expresar la grandeza de Dios en la danza y en el amor, y los hombres han preferido sacarse los ojos para no ver en nosotras la voluntad de Dios. Dios nos hizo con el don de ser compañeras, y ellos prefieren que seamos objetos de uso. Solamente queremos que nos amen y que amen el arte que está en nosotras; solamente eso queremos.

— Entonces, ¿los hombres no las aman? —preguntó Augusto, un tanto extrañado por la respuesta que le había dado la mujer.

— Los hombres sólo aman su necesidad. Cuando su biología le exige una descarga, ellos recurren a nosotras como una terapia médica, no como un acto de amor. Para ellos el poder lo es todo; ejercerlo, aun cuando vaya en contra de ellos mismos, es su acto mayor, y eso los hace cada vez más ciegos. Los hombres sin ojos nunca ven la belleza y el amor en los demás.

— ¿Por qué no se van de esta isla? —preguntó de nuevo.

— Nosotras nacimos para hacerles compañía y es la voluntad del creador que seamos compañía de ellos, a pesar de que no tengan ojos para vernos. Nosotras sólo podemos hacer la voluntad de Dios, y estaremos aquí hasta que ellos puedan ver la luz. A pesar de que somos la misma carne, para ellos no somos la misma carne. Me tengo que marchar porque tengo que seguir danzando —expresó la mujer, mientras bailaba sobre la alfombra del camino verde.

Augusto de los Santos permaneció un largo rato cubierto por la sombra del inmenso árbol; pensando en aquel extraño país donde los hombres eran ciegos. No tenía ninguna alternativa que seguir su camino. No podía quedarse en ese inhóspito país. No había ninguna oportunidad de compartir la vida con habitantes tan extraños y difíciles. Se levantó y emprendió su marcha en busca de otra de las islas del archipiélago.

Pasaron algunos días cuando divisó una isla muy grande con enormes edificios y con un volumen de automóviles impresionante. Era la isla donde la ciencia y el conocimiento habían hecho prosperar a todos los habitantes. Esta debería ser la isla ideal para vivir. El hombre estaba en un estadio de desarrollo superior. La civilización mayor del hombre debía proveerlo de la sabiduría para vivir en armonía con la naturaleza y con Dios. Se frotó las manos, seguro de que su camino había llegado a su fin.

Cantando su canción preferida (Por amor, de Rafael Solano) entró a la gran urbe que se le abría a su paso. Eran las 2:00 de la tarde y algo extraño encontró a su paso. En la ciudad sólo se veían a los niños. No había ningún adulto en las casas ni en los parques. Todos los niños estaban cargados de juguetes y jugaban todo el tiempo con sus artefactos de diversión.

— ¿Dónde estarán los padres de los niños? —se preguntó al momento de llegar hasta el lugar donde estaba un niño rodeado de muchos juguetes—. ¿Dónde están tus padres?

El niño, de unos 10 años, lo miró extrañado y preguntó.

— ¿Tú no eres de aquí?

— No. Yo soy de una isla que está muy alejada de este lugar y he venido a vivir aquí.

El pequeño, que estaba manipulando una computadora personal, siguió navegando en la carretera de la información y del conocimiento.

— ¿Dónde están tus padres? —preguntó de nuevo.

El muchacho lo miró con evidente molestia y contestó.

— Señor —expresó—, usted no sabe que en esta isla los padres están muy ocupados en el trabajo de producir riqueza y más riqueza cada día y no tienen tiempo para ocuparse de cuidar a los hijos y que los niños deben acompañarse de sus juguetes hasta que estén en edad de entrar a producir riqueza y más riqueza.

No; yo no lo sabía. ¿Cuándo ustedes pueden compartir con sus padres? —preguntó.

—Nuestros padres tienen programadas las vacaciones, y en ese tiempo, podemos ir juntos a un hotel o a la playa, siempre y cuando nos cuide algún personal de seguridad. En esta isla, los padres están muy ocupados y no tienen tiempo para estar con sus hijos.

El jovencito estaba hablando, cuando se acercó un niño de dos años con un juguete que era una ametralladora y gritando exclamó:

— ¡Yo quiero ver a mi Mami!

— Ese niño no está civilizado todavía. Muy pronto dejará de gritar, y entonces se conformará con los juguetes. Es cuestión de tiempo —expresó el infante adulto.

Augusto no podía quedarse en ese lugar. Los niños no tenían padres. Los hijos solamente pedían una hora de padres para ellos, y solamente tenían juguetes-padres. Emprendió la marcha hacia otra isla. La vida se le estaba agotando y parecía que no encontraría un lugar donde vivir.

Iba de paso, cuando vio una pequeñita isla donde había una sola casa, pensó entrar, pero luego, se dijo: "No podré vivir en un lugar donde solamente hay una casa y debe estar habitada, además no tendría con quién compartir el saludo de cada mañana". Finalmente decidió entrar a la pequeña casa de paredes de barro, pintada con colores vivos y rodeados de cabras, gallinas y vacas. Iba a tocar la puerta cuando esta se abrió y las manos callosas de un hombre lo recibían con un saludo.

— ¡Entre que usted es bienvenido a nuestra casa! —le expresó una voz con autoridad—. Esta casa es de todo el que viene a esta isla. Todo lo que aquí existe es por voluntad de Dios; por lo tanto, no me pertenece a mí, sino que les pertenece a todos los hijos de Dios. Yo sólo soy el instrumento que utiliza el Señor para que la tierra produzca los bienes que necesita el hombre para vivir. Nada de lo que existe en la tierra le pertenece al hombre. Todo lo que existe es un bien común; nada de lo que existe puede pertenecer para siempre de alguien. Todo lo que es propio del hombre es solamente la vida.

Augusto estrechó, con alegría, las manos del hombre y después lo abrazó. Entró y observó un lugar donde una madre cuidaba a su pequeño hijo, y un hombre cuidaba de su compañera. Entonces supo que había llegado al lugar donde podía compartir la vida con los demás, que era lo único que tenían los hombres para compartir. Si no compartes la vida, entonces tu vida no ha tenido razón para existir.

Historia para el seminarista Juan Javier Salazar:

HISTORIA NO. 9

EL COLOR DE LA BELLEZA

Me había levantado temprano para hacer mi caminata matutina. La mañana amaneció encapotada y fría. Las calles lucían su asfalto con brillo de charol: había llovido en la noche. Los vecinos me saludaban afectivamente, a medida que cruzaba por el frente de sus casas. La fría temperatura hacía que mi cuerpo sudara muy poco. Llegaba hasta la entrada de mi casa cuando apareció frente a mí, una enorme araña parda y muy peluda. Miré con ojos de temor aquel animal tan feo y despreciable.

La Araña parda y muy peluda me miró con sus múltiples ojos brillantes, y pareció asustarse por mi presencia. Se colocó en el centro, exactamente del camino que debía seguir para entrar al jardín de mi casa y me dijo:

— ¿Por qué me odias? ¿Por qué me desprecias tanto? Yo solo soy una criatura de Dios que hace su voluntad.

— Tú eres un animal repugnante y feo, además, tu función es la de hacer daño en la naturaleza. No se conoce ningún hecho positivo de tu existencia. —comenté, mientras tratada de esquivarla o de buscar un trozo de madera para golpearla hasta matarla.

Ella me observaba con sus ojos y cuerpo lleno de bosque. Sus patas peludas comenzaron a moverse hacia mí.

— ¿Qué haces? Si sigues caminando hacia mi te voy a golpear hasta que muera.

— No; tú no me vas a matar, tienes miedo y solo lo harás por defensa propia y yo no te voy a hacer ningún daño. Las arañas no hacemos daños: somos inofensivas y solo trabajamos para limpiar de insectos dañinos al medio ambiente. El hombre es quien nos ataca y nosotras solo nos defendemos de la acción agresiva de los humanos. Solo en los casos de acciones en las cuales la agresión del hombre pone en peligro nuestras vidas; entonces damos una picadura defensiva, pero que en ningún caso mata al hombre.

— Eres un animal horrible y no contribuyes en nada al desarrollo de la naturaleza. No aportas nada para el bien de la vida. –comenté reprochando.

— ¡Cómo puedo ser un animal horrible, si lo único que hago es construir mallas para atrapar los insectos que enferman al hombre y a las plantas! Yo soy la criatura de la creación que Dios me dotó del don mayor, que es poseer el amor de Dios a la mayor intensidad. Yo represento el amor de Dios en la tierra; sólo a nosotras, las arañas, nos han dotado de inmenso amor de Dios hacia sus hijos, que son toda su creación.

— No te entiendo lo que quieres decir. ¿Tú eres poseedora del inmenso amor de Dios? Eso no es verdad. Dios hizo al hombre a su imagen y semejanza y lo dotó de las virtudes mayores que le dio a cualquier ser vivo sobre la tierra.

— Dios nos dotó del inmenso amor que Él siente por sus hijos. El amor que nosotras, las arañas, les profesamos a nuestros hijos es el único sentimiento de amor que se produce en la tierra que se puede comparar con el amor de Dios.

Me quedé pensando en lo que me decía aquella parlanchín araña parda peluda. La observaba con detenimiento y veía su cuerpo lleno de pequeños pelos y su boca de formación difusa y extraña. Sus patas alargadas y llenas de pelos sostenían el cuerpo grotesco del repugnante animal. Nada era comparado con la fealdad de esa criatura que había salido del bosque a encontrarse conmigo y reprocharme mi opinión de su fealdad.

— No te entiendo lo que dices —comenté con incredulidad—, explícame con detenimiento y con claridad.

La Araña se acomodó en la pequeña área del asfalto húmedo, donde estaba ubicada. El sol había salido y calentaba un poco el inicio del día. La iluminación hizo que la mañana tomara un color diferente. Los pájaros saltaron de los árboles y volaban con sus plumas mojadas. Los perros callejeros comenzaron a buscar entre los desperdicios de las casas su desayuno. Todo parecía que despertaba con la salida del sol.

— Las arañas somos las únicas madres de la creación que damos la vida para que nuestros hijos puedan tener vida. Cuando una madre araña tiene hijos, su vida es su hijo; es decir, la razón de su vida son sus hijos. Si por alguna circunstancia un hijo de una araña tiene peligro de muerte por falta de alimento, la madre araña le entrega su cuerpo para que pueda comer y así pueda sobrevivir. La madre araña, igual que Dios, entrega lo más apreciado que tiene, que es su vida. Dios entregó su vida por sus hijos. Solo la araña madre posee el amor inmenso de Dios.

— Pero eso lo hacemos los hombres: morir por nuestros hijos —le comenté con posibilidad de comparar.

— No; las madres humanas le dan de alimento a sus hijos la leche que no pueden utilizar. Darle la leche materna es un acto de salud para la madre, más que para el hijo. Ustedes alimentan a sus hijos del producto de otros animales; en cambio, nosotras, alimentamos a los nuestros con nuestras propias entrañas. Nosotras entregamos nuestras vidas para que nuestros hijos tengan vida. Jesucristo entregó su vida para que nosotros tengamos vida eterna. El amor de Dios es el amor que nosotras tenemos para con nuestros hijos.

Nuestro amor es el amor más puro y divino de los que existen en la tierra —me comentó.

Me quedé pensando aquellas últimas frases de la araña parda peluda. Ella seguía hablando y yo no sabía cómo contestarle.

— El hombre no me ama, porque solo se ama a sí mismo. En cambio, yo no sé amarme a mí misma; porque Dios me dio el don y el privilegio de recrear su inmenso amor en el mundo. Amo mis hijos con el amor de Dios, no con el amor de los hombres.

La Araña parda y peluda seguía hablando y yo solo podía guardar silencio para escucharla. Ahora no me parecía tan fea y despreciable, aquel animal.

— Tú me odias por mi aspecto, porque solo sabes mirar con los ojos de la cara y no sabes mirar con los ojos del entendimiento y del alma.

Hizo silencio y me miró con sus ojos brillantes.

— ¿Ya terminaste? –pregunté impaciente.

Mantuvo el silencio, se movió para despedirse y, al caminar, se giró para decirme:

— ¡Algún día sabrás que la belleza no está en el aspecto físico ni en el color de la piel; sino que está en el amor!

CAPITULO III

¡No tan de prisa! —exclamó Pedro Pablo al ver a Juan Javier caminar rápidamente bajando la colina del santuario —. ¿Adónde vas?, quiero ir contigo. No tengo trabajo ahora y tú conoces la región mejor yo.

Juan Javier redujo el paso y esperó a su amigo, quien se terminaba de peinar, mientras corría hasta el lugar donde estaba el compañero.

La mañana estaba envuelta en una neblina y la temperatura era muy fría. Los árboles gigantes que franqueaban el camino producían una sombra que oscurecía el camino. El cielo, cargado de nubes, parecía que en cualquier momento se desplomaría en agua. El bosque, en este septiembre, tenía un verdor especial; las lluvias no habían cesado, lo que le proporcionaba una esplendidez exuberante. El camino de arcilla, de dificultoso caminar, por sus hoyos llenos de agua, impedía la velocidad de los pies. Los campesinos que vivían en la orilla del camino que conducía hasta la ciudad de la Vega Real saludaban con reverencia a los seminaristas que llevaban indumentaria religiosa. De las casas salía el penetrante olor del café recién colado. En esta parte de la república, los habitantes preparan café a toda hora.

— Voy para la catedral de la ciudad. El padre Guillermo quiere que el Obispo le resuelva algunos problemas, antes de que llegue el día de la celebración de la Virgen. El Obispo debe solicitar la vigilancia de la Policía. Algunos sacerdotes, de parroquias lejanas, que vienen en procesión con sus feligreses, necesitan un lugar donde dormir y, aún no lo tenemos. El padre Guillermo cree que este año vendrán muchas más personas que los años anteriores. Tenemos que prepararnos bien, para evitar los problemas. Ya han confirmado muchas parroquias que vienen en procesión para el santuario desde los días previos al día de la Virgen. El padre Guillermo no quiere que sucedan algunas cosas desagradables que sucedieron en el pasado. Está tomando todas las medidas para asegurar que todo salga muy bien.

— ¿Vienen delegaciones de Santo Domingo? —preguntó Pedro Pablo, con cierta candidez, pero con evidente intencionalidad. Dio dos pasos delante de Juan Javier, tratando de verle la reacción en el rostro. Los ojos del seminarista brillaron con una luz especial que le salía del fondo del alma.

Juan Javier lo miró, mientras aceleraba el paso. Aun cuando su amigo no le había dicho el asunto del enamoramiento, tenía alguna sospecha. No le gustaba la actitud de su compañero.

— Sí, vienen muchas parroquias de Santo Domingo, incluyendo la de San Mauricio, si es eso lo que quieres saber. El padre Antonio viene personalmente con una delegación de jóvenes. Creo que es una de las más concurridas. ¿Pero, yo creía que tú estabas trabajando con los jóvenes, en la parroquia? —preguntó, mientras le tocaba la espalda para que caminara más rápido.

— Sí, estoy trabajando con los jóvenes, pero el padre Antonio designó a un diácono para que organizara el viaje. El padre es muy estricto en sus cosas, y nadie puede contradecirlo ni solicitarle trabajar, en tal o cual actividad. Ese padre es muy difícil. Creo que es por eso es por lo que la parroquia no ha crecido más —argumentó visiblemente molesto.

— No sé por qué no te llevas bien con el padre Antonio. Las veces que he compartido con él me parece un buen sacerdote. Es muy correcto e inteligente, además que tiene un gran liderazgo en la juventud que visita la parroquia —comentó Juan Javier, buscando cambiar la actitud que había asumido su amigo.

— Es un buen sacerdote. Lo que digo es que es muy estricto. Maneja la parroquia como un cuartel de la guardia civil española. Por lo demás es un verdadero sacerdote. No me quejo por eso —dijo e hizo un breve silencio que delataba su incomodidad.

— ¿Cuánto tiempo hace que no sabes de tu familia en España? —preguntó Juan Javier—, cambiando la conversación. Sospechaba lo que ocurría, pero no quería intervenir por el momento.

— Hace dos días recibí cartas de mi madre. Todos están bien. Todos mis amigos en Málaga me esperan en los próximos meses. Mis padres están muy contentos con qué esté terminando la Dispensa en Santo Domingo. Tú sabes que nos tienen prohibido llamar por teléfono para hablar con los familiares, y aunque, pudiera hacerlo, mis padres se enfadarían mucho. Hay que dejar pasar el tiempo. ¿Te han escrito a ti? —preguntó con voz entristecida.

— Sí. Ellos saben que el tiempo que me queda es muy corto y están preparando una fiesta para mi regreso. Mi familia está más emocionada que yo mismo, por la ordenación sacerdotal —dijo, provocando que su compañero el desdén de sus palabras.

— Pero, ¿te estás arrepintiendo de la ordenación? —preguntó extrañado, Pedro Pablo, mirando fijamente a Juan Javier y deteniéndose de la caminata. Las palabras de su contertuliano lo habían impactado. Siempre creyó que Juan Javier era el perfecto modelo de seminarista que hay que tener como líder. Pero estaba equivocado.

— No estoy arrepentido, pero todo lo vivido en Santo Domingo me ha cambiado los conceptos de las cosas. Estos meses he madurado la fe, mucho más que todo el tiempo que estuve en el seminario. Convivir con las personas de extraña cultura y de parecer distinto es una gran enseñanza. He aprendido más de las gentes sencillas, que de los propios sacerdotes. Y es bueno decir, que el padre Santiago es un verdadero sabio. Cada conversación con él es un libro que tú lees. Las historias que me suministra son verdaderas piezas de alta reflexión. Si todas las personas pudieran leer esas historias, estoy seguro de que serían personas superiores, en cualquier oficio que realicen. Esas historias encierran la sabiduría mayor del hombre. Y te digo del hombre, porque la Biblia es la palabra de Dios —reflexionó buscando cambiar la contrariedad de su compañero.

— Realmente, creo que, si las historias que faltan son iguales a las que me ha dado, hasta hora, creo que deberíamos solicitarle que las publique en un libro, para que todos los sacerdotes, ya sean viejos o jóvenes, construyan la meditación de la vida en ellas. Nunca me había puesto a meditar como lo he hecho con las historias. El padre Santiago es un sacerdote especial; no necesita la Biblia para mostrar el camino, y lo hace para todos, es decir, para sacerdotes y para los que no lo son —siguió meditando, después de un largo respiro.

— Estos tiempos iniciales —continuó—, son muy difíciles para un seminarista. He pensado en el paso que voy a dar. ¿Estoy hecho para ser sacerdote? Esa pregunta me golpea cada día que me levanto en la mañana. En plena juventud, abandonar toda la alegría de la vida. Ya no habrá fiestas ni bailes. Cuando camino por las playas de Puerto Plata, con sus arenas blancas y finas. Con ese mar que te acaricia todo el tiempo. Ese sol espléndido que te pone la piel dorada. Abandonar todo. ¡Todo… todo… todo...! —exclamó en voz alta, con expresión de disgusto.

— Tenemos que renunciar a tener hijos. A las caricias de la mujer. Al placer del sexo. Al toque de los labios de una muchacha. Creo que es demasiado lo que se le pide a un hombre para que ingrese al servicio sacerdotal —comentó Pedro Pablo, mientras obligaba a Juan Javier a reducir el paso—. La iglesia tiene que modificar tantas exigencias que tiene.

Las últimas frases de Pedro Pablo hicieron que las palabras escasearan. Los dos seminaristas caminaron en absoluto silencio. Dentro de cada uno de ellos las dudas crecían con rapidez. La conversación terminó y caminaron hasta la catedral de La Vega Real. Divisaron el enorme edificio de hormigón armado que era la iglesia catedral. El enorme y casi ridículo diseño arquitectónico moderno de la iglesia donde oficiaba el Obispo, en poco tiempo llegaba hasta sus pies de piedra artificial. En el frente, un pequeño parque alojaba grandes árboles. Algunas palomas blancas y grises esperaban la comida que les llevaban algunas personas. Sentados en uno de los bancos del pequeño parque, los dos seminaristas permanecían en silencio. Parecía que ninguno de los dos se atrevía a expresar lo que su corazón decía. Tenían miedo el uno de que el otro se enterara de los pensamientos que cruzaban por sus mentes. Podía esconderse del prójimo, pero no podían esconderse de Dios.

Los dos jóvenes permanecían en silencio, mientras que la pequeña ciudad, con sus vendedores y marchantes hacían la dinámica diaria. En medio del gentío que se congregaba en el parque, que estaba ubicado en una calle comercial, la indecisión cubría, con su enorme manto, el futuro de los dos estudiantes de religión.

La ciudad de La Vega Real está enclavada en el centro del valle que lleva su mismo nombre. Sus calles limpias y cuidadas, contrastaban con las de otras ciudades vecinas. Había sido fundada por españoles en el periodo colonial, y la mayor población es de origen español, algunos de los cuales tienen sus familiares más cercanos en la Península Ibérica.

— Vamos a hablar con el Obispo —invitó Juan Javier, rompiendo el silencio, sacando de su meditación a Pedro Pablo.

Pedro Pablo se levantó y siguió a su amigo hasta las oficinas de la catedral. Un estremecimiento le invadía todo su ser. <<Dios mío, qué debo hacer>>, pensó. El tiempo estaba en su contra; se acaba el período de su estado reflexivo. El fin estaba llegando. Su alma se consumía en una agonía insoportable.

Juan Javier, intentando olvidar la conversación, caminó con pasos alegres hasta el interior del recinto sagrado. En su interior, el seminarista era cubierto por una enorme mancha de angustia. Las dudas llenaban su corazón.

Había llegado la hora de ocuparse de lo que lo había traído hasta la casa del obispo.

CAPITULO IV

La celebración de la conmemoración de la aparición de la Virgen de las Mercedes se iniciaba una semana antes del 24 de septiembre. Durante esa semana se rezaba la novena a la Virgen. Cada fin de semana, una parroquia vecina era invitada a celebrar una misa y rezar el rosario en el santuario. Los nueve días de celebración eran jornadas de mucho trabajo para los sacerdotes y monjas que cuidaban el lugar. Antes de iniciar la novena, el padre Guillermo, con la ayuda de las religiosas y de los dos seminaristas, le cambiaron el vestido a la Virgen y decoraron el altar. Le habían colocado un vestido de color blanco con ribetes en oro, en un cuadrado que cubría todo el frente. Un gran escudo con una cruz de brazos macizos dentro de un paño rojo. Con la luz, la corona brillaba como algo irreal. La belleza de la Virgen era extraordinaria. En las manos sostenía una cadena de oro de grandes eslabones que le colgaba hasta los pies. La mantilla, finamente bordada, le tocaba el cabello sobre la cual descansaba la diadema que la hacía verse majestuosa y le cubría la espalda hasta la cintura. Una cadena de oro blanco le colgaba del cuello. Su rostro español, con toque de color rosado parecía una novia que iba de camino al altar. La Virgen de las Mercedes, en esta celebración había sido dispuesta con una belleza singular.

El altar está construido de caoba centenaria y finamente esculpido. La exquisita obra de arte era decorada con otros elementos que lo hacía más sobrecogedor. La estatua de la Virgen fue bajada del altar y colocada en una caja de cristal para que los feligreses pudieran verla de cerca y besarla, desde el vidrio.

Cada día llegaban al santuario, miles y miles de devotos de la Virgen, que traían regalos de diferentes naturalezas: unos traían dinero, otros productos agrícolas; otros traían diferentes elementos, según la región de donde provenía el feligrés. El pequeño poblado que rodea al santuario celebraba fiestas religiosas, según la tradición.

El espléndido templo, de construcción colonial, pintado de blanco y cuidado con esmero, se vestía de gala para recibir a los feligreses. Su cúpula, pintada de ángeles volando en el cielo y la majestuosa estatua de la Virgen hacían un ambiente sobrecogedor.

Desde la plaza frontal de la iglesia se observaba, inmenso, el Valle de La Vega Real. Una vegetación exuberante y un paisaje casi paradisíaco. El santuario estaba enclavado en una montaña, de donde se dominaba todo el llano. El valle, totalmente cultivado, parecía una pintura realista del renacimiento. La naturaleza había sido dadivosa con aquella región.

El reloj marcaba las 4:00 de la mañana, cuando se llamaba para la celebración de la primera misa del 24 de septiembre. Los dos seminaristas, en compañía del padre Santiago Alonzo se sentaron en la primera fila de asientos de la iglesia. Esa primera misa era celebrada por el decano y rector del santuario, con la ayuda de sus sacerdotes. Se celebrarían misas cada hora, y Santiago Alonzo celebraría algunas, con ayuda de Juan Javier y Pedro Pablo. Para las 8:00 de la mañana estaba prevista la misa que celebraría el Obispo, con la concelebración de todos los párrocos de la provincia eclesiástica.

Para los seminaristas la experiencia era novedosa. Los días previos a la celebración central no tenían el rigor del día principal. La devoción reflejada en los rostros de los creyentes y la entrega del equipo religioso a la tradición del santuario los sobrecogían. Estaban acostumbrados a vivir la celebración en los espacios urbanos y con personas de clase media o clase alta. Ahora estaban en el centro de la celebración de los hombres de la tierra. El ambiente era de recogimiento.

Desde las primeras horas de la madrugada el recinto lucía repleto de personas esperando por la misa. La misa principal era la de las 4:00 de la mañana. Miles y miles de feligreses se agolpaban para entrar a sus hijos o sus parientes, a los que la Virgen les había hecho algún milagro. Esa madrugada era especial en el santuario. Las largas procesiones llegaban a cada minuto. Los hombres, las mujeres y algunos niños, caminaban a pie hasta el santuario y cuando llegaban se arrodillaban para besar la tierra santa del recinto religioso.

Juan Javier observaba todo el ritual que celebraban los sacerdotes y el ritual que celebraban los propios feligreses. Algunas creencias católicas se mezclaban con otras creencias y producían rituales diferentes de los propios de la iglesia. Para él, esas celebraciones populares eran nuevas y le obligaban a meditar sobre el elemento popular de la fe. Aun cuando había tenido algunas ideas nuevas para la celebración religiosa, lo que estaba viviendo era algo extraordinario. En muchos casos, las celebraciones y los rituales de los pobladores eran de más significación religiosa que la celebración de la propia religión. Sentía que, aun cuando los campesinos eran católicos, su catolicidad era diferente a la de la iglesia formal. El ritual frente a la imagen de la Virgen, de un sacerdote era diferente a la que tenían los moradores de la isla. La fe que reflejaban los feligreses devotos de la Virgen era superior a la que se sentía en el de la comunidad religiosa.

El joven seminarista, cubierto por las dudas en su pensamiento, caminó hacía la habitación que ocupaba el monseñor Santiago Alonzo. Tocó, tímidamente, la puerta. Escuchó la voz del viejo sacerdote que invitaba pasar. Abrió la puerta y vio al sacerdote sentado.

— Te estaba esperando. Sabía que vendrías en algún momento de descanso. Debe tener muchas preguntas de todo lo que ha vivido en la noche y en el día de hoy.

Juan Javier miró extrañado al fraile. El viejo conocía cada cuestión que se vivía y siempre estaba preparado para responder las inquietudes. La paciencia y la tranquilidad de Santiago hacían que el seminarista sintiera que estaba frente al gran sabio.

— Monseñor, me parece que la fe de los feligreses es diferente de la fe de los religiosos. Siento que ellos tienen la fe más profunda y pura. ¿Estoy equivocado?

Santiago hizo silencio. Miró al joven estudiante de religión, con sus ojos viejos y conocedores de todas las luces del mundo. Hizo que JJ se sentara más cerca de su butaca. Su mirada era paternal y triste.

— Lo que estás viviendo es algo especial para ti. Algunas cosas parecen ser de una manera, pero no lo son; son de otra manera. Las personas que están, en este momento en el santuario, son personas que han tenido una experiencia personal con Dios y con la Virgen. Han pasado por una circunstancia especial. Algunos han tenido a un hijo o algún familiar en estado agónico y han invocado a la Virgen, y su pariente se ha curado. Cuando eso ocurre en la vida de las personas generan un alto nivel de sensibilidad, y la fe se incrementa considerablemente —explicó con cierto aire de doctoral, buscando observarlo con su mirada inquisidora para reconocer el impacto que estaba provocando en el seminarista.

— Monseñor, entonces, ¿para lograr una profunda fe, debemos vivir una desgracia en nuestras vidas? ¿Se tiene que sufrir para encontrar la felicidad? —preguntó turbado el seminarista.

— No. Para lograr una profunda fe debemos hacer un encuentro con el Señor. Bienaventurados aquellos que tienen un encuentro con el Señor sin tener una desgracia en su vida; de ellos, más que de nadie, es la gloria de Dios. Para llegar a ser sacerdote, cada aspirante debe tener un encuentro personal con el Señor; si eso no ocurre, entonces, no será un elegido para la obra. El sacerdocio es un don que nos dota el Señor a algunos hombres. Desde el inicio de la religión, Jesús eligió a los doces hombres que denominamos apóstoles. Después de la partida de Jesucristo, el padre señala el camino del sacerdocio a los hombres escogidos. Si no se logra producir un encuentro personal con Dios; nunca se logra ser sacerdote. Podrá ser religioso y vivir la vida de religioso, pero nunca podrás ser un servidor de la palabra del Señor.

La búsqueda de la misión de la vida de las personas es como caminar las montañas de las dunas, que cada paso cuesta, aunque cada pasa produzca una felicidad al lograr desplazarte en búsqueda de tu objetivo. El camino de dificultad nos lleva al mejor lugar.

— Monseñor, ¿el encuentro que viven los pobladores es diferente del que tiene que vivir el sacerdote? —siguió cuestionando el seminarista. Provocaba al monseñor y lo obligaba a la meditación de cada tema.

— El encuentro con el Señor, siempre es el mismo. Dios llega al hombre para llevarlo por mejor camino; nunca para empeorar su sufrimiento. Lo que sucede es que el encuentro con una persona normal, regularmente se produce la invocación cuando tiene una desgracia en su camino; en cambio, en el sacerdote se debe producir para que le indique el camino del trabajo apostólico. La presencia de Dios en el sacerdote tiene que ser básica en su vida religiosa. El hombre que elige el camino del servicio total a la obra del Señor debe tener la gracia siempre. Ningún trabajo sacerdotal tiene sentido, si no está definido por el contacto del sacerdote con su Creador.

— Monseñor, ¿la forma de adoración del Señor por parte de la gente común de estos pueblos es diferente de la forma como la expresa la Iglesia? Noto muchas diferencias en los rituales que se usan normalmente en la iglesia con los que usan la gente común.

— El Señor tiene muchas formas de revelarse a su pueblo. Estos pueblos tienen ciertas mezclas en la fe. Tienen una fe absoluta en el Señor, pero la asocian con algunas variantes de tipo pagano, del pasado. Lo importante es tener fe. El hombre de fe camina sin tropiezos por el mundo. Cualquier manifestación religiosa que tiene como base los principios fundamentales del cristianismo, no es válida. Un hecho importante es que, todos estos pueblos, no importa las formas de expresión que tengan, definen la Iglesia como su guía en el camino del Señor: eso es lo más importante. El sacerdote tiene que conocer e interpretar los signos culturales de los pueblos para poder llevar el evangelio. El propósito es el evangelio y ese propósito debe ser conducido por todos los senderos.

Una cosa que debe tener siempre presente es que la fe tiene que ser inteligente. Toda sabiduría proviene de Dios, por lo que su enseñanza tiene que ser parte de la sabiduría con que ha dotado al hombre. "Conoceréis la verdad y la verdad os hará libre". No tengas miedo en buscar la verdad en todo lugar, no importa que sea en una biblioteca o en la sabiduría milenaria de la gente. La verdad de Dios está en todas partes, y en todas las partes la encontrarás. Si té niegas a la verdad, no serás un buen servidor de la fe. El engaño y la mentira no son partes del plan de Dios.

Observa, mira, conoce todo lo que está ocurriendo y trata de llegar a conclusiones a partir de un análisis correcto que te da la palabra divina.

Juan Javier estaba embelesado escuchando las palabras del rector del hogar de ancianos sacerdotes. Las palabras comenzaban a cambiar su lógica de ver todo lo que estaba ocurriendo en el santuario. El sabio sacerdote le hablaba con palabras inspiradas.

— Monseñor, nos toca misa en una hora, lo esperaré en la sacristía —expresó el seminarista mientras se levantaba y abría la puerta. Se giró para mirar a Santiago y lo encontró con las manos tendidas entregándole un sobre.

— Toma, léela y medítala en el día de hoy. No medites lo que ha visto hoy; eso debes dejarlo para otro día. Obsérvalo todo y después lo entenderás todo.

El joven alumno de religión tomó el sobre y caminó hasta su habitación, para leer la historia que le había entregado el monseñor Santiago Alonzo.

HISTORIA NO. 10

¿DÓNDE ENCONTRAR A DIOS?

La mañana se había llenado de luz. Los vehículos atestaban las calles de la ciudad de Santo Domingo. El ruido inundaba todo el espacio vital de la ciudad que adquiría su normal cotidianidad. Los automóviles se aglomeraban frente a los semáforos en luz roja. Era 23 de diciembre. Una brisa navideña acariciaba con frescura el inicio del día.

Daniel Morales conducía su jeepeta Ford y se dirigía, por la avenida Abraham Lincoln hacia la Universidad Autónoma de Santo Domingo, donde impartiría un examen de Matemáticas. El vehículo se desplazaba de Norte a Sur con las dificultades propias de las primeras horas de la mañana en el tránsito citadino. La hora prevista para el examen era la 10h de la mañana y sólo faltaban algunos minutos. A pesar del aire acondicionado del automóvil, Daniel comenzó a sudar, preocupado por la situación que estaba pasando. No podía hacer nada. Estaba en medio de un tapón de tránsito y no podía hacer nada que esperar.

— ¡Maldición, este maldito semáforo no va a dar paso! –se lamentó en voz alta. Nadie lo oía. Estaba solo en el vehículo.

La hilera de automóviles seguía detenida y el aparato, ordenador del tránsito, permanecía con la luz roja, indicando que no se podía cruzar la intersección. Daniel crispaba las manos con fuerza en el volante. Su cara, de color crema, seguía sudando copiosamente. Si no llegaba a tiempo, no podría impartir el examen y no podía programarlo hasta el próximo mes y eso le complicaba la vida. Tenía planeado salir de vacaciones el 26 de diciembre y no regresaría hasta el inicio del próximo semestre. El inconveniente de tránsito le abortaba todos los planes. Los minutos le parecían siglos y el semáforo seguía, impertérrito, sin importarle su situación. Estaba ubicado a doce carros de la intersección.

— ¡Coño, cuando es que este maldito semáforo va a cambiar! –seguía expresando, ahora con voz más alterada.

El semáforo, al fin, ofreció su luz verde de paso. Lentamente comenzaron a rodar los neumáticos de los automóviles. Las bocinas se escuchaban con insistencia. Un automóvil, de los que estaban en el carril que ocupaba Daniel, comenzó a girar para tomar el carril derecho que le permitiría doblar hacia el Este de la Av. 27 de Febrero. La situación taponó la losa de rodamiento, y el carril de Daniel Morales, estaba ahora detenido y los demás carriles fluían con facilidad. El automóvil del señor que iba a girar hacia la derecha pudo tomar el carril y, entonces, Daniel comenzó a acelerar su vehículo para alcanzar la intersección. Justo en el momento que le tocaba cruzar, el semáforo le dio luz roja. Quiso acelerar para cruzar en rojo, pero un policía de tránsito le hizo seña para que se detuviera.

— ¡Esto tiene que ser obra del diablo! –gritó fuera de sí.

Sus manos, crispadas sobre el volante, temblaban y su rostro sudaba copiosamente. Sus ojos abiertos y sin pestañar denotaban una furia y una situación fuera de sí. Estaba ensimismado en sus pensamientos que no escuchaba el sonido de alguien que le tocaba el cristal de la puerta. El sonido insistente, en el vidrio, lo hizo despertar de su concentración. Miró con desprecio a quien le tocaba el vidrio. Bajó una pulgada del vidrio y expresó:

— ¿Qué quieres, muchacho del diablo? –preguntó indignado.

— Deme algo para comer, que tengo mucha hambre –solicitó un niño de color oscuro y de cabellos retorcidos, de grandes ojos y una mirada perdida. Su cuerpo enflaquecido y sus manos, casi cadavéricas, se levantaban pidiendo una última limosna.

Daniel subió el cristal.

— Estos malditos palomos no quieren trabajar. Sólo quieren vivir del otro. Que se vaya donde su padre para que los mantenga –pensó para sí.

El cristal seguía soportando los pequeños golpes que le daba el niño. Daniel quiso olvidarse del asunto; pero el sonido de los pequeños golpecitos en el cristal no le permitía concentrarse en su prioridad, que era su examen de Matemáticas.

— ¡Maldito palomo, este vehículo es tuyo para tú estar tocando el vidrio! –explotó, mientras bajaba totalmente el cristal.

—Deme algo –se escuchó, de nuevo, la voz del pequeño limosnero, quien lo miraba con ojos infantiles implorantes.

— ¿Dónde está tu padre? –preguntó de malhumor y con una mirada despreciativa.

— Yo no tengo papá. Mi mamá no tiene marido y no tenemos con que comer en la casa –contestó diligentemente el infante callejero.

— ¿Dónde tú vives? –volvió a preguntar, un tanto inquieto.

— En la casa de cartones de Guachupita –comentó el pequeño con las manos extendidas.

— ¿Tú no vas a la escuela? –preguntó Daniel, ya un poco tranquilo.

— No, yo no voy a la escuela –contestó el pequeño pordiosero que dormía en la casa de cartón de la madre o en una de las alcantarillas de la ciudad.

Daniel comenzó a subir el vidrio lentamente, mientras sentenciaba.

— Vete a trabajar para que comas. Sólo les gusta que les den, para no trabajar. ¡Malditos vagos!

El semáforo no daba aún la luz verde de paso, y el niño siguió golpeando el cristal de la jeepeta de Daniel Morales. El simple ruido que hacía el pequeño, golpeando el cristal, enfureció al conductor. Bajó con rapidez el cristal, dispuesto a golpear al infante limosnero, por el atrevimiento de golpear el vidrio de su jeepeta. En el momento que bajaba el vidrio, el semáforo le dio luz verde. Sacó la mano izquierda para golpear al muchacho.

— ¡Yo soy Jesús! –exclamó el niño, mirándolo con sus ojos grandes y su rostro demacrado.

El semáforo le daba luz de paso y Daniel aceleró su vehículo. En el medio de la intersección frenó bruscamente.

— ¡Era Dios! –exclamó, pero ya no podía regresar. Había perdido la oportunidad de estar con Dios.

CAPITULO V

El día había sido muy agotador. El monseñor Santiago Alonzo dormitaba acostado en la habitación que ocupaba en el santuario de la Virgen de las Mercedes. El viejo sacerdote sentía que sus fuerzas se habían agotado con la jornada de trabajo del 24 de septiembre.

La noche hacía su entrada a cubrir toda la extensión del Valle de La Vega Real, y una lluvia fina acariciaba el paisaje. El gentío había menguado, y la enorme multitud estaba de regreso a sus casas. Comenzaba a reinar el silencio en las instalaciones ocupada por los religiosos.

Sobre el monseñor se posó el sueño del cansancio. El silencio seguía enseñoreándose en el lugar, cuando sintió que alguien tocaba la puerta de la habitación. Se despertó sobresaltado y esperó para confirmar la llamada en la puerta. Dos nuevos toques se sintieron al ser golpeada la puerta.

— ¿Quién es? —preguntó entre sueños.

— Soy yo, Pedro Pablo, monseñor —contestó una voz desde la parte posterior de la habitación—. Si usted no se ha acostado para dormir, quisiera hablar con usted, monseñor.

— Pasa hijo, pasa. No me he acostado aún —mintió piadosamente.

La puerta se abrió y Pedro Pablo entró, reverenciando al viejo sacerdote. Contempló al anciano que estaba tendido en la cama. Sintió pena. No debió molestar al sacerdote, y menos, después de una jornada tan pesada. Se avergonzó por la imprudencia.

Santiago permaneció acostado sobre la cama, esperando las palabras del seminarista.

— Monseñor, prefiero que hablamos mañana. Usted debe estar muy cansado, y es mejor que descanse —intentó salvar la situación, el seminarista—. El día ha sido muy largo y agotador; hasta yo siento el cansancio.

— No, quédate, que estoy despierto y una buena conversación siempre es buena para dormir. Además, los viejos debemos hacer todo ahora, porque el mañana no existe para nosotros. Si te vas y el señor me llama a su lado esta noche, entonces no podré conversar contigo. Siéntate —ordenó señalando el lugar donde debía sentarse—. Los viejos sabemos cuándo oscurece, pero no sabemos si veremos la luz del próximo día.

El seminarista se acomodó en una butaca de asiento de madera que estaba en el frente de la cama. Santiago tenía uno de sus pies fuera de la cama. Su mirada, de vez en cuando, se perdía en el techo de hormigón de la habitación, que era muy pequeña y poco acogedora.

— Pero dime, ¿qué te ha parecido todo lo que ha pasado hoy en el santuario? ¿Verdad que es una experiencia maravillosa? —preguntó Santiago, tratando de guiar la conversación con el seminarista. Sus ojos estaban muy despiertos. La presencia del escolar de religión le había despejado el sueño.

— Ha sido extraordinario. Pero lo extraordinario no ha sido el maratón de misas que se han celebrado, sino la presencia de la gente. El universo de la fe se expresa de muchas maneras, y eso me parece algo que quisiera que me explicara. Todas las formas de fe pueden lograr la salvación del hombre —expresó, con cierta angustia el estudiante de religión.

Santiago hizo silencio. Dejó que el tiempo transcurriera. Después de dejar su mirada colgada en el techo, la tomó y observó al joven seminarista con complacencia.

— La fe es única. El Señor, cuando estuvo entre nosotros, señaló que para ser salvo sólo tenía que creer en que Él era el Salvador. El mundo de la religiosidad es muy variado en todo el mundo. La Iglesia Católica ha sido muy sabia cuándo se ha acomodado a las diferentes culturas para entender el hombre. El hombre es un ser cultural. Los valores que le han impregnado desde pequeño lo constituyen. Nadie puede romper con esos lazos de conductas aprendidas que tienen los hombres.

Todo el mundo de la religiosidad que has visto hoy aquí en el Santo Cerro es parte de la cultura de los pueblos que vienen a celebrar el día de la Virgen. Lo importante de todo lo ocurrido es que todos están aquí y están adorando a la madre de Dios. Eso es lo más importante. No te pierda en pequeños detalles —le señaló, intimidándolo con el dedo índice en señal de autoridad.

— Pero, Monseñor, algunos ritos son casi profanos para la Iglesia. Ese ceremonial de tocar tambores y bailar casi en estado de posesión es muy peligroso para la fe de la Santa Iglesia. Eso cambia mucho lo que he aprendido en el seminario con los maestros.

— ¿Por qué sería profano? Ellos sólo vienen a tocar y a bailar en honor de la Virgen. No creo que el baile sea algo pecaminoso. Yo supongo que tú has bailado y ha tocado algún instrumento en alguna fiesta. Nada de eso es malo. Lo malo no está en el arte, sino en el uso que le demos al talento que nos ha dotado el Señor.

— Claro que he bailado; hasta una bachata he bailado. Nadie puede venir a este país y no bailar un merengue, una bachata o una salsa. En este país no entiende la música si no es bailable. Para los dominicanos, la música tiene razón porque les permite bailar. Los habitantes de esta tierra no escuchan la música si no la bailan.

— Pues, fíjate, el baile que has hecho es un baile de adoración del cuerpo y de los movimientos. Es un baile con algunas características sexuales. En cambio, el baile que hacen los campesinos es ritual para adorar a la madre de Dios. El propósito es la de rendirle adoración a la Virgen. Me parece que es un baile más puro que el que tú has hecho —afirmó tocándolo en una de sus rodillas para confirmar sus palabras.

— Monseñor, pero algunos, hasta han llegado a sentirse poseído. Eso es muy peligroso. La iglesia no acepta el fanatismo.

— Déjalos que realicen su ritual. Después que terminan, sienten que han cumplido con la Virgen, y pueden regresar a sus casas con la conciencia tranquila. Yo creo que ellos han cumplido con la Virgen. Todo lo que podemos encontrar en la naturaleza del hombre es parte de la obra del Creador y debemos considerarla como tal. Nunca juzgues a primera vista las cosas. Tendrán mucho tiempo en el futuro para reflexionar sobre las formas de la fe. Lo que no debe cambiar es la esencia de la fe.

— No lo he juzgado —interrumpió Pedro Pablo—, por eso es por lo que estoy aquí, para que usted me ayude a entender este universo, extraño, de la fe —comentó con tono de voz apagada. En su interior se debatían las contradicciones.

— De alguna manera lo has juzgado. No creo que sea malo juzgarlo. Toda opinión es una evaluación de las cosas. Me parece muy bien que vengas a conversar conmigo estas cosas, porque así puedes tener una opinión que te permita seguir meditando el asunto. Desde que llegaste de España he tratado de enseñarte el camino de la lectura de la naturaleza, que es la lectura del comportamiento de Dios. Estas manifestaciones deben ser interpretadas correctamente por ti, porque es la única forma de ser sacerdote.

— No entiendo, ¿Cómo es la única forma de ser sacerdote? — muy turbado, preguntó. No entendía lo que le decía el sabio sacerdote.

— La única cultura que debe tener el sacerdote es el evangelio. La razón de ser de un sacerdote es el evangelio. El propósito de Dios con un sacerdote es el de la propagación del evangelio. Si llegas a ordenarte, sabrás que irás a los lugares donde la cultura es muy diferente de la que te dieron tus padres en la niñez; pero eso no será óbice para que cumpla con tu misión. No te extrañes por las diversas formas de religiosidades, porque ellas son parte de la razón del sacerdote. Si todas las razas y todos los continentes tuvieran la misma cultura y el mismo idioma, entonces, es muy posible que no se necesitaran sacerdotes para evangelizar. La fe expresada por los hombres más simples es una fe más pura, aun cuando, nosotros, los educados, creamos que somos los que tenemos la razón en cada enfoque.

Solo tiene la razón aquel que puede lograr encontrarse con el Señor. La forma o la manera de lograrlo déjalo en las manos de la Divina Providencia. Para conocer el fondo del río hay que dejar pasar el agua sucia y esperar el agua limpia. Tú estás en el momento de observar e interpretar las cosas. Es un momento único para el que va a ser sacerdote, porque esto define su verdadero futuro en la fe. La mayor Biblia que existe es la naturaleza. Es la obra fundamental de Dios y, por lo tanto, es la razón de la existencia de los servidores de Cristo.

— Monseñor, entonces, la iglesia tiene dos tipos de feligreses: aquellos que siguen el ritual absoluto de la iglesia y aquellos que siguen el ritual por parte. ¿Para ser salvo no se necesita seguir el ritual de la Iglesia? Usted ha visto distintas formas de rendirle tributo a la Virgen, y ahora no sé ¿cuál de ellos es el válido? Se supone que las leyes de la Iglesia son de absoluto cumplimiento para todos los católicos. La iglesia define las formas, Dios define la salvación del hombre.

El sacerdote hizo silencio. Cerró los ojos y permaneció un tiempo inmóvil. Parecía que se había dormido. Su rostro blanco como un papel tenía una expresión de que era sagrado.

— Si usted quiere seguimos hablando mañana —interrumpió Pedro Pablo.

Santiago abrió los ojos y lo miró; después volvió y cerró los ojos. El seminarista guardó un silencio reverencial. El anciano permanecía tendido sobre la blanca sábana de la cama.

— Las leyes de la Iglesia son para ser cumplidas. Son las normas que permiten disponer de un orden y una jerarquía en el mando de la organización. Las leyes de la Iglesia son normas de convivencia. Son normas impuestas por los hombres, aun cuando existan algunas inspiradas por el mismo Dios, y estas pueden contener errores. Las únicas leyes que no contienen errores son las leyes dispuestas por el mismo Dios. Esas leyes deben ser cumplidas al pie de la letra para ser salvo. "Amar a Dios sobre todas las cosas". "Amar al prójimo como a ti mismo". Estos dos mandatos supremos de Jesús son las leyes fundamentales. Todo el que ama a Dios sobre todas las cosas y hace su voluntad es salvo. Para amar a Dios, hay que amar su obra y su obra mayor es el hombre. Todas las leyes de la Iglesia son de inspiración divina; pero no fueron dictada por Dios; por lo tanto, pueden tener errores.

La fe de los hombres es una comunicación entre ellos y Dios. Nadie puede interponerse entre la comunicación de un hombre con su creador. Entre ellos existe una relación que, de alguna manera tiene particularidad. Deja que Dios haga su obra, sólo sírvele de punto de apoyo para su realización. El sacerdote no hace obra. Todo viene de lo alto. No juzgues para servir, lo que te es dado es servir.

— Monseñor, entonces, ¿cómo sabemos los estudiantes que estamos listos para ser sacerdotes? ¿Qué señal nos permite conocer esa razón? —preguntó entusiasmado, sin notar el cansancio que abatía al viejo sacerdote.

— Nunca sabemos cuándo estamos preparados para servirle al Señor. Nuestros maestros miden el comportamiento de los estudiantes y toman la decisión de graduarnos o de rechazarnos. Ni los propios sacerdotes, después de su ordenación, saben si podrán cargar con la responsabilidad que ha dispuesto el Señor para ellos. Sólo podemos rezar para que Él nos ayude a llevar la cruz que nos ha impuesto. La fuerza de un sacerdote está en su fe y, si tú fortaleces tu fe, entonces, seguro podrás seguir con tu misión.

El camino del sacerdocio es el camino de la disciplina y de la renunciación. Tienes que renunciar a todos los placeres mundanos para seguir el camino de la fe.

La experiencia que has vivido en estos días es muy grata, porque te pone en contacto con el pueblo llano y con el pueblo pobre. Recuerda que la misión mayor es la de servir a los pobres. Aun cuando el evangelio es para todos los hombres, la preferencia es por los que más sufren, que son los pobres. Si no aprendes a convivir con los más pobres, no podrás ser sacerdote. Recuerda que tu prójimo es a quien tú ayuda; no quien te ayuda. Debes servirles a todos los hombres.

— Monseñor, me retiro para que descanse. Usted está muy cansado y debe dormir. Juan Javier y yo estaremos de vigilia hasta que queden feligreses en el santuario. Los jóvenes de la parroquia de San Mauricio se quedaron para marcharse mañana. Esta noche celebraremos un pequeño concierto para la Virgen.

El sabio sacerdote lo miró con extrañeza. Sintió una perturbación en su interior por la información que le daba el seminarista.

— ¿Está aquí Rocío del Carmen? —preguntó, mientras trataba de incorporarse de la cama.

— Sí, vino con el grupo —contestó con una frase relámpago, como si no ocurriera nada.

— Antes de irte, te buscaré una historia de meditación para que la lea antes del concierto —expresó el anciano sacerdote incorporándose y sacando de un bolso de piel marrón un sobre que le entregó al joven seminarista.

El padre Santiago tenía temores por lo que pudiera ocurrir en la noche en el santuario del Santo Cerro. Pedro Pablo tomó el documento, besó la mano del sacerdote y se retiró a leer.

El monseñor Santiago Alonzo miró fijamente al crucifijo que colgaba de la pared. Hizo una breve oración y exclamó:

— Condúcelo tú, Señor, que yo o creo poder.

HISTORIA NO. 11

UN HOMBRE MEDIOCRE

La habitación de Manuel Guirado estaba absolutamente a oscuras. Un silencio cubría todo el espacio. Sobre la cama, tirado con todo y ropa, yacía Manuel sin mirada en sus ojos. No sabía cómo explicarle a su familia la desgracia que le había ocurrido. Sus padres, aún ausentes del hogar, no imaginaban la noticia que le tenía guardada su hijo mayor y orgullo de toda la familia. Manuel se revolcaba en el lecho, tratando de borrar la realidad de los hechos. Nada podría hacer, que no fuera decirles a sus padres toda la verdad. Una verdadera desesperación se apoderó del joven estudiante universitario.

Hacía 4 años que había ingresado a la misma universidad donde sus padres se habían graduado con los máximos honores. Se matriculó en la carrera que había estudiado su padre, para así seguir la tradición familiar de continuar el desarrollo de las empresas familiares. Dentro del círculo social de su familia y de sus relacionados, los Guirado, presentaban a Manuel como la principal lumbrera de la familia y el verdadero ejecutivo que esperaba sus empresas. Siempre cursó sus estudios en los mejores colegios de la Ciudad y, desde luego, después ingresó a la más prestigiosa facultad de negocios del país. Todo era perfecto; nada podía fallar. Manuel era levantado con esmero y perfección.

Manuel sintió la llegada de un automóvil a la marquesina de la inmensa mansión ubicada en el exclusivo sector de Naco. Un escalofrío le recorrió todo su cuerpo. No sabía cómo dar la noticia a sus padres; ellos esperaban que les informara el día y la hora de la graduación en la universidad, pero Manuel no se podía graduar. Había reprobado una asignatura y no pudo presentar la tesis de grado. El joven estudiante estaba al borde de la desesperación. "Mejor sería quitarse la vida", pensó para sí. Se levantó de la cama encendió las luces del cuarto. Se miró al espejo y le dio lástima y vergüenza de sí. No tenía alternativa, debía enfrentarse a sus padres e informarles la situación, aunque sea lo último que haga en la vida. Caminó resuelto hasta el comedor, donde sabía que estaban sus progenitores. A unos metros, sin que ellos lo observaran, miró a sus padres, y sintió que él no tenía ninguna justificación para hacerles la vida desgraciada a sus progenitores.

— ¿Quiero hablar con ustedes, tienen un momento? —preguntó, con cierto temblor en la voz. Su madre sintió una angustia en su hijo mayor. Se aproximó y con un beso en la mejilla lo sentó a su lado.

— Ven hijo —contestó el padre—, tú sabes que debemos hablar de la graduación y de la fiesta que daremos por ese motivo. Quiero que todos los muchachos que se gradúan contigo celebren su fiesta de graduación con nosotros. Ésta será una gran ocasión y lo celebraremos en grande.

Manuel observó a su padre sentarse muy próximo a él y a su madre. No sabía qué hacer, ni que decir. Prefería mil veces estar muerto que pasar por aquella degradación. Sus palabras romperían el corazón a sus amados padres. Ellos habían dado todo por él y ahora él le pagaba con una verdadera vergüenza. Quiso levantarse, pero no tuvo fuerzas para hacerlo y se quedó sentado como una estatua inanimada. Cubrió su rostro con sus manos, y un enorme sollozo le salió de lo más profundo de su ser. Las lágrimas rodaron por su rostro y llegaban hasta sus manos.

— ¿Qué té pasa, hijo mío? —preguntó doña Catalina, que era como se llamaba su madre.

— Estoy avergonzado con ustedes. No podré graduarme junto con mis compañeros de la universidad.

Me ha ocurrido una desgracia —estalló el universitario sin dejar de verter lágrimas de sus ojos—. Me reprobé en la última asignatura y no pude tomar el examen de tesis junto con mis compañeros. Perdónenme, por favor.

La noticia había caído como una bomba atómica en el hogar de los Guirado. Miguel Guirado, el padre, contempló con despreció a su hijo. Su madre no podía creer lo que sus oídos estaban escuchando.

— Tú me vienes a decir a mí que eres un mediocre estudiante. Que no eres capaz de aprobar asignaturas elementales para graduarte de licenciado. Todo el esfuerzo que hemos hecho ha sido para que tú seas un mediocre e incapaz. Con eso tú nos paga el esfuerzo que hemos hecho contigo. No eres más que una desgracia para nuestra familia —explotó el padre con evidente encono.

Catalina bajó la cabeza y la hundió entre sus cuidadas manos. Cuando levantó el rostro, sus ojos enrojecidos, inundados de lágrimas no se atrevían a contemplar a su hijo. Se levantó y caminó indecisa hacía su habitación. Miguel, su marido, la siguió y Manuel sólo escuchó el sonido de la puerta cerrarse.

Ahora, Manuel estaba en el comedor de la casa totalmente iluminado; pero absolutamente solo. Sus otros hermanos estaban de vacaciones y apenas la cocinera de la casa lo observaba, de vez en cuando, desde la cocina. Sabía que no podía exponer a sus padres a un bochorno tan degradante. Su vida ya no tenía ninguna razón de ser. Tomó la firme decisión de no hacer la vida imposible a sus padres. Antes de ejecutar su plan, visitaría a su abuelo, el padre de Miguel, quien siempre le profesó el mayor cariño. Se despediría de su querido abuelo.

Tocó dos veces la bocina de su automóvil, cuando se abrió la amplia puerta de la verja perimetral de la residencia del abuelo. Parqueo el automóvil con el frente hacia la salida: tenía prisa. Entró caminando con rapidez hasta la habitación del padre de su padre. Él lo estaba esperando, pues lo había llamado antes de llegar. Abrió la puerta y encontró la dulzura de la mirada del anciano de cabellos de nubes. Lo abrazó con fuerza.

— ¿Qué té pasa, Manuel? —preguntó el abuelo, al sentir un extraño palpitar en el cuerpo de su nieto.

— No. No me pasa nada —contestó lacónicamente.

— No me digas que no té pasa nada; porque si fuera así, de nada me habría servido vivir tantos años. Un muchacho como tú no me va a engañar.

Manuel miró a su abuelo. No podría mentirle a la persona que más le comprendía y que más lo había dirigido por la vida. Entonces, le contó todo lo ocurrido. Sus lágrimas volvieron a salir a borbotones.

El abuelo lo miró con compasión. Le tomó las manos y lo miró fijamente. Su rostro, antes dulce y amable, tomó un carácter duro.

— Tú le vas a tener miedo a la vida por un pequeño fracaso. Si es así eres indigno de ser mi nieto. La vida no es una cadena de triunfos; no, la vida es una cadena de fracasos, pero ellos construyen los hombres superiores. Vamos para la casa de tus padres y vamos a hablar como hombres; parece que me faltaron algunas lecciones criando a tu padre.

El estudiante universitario sintió un alivio, aun cuando el temor de enfrentarse a su padre permanecía. Solamente su abuelo podía hacer algo por su situación. El abuelo llamó por teléfono a Miguel y, en poco tiempo, la familia estaba reunida.

— Manuel me ha contado lo que está ocurriendo en esta casa con el problema que se le ha presentado. He venido a hablar con ustedes al respecto —expresó el abuelo.

— Papá no te metas en esto. Éste es un problema entre Manuel y sus padres —reprochó el padre.

— Éste es un problema de toda la familia —contestó el abuelo—. Tus derechos como padre tienen limitaciones, a partir de la edad de Manuel. No tienes derecho a juzgarlo con tanta severidad.

—Ese irresponsable se ha reprobado en la universidad y todo el esfuerzo que hemos hecho no ha valido para nada. Debería estar avergonzado de sí mismo y no buscarte a ti como protector. Él lo que quiere es que tú lo apoyes en su vagabundería. Lo que ha hecho no tiene perdón —puntualizó el padre con evidente cólera.

— Tranquilízate, que vamos a hablar de hombre a hombre. Manuel porque reprobó una asignatura en la universidad es el peor ciudadano del mundo, según tu apreciación. No voy a hablar de ti en tu época de jovencito. A tu edad deberías comprender que todas las personas son distintas y que todas las personas tienen defectos y virtudes. Dios ha hecho a las personas desiguales para poderles dar una oportunidad a los hombres de sentir el amor: único sentimiento divino. Dios sabe que el hombre sólo sabe amarse a sí mismo y por eso ha hecho a todos los seres humanos diferentes. Si todos fuéramos iguales no tendríamos que amar a nadie: nos amaríamos a nosotros mismos. Estoy muy seguro de que tú tienes más defectos que Manuel; y, sin embargo, él te ama. Estoy seguro de que ha cometido errores mayores que el de Manuel y no te has sentido culpable; porque lo has cometido tú y tú eres complaciente contigo mismo.

— Pero, Papá, ¿tú lo vas a apoyar, después de lo que hizo? —reclamó Miguel.

— Si tú deseas que tus hijos sean perfectos; quiere decir, que deseas que ellos sean como Dios, que es el único perfecto. Para ti sería muy fácil amar a un hijo perfecto, pero Dios no le da hijos perfectos a nadie. Los llenos de defectos para que se construyan a sí mismos. Manuel es una gran bendición, míralo como está sufriendo su error, eso debería llenarte de orgullo, que tu hijo es responsable y que cuando se equivoca sufre hasta resolver su error. Todos los hombres son mediocres, en la mayoría de las cosas, y son superiores, en la minoría de las cosas. Si algún hombre no fuera mediocre en alguna actividad, seguro estoy de que la perfección lo llevaría a la vanidad que es el defecto mayor que puede tener el hombre.

El anciano hizo silencio y tomó un poco de agua de un vaso que le ofrecía Catalina. El padre de Manuel bajó la mirada. La madre lloraba la desgarradora escena y caminó hasta donde estaba Manuel y lo abrazó con ternura. Miguel permanecía en silencio. Manuel esperaba la reacción de su padre para definir su situación. Su decisión era inquebrantable. Su padre se levantó del asiento y caminó sin rumbo, al cruzar por la espalda de Manuel, le acarició la cabeza y le tocó el hombro, ofreciéndole su apoyo.

Manuel se levantó y caminó hasta el lugar donde estaba el abuelo y lo abrazó con fuerza. Se quedó pegado al anciano por un largo rato. Después, y acongojado, expresó:

— Abuelo, te debo la vida.

CAPITULO VI

Pasaron los días y la hora de la partida había llegado. El padre Guillermo esperaba en el comedor privado de la rectoría del seminario al monseñor Santiago Alonzo. El viejo amigo se retrasaba. Miró el reloj que marcaba las 7:30 de la mañana. Los alimentos esperaban por los comensales. Sintió los pasos lentos del invitado que caminaba por el pasillo de la edificación de hormigón armado. Solicitó a la hermana encargada de poner los alimentos que le sirviera dos tazas de café, mezclado con un poco de leche. Esperó que la puerta se abriera y, entonces, vio llegar al Monseñor de las historias.

— ¡Buenos Días, padre Guillermo! —saludó el recién llegado, mientras se sentaba en la silla que estaba ubicada en el frente de la del rector del santuario.

— ¡Buenos días, monseñor Santiago! —respondió con mayor confianza el anfitrión—. ¿Cómo te has amanecido? Supongo que te has recuperado del trabajo de los días de la celebración. Yo estoy acostumbrado, pero tú haces mucho que no trabajabas tanto como en estos días. Tú llegada fue una bendición del Señor. Los seminaristas también han sido de mucha utilidad. La energía de esa juventud, bien dirigida, produce grandes frutos —expresó el padre Guillermo que traía el pelo recién peinado hacía atrás y con el brillo que produce la humedad.

Santiago Alonzo guardaba un silencio meditativo. Escuchaba a su amigo con atención, aun cuando su mirada, de vez en cuando se perdía en el espacio. La mañana era espléndida. Una agradable temperatura y un sol radiante que iluminaba todo el valle con esplendidez.

— Ya me siento recuperado. He dormido muy bien y las fuerzas han regresado a este viejo cuerpo. En este lugar el cansancio es un asunto breve. La naturaleza en su máxima expresión, como se expresa en este lugar, permite que la recuperación sea muy rápida. Además, aquí yo lo que he hecho es trabajo fácil y que té llena de la gracia de Dios. Realmente estás viviendo en un lugar muy santo. Y no lo digo sólo por la presencia de los sacerdotes y las hermanas de las Mercedarias de la Caridad, que te ayudan en el santuario, con su trabajo de dedicación absoluta a la obra del Señor, sino también, por las personas que habitan las casas que rodean el recinto. La devoción y la fe de los pobladores son extraordinarias. Esto que sucede, aquí en estos predios, no sucede en muchos lugares. Realmente, este es un lugar santo —dijo complacido, sentándose a desayunar. Traía un semblante de descansado y con un aire de alegría.

— Cuando me asignaron a este lugar, realmente no lo conocía, es más, no lo había oído mencionar en todo el tiempo que estuve de párroco en España. Al principio, cuando recibí la orden, me resistí; pero después decidí venir a ver lo que era y, realmente es un lugar para gloria de Dios —comentó el padre Guillermo con una alegría que se le notaba en el brillo de su mirada. Estaba muy satisfecho de cómo habían ocurrido las cosas todo el día de celebración del santuario.

Los dos sacerdotes comenzaron a comer el desayuno servido. El aroma del café inundaba todo el espacio del comedor. El padre Guillermo vestía una sotana de color blanca, con dibujos alegóricos a la congregación a que pertenecía. El color blanco de su rostro cuadrado, expuesto al sol caribeño adquiría un aspecto de rosado que destaca el estado de satisfacción. Su cabellera encanecida, perfectamente cortada y peinada, contrastaba con el aspecto del monseñor Santiago Alonzo, que descuidaba los detalles de su aspecto físico.

Santiago Alonzo de contextura delgada y con el cuerpo un poco arqueado, tenía sus cabellos un poco largos y su barba espesa no muy arreglada. Su sotana negra, como siempre viste, resaltaba su rostro blanco. Sus largas y blancas manos dejaban ver las venas por donde circula el torrente sanguíneo. Su mirada tierna y cuerpo alto, un poco encorvado por los años, lo hacían ver como sagrado.

Los dos sacerdotes de nacionalidad española habían construido una gran amistad. El padre Alonzo fue quien lo recibió en el aeropuerto cuando llegó Guillermo. Durante algunos días se hospedó en la parroquia donde servía como párroco el rector del asilo de ancianos. Desde ese momento se desarrolló una relación de amistad que hizo que cada cierto tiempo se visitaran. La vida de un joven sacerdote en un lugar muy lejos de su lar nativo es muy solitaria y la compañía de un compatriota es una bendición de Dios.

— ¿Cómo has sentido el comportamiento de los muchachos seminaristas? —preguntó Santiago, cuando se tomaba un largo sorbo de café recién colado.

— Ellos son muy útiles y cooperadores. Han sido una valiosa ayuda para las labores de estos días en el santuario. Incluso, creo que la Virgen nunca había sido vestida como lo hicieron los seminaristas. Decoraron el altar con verdadera inteligencia divina. En los asuntos de organización son excelentes. Son muy trabajadores. Están llenos de energía y de vitalidad, que a nosotros nos falta mucho. Yo quisiera tener alguna ayuda con esa fuerza joven.

— No te estoy preguntando de sus capacidades intelectuales ni de sus capacidades organizativas. Tú más que nadie sabes que la formación del seminario los dota de esa formación básica. Te pregunto de su conducta, de su comportamiento, más allá de su trabajo físico.

El padre Guillermo hizo silencio y se tomó un largo sorbo de café. Colocó la taza en la mesa y la acarició, con sus dedos blancos.

— En todo el trabajo que se les asignó y en los trabajos que ellos solicitaron participar, en ninguno dieron sentido religioso. Su afán importante es el de hacer cosas; de estar ocupados; de participar en actividades de celebración. Para el santuario han sido de gran ayuda y mucho que necesitamos de jóvenes tan entusiastas en los días de celebración; pero para el trabajo apostólico no ofrecieron credenciales evidentes de vocación. No te puedo decir que no sean en el futuro buenos sacerdotes, porque eso sólo lo sabe Dios; pero con nosotros no mostraron mayor interés por el ritual de celebración litúrgica —dijo cambiando la expresión del rostro. No sentía felicidad por decirles esas cosas al viejo amigo que tanto quería.

— Entonces, tu opinión es que no han madurado lo suficiente para hacer el compromiso sacerdotal. Que no están preparados para asumir el compromiso con la fe.

— Tengo mucho tiempo que no trabajo en el seminario. Aquí en el santuario, hace más de veinte años que se clausuró el que existía. Con el tiempo uno va perdiendo facultades, y si no las ejercitas, con mayor razón. Cuando trabajaba en el seminario y veía un joven entrar al aula o entrar al sagrario, sabía si tenía madera para el trabajo de la fe. Ya he perdido esa facultad, apenas puedo dar una opinión no muy confiable —dijo con voz queda.

— Te conozco y sé que tienes una opinión más certera que la que has dado. No quieres participar en la descalificación de los muchachos. Leo en tus ojos y en tus palabras que no te han convencido. No estás conforme con sus comportamientos —exigió el viejo conocedor de la conducta humana.

— No es que no esté conforme con ellos. Lo que sucede es que son jóvenes que han tenido problemas en el Seminario Mayor de España de España y cualquier opinión diferente de la de los rectores del seminario de España deberá estar avalada con pruebas irrefutables. Yo no tengo esa seguridad —expresó el padre Guillermo, mientras se acariciaba el pelo, con ademán de cierta preocupación.

— En poco tiempo tengo que tomar la decisión y remitirla al Seminario Mayor. No tengo una opinión favorable en estos momentos. Mucho te agradecería una opinión y que no te comprometa con el asunto.

— Recuerda, Santiago, que apenas han estado algunos días en el santuario y, con el trabajo de la celebración del 24 de septiembre, no he tenido mucho tiempo para evaluarlos. En este momento están muy escasas las vocaciones religiosas. La Iglesia necesita más del doble de los sacerdotes que tiene. Existen muchos lugares del mundo donde hacen falta religiosos para seguir la obra del Señor. Estoy seguro de que, si logran ordenarse como sacerdotes, serán enviados a tierras muy lejanas y, entonces, probarán su vocación.

— La Iglesia es grande, es única y es católica porque nunca inventa con las cosas. Sólo pueden tener ministerio los hombres de mayor integridad en la fe. Un sacerdote que deserta es más perjudicial para la fe que cien que sean descartados en el proceso. El hombre, para ser señalado como portador de la Nueva Buena, debe ser absolutamente probo en el proceso de su conversión. Reconozco que las vocaciones religiosas no abundan en estos tiempos y que los mejores misioneros nos hemos envejecido. La Iglesia debe continuar con otros que sean como los primeros apóstoles. El Señor no se equivocó en la elección de sus discípulos para establecer su Iglesia en el mundo. Aun con Judas, no se equivocó; el propósito se cumplió. Los eligió a todos para un fin, y cada uno cumplió con el papel que se le asignó.

— Te lo han enviado a ti, Santiago, porque eres un hombre santo y tienes una sabiduría superior. Si tú no logras que encuentren el camino correcto, entonces, nadie lo logrará. Creo que lo que ellos han vivido en el santuario será de mucha ayuda para su entendimiento. Creo que no debes tomar una decisión, sino en el último momento. Pídele al señor que te dé la luz correcta para que puedas tomar la providencia más atinada.

El Monseñor de las historias hizo un silencio largo, después se levantó de la silla e invitó a Guillermo a salir del comedor: había llegado la hora de partir. Al salir observaron a los dos seminaristas reunidos con algunas jóvenes monjas y un sacerdote ayudante. Estaban ofreciéndoles la despedida.

Santiago y Guillermo caminaron por la parte posterior de la hermosa iglesia del Santo Cerro. Se acercaron al gran mirador que posibilitaba una vista global de todo el inmenso Valle de La Vega

Real. Desde aquella altura, los campesinos cultivando sus predios, parecían pequeñas hormigas. En la lejanía se presentaba la cadena de montañas que cercaba al predio de verdor absoluto. Santiago respiró profundamente el aire puro del lugar. Sintió llenarse sus pulmones de energía. Un dejo de tristeza envolvió su mirada. El padre Guillermo lo contemplaba con cierta tristeza.

— No sé si podré volver a ver esta vista del valle —se lamentó Santiago—. Es un bello rostro de la creación divina.

— Claro que podrás volver a verlo. Cuando quieras, regresa y, si no regresas por ahora, te espero el próximo año para la celebración —comentó Guillermo tratando levantar el ánimo de su amigo que se entristecía.

— Ya estoy muy viejo y, en cualquier momento, recibo el llamado del Señor para ir a su lado. Uno no sabe cuándo es el último día de observar la grandeza de Dios, y cuando uno llega a esta edad, no puede hacer planes. Sólo sé que estoy vivo, cuando despierto en la mañana. No puedo hacer planes mayores de algunas horas —se lamentó, mientras daba algunos pasos por el área y acariciaba el tubo de hierro que servía de baranda al inmenso mirador.

— Pero tú tienes un trabajo de cierto plazo con los seminaristas. No me digas que es asunto de un día. Debes tener confianza que ellos reaccionaran positivamente —comentó el padre Guillermo, tratando de reanimar al consejero espiritual.

— Ese trabajo no lo he dispuesto yo. Ese es un trabajo dispuesto por la Divina Providencia y no por mí, por lo que ha sido el Señor quien dispone esa última misión para su viejo servidor —dijo resignado. La tristeza le salía en el tono de la voz.

Guillermo hizo silencio, no quería continuar con la conversación fúnebre con su viejo amigo. Aferró sus manos a la baranda de la verja del mirador y contempló el paisaje. Tocó en el hombro a Santiago y caminaron hasta el lugar donde lo esperaba el vehículo que lo conduciría hasta la ciudad de Santo Domingo.

— A este santuario siempre llego a pie y siempre me voy en vehículo. Creo que, si puedo, el año que viene bajaré, también a pie. Si

la Virgen lo permite caminaré de regreso en la próxima celebración
—y se despidió.

El padre Guillermo sonrió. Su amigo había hecho planes para el
futuro. Ninguno de los dos sabía los planes que tenía Dios para ellos.
Sólo el tiempo descubriría el futuro. Abrazó a Santiago, primero
y después a cada uno de los seminaristas, la hora de partir había
llegado. Miró cómo el automóvil bajaba por la cuesta de la montaña.
Hizo la señal de la cruz y miró al cielo implorando por su amigo.

TERCERA PARTE

CAPITULO I

El ayudante del monseñor Santiago Alonzo tocó dos veces la puerta de la oficina del rector del hogar de sacerdotes retirados. Esperó escuchar la voz del anciano. No sintió ningún ruido en el interior. La oficina parecía que estaba vacía. De repente, la puerta se abrió y apareció el fraile.

— Monseñor, lo está buscando el padre Juan Rodríguez de la parroquia de Nuestra Señora de la Divina Providencia. Está en la sala de espera, si usted quiere lo traigo a su oficina.

— Sí, por favor, tráelo aquí a mi oficina —ordenó Santiago Alonzo—. Pensó que el padre Juan venía atraerle la noticia de la expulsión de Juan Javier de la parroquia. Un frío le llegó al estómago.

El viejo sacerdote sintió un frío en el estómago. Una preocupación invadió su ser. Solamente por una grave dificultad podía traer al párroco a su oficina. Alguna imprudencia había hecho el seminarista asignado a la parroquia. Se acomodó en el asiento y cerró el libro que estaba leyendo. Esperó pacientemente la llegada del visitante. El local de la oficina permanecía en silencio. Poco tiempo había pasado cuando escuchó dos toques en la puerta.

— ¡Pase, pase! —ordenó desde su asiento—. Pase padre Juan, la puerta está abierta.

La puerta se abrió y entró el sacerdote visitante. El padre Santiago Alonzo abrió los brazos y saludó con afecto al padre Juan. Los dos sacerdotes se sentaron frente al escritorio, dejando la silla ejecutiva vacía. El monseñor Alonso percibió el rostro de contrariedad del sacerdote. Se rascó la barbilla y frunció el ceño.

— ¿Cómo está su salud, Monseñor? —preguntó el padre Juan, mientras se acomodaba en la silla. Contempló a Santiago que se ensimismaba y no respondía. Estaba concentrado en pensamientos difíciles para él. La preocupación lo entorpecía.

— Para un viejo de 85 años, estoy muy bien —finalmente contestó—. Padre Juan, ¿Cómo anda su salud? Supe por Juan Javier que estuvo un poco enfermo. Tienes que cuidarte, por qué por estos tiempos abundan las enfermedades. Con los años las enfermedades son complicaciones grandes, por pequeña que parezca.

— Estoy bien. Sólo fue una gripe fuerte que me dio. A pesar de pasarme más de cuarenta años en estas tierras, aún mi cuerpo no es inmune a la acción del clima caribeño. Por lo demás, estoy bien. Pero como tú sabes, después de cierta edad, hay que cuidarse mucho. Hacía un buen tiempo que quería conversar con usted, Monseñor.

Santiago contempló al amigo sacerdote con una mirada de afecto. El padre Juan Rodríguez fue quien lo había sustituido en la parroquia de Nuestra Señora de la Divina Providencia. El padre Santiago había fundado la parroquia en el lugar, en las afueras de la ciudad de Santo Domingo; pero con los años y el crecimiento de la ciudad, ahora estaba en el centro. Durante tres años, Juan fue su ayudante y, después, lo enviaron al hogar de ancianos sacerdotes. Durante los tres años de trabajo apostólico juntos, hicieron una estrecha amistad. La condición de españoles y procedentes de la misma región de España, los unió un poco más. El padre Juan tenía al monseñor Alonzo como su confesor y asesor espiritual.

— Usted no puede hablar de viejo. A mí me han retirado por viejo y he sido sustituido por usted, porque eres joven —comentó Santiago, mostrando una sonrisa tierna en sus labios. Sus ojos claros brillaron de alegría por la presencia del amigo, a pesar de la posible contrariedad que le pudiera traer.

— Monseñor, usted más que nadie sabe que en la Iglesia, cuando se llega a cierta edad, nos relevan del trabajo, aun cuando tengamos las fuerzas para seguir. Cuando le enviaron para el Hogar y le quitaron las responsabilidades de la parroquia, estoy seguro de que estaba más fuerte que yo; pero no tengo la edad que usted tiene. Le veo muy saludable —dijo con gusto. Se sentía feliz de hablar con su viejo amigo.

— He estado unos días en el Santo Cerro y el clima del campo me ha hecho muy bien. Pero los años no pasan en vano. La misión que nos ha impuesto el Señor es la del sacrificio y ese es nuestro destino. Pero dígame, ¿qué le trae por aquí tan temprano, padre Juan? Si sólo viene a visitarme, estoy muy complacido; pero le conozco y sé que no eres de los que visita con frecuencia, ni siquiera a los amigos que le quieren como yo. Aunque para mí es un gran privilegio su visita, Padre.

El padre Juan hizo silencio y contempló a su amigo. Sintió arrepentirse de lo que trataría al Monseñor. Buscó las palabras más fáciles y posibles para tratar el tema. Sólo las obligaciones del deber lo hacían tratar el tema espinoso que traía. Sabía que era de gran desagrado para el Monseñor.

— Monseñor, hace algunos días que le envié una carta donde le informaba el deseo que tenía de que el seminarista que está asignado a la parroquia fuera trasladado. No es que yo tenga nada en contra de Juan Javier; lo que sucede es que me ha enredado la parroquia y ahora los grupos parroquiales están desarrollando una dinámica diferente de la que hemos hecho nosotros todo el tiempo y que usted nos enseñó. Incluso creo que ha tenido alguna participación en fiestas no muy santas en el vecindario. Una de las mujeres que ayudan en los servicios religiosos, se me quejó. Me dijo que no quería que el seminarista visitara a su hija. Ella sospecha que están en otra cosa que no es el trabajo parroquial. Y no sólo ha sido una sola de las mujeres que se ha quejado. Desde que Juan Javier ha llegado a la parroquia, las fiestas, entre los jóvenes, no han cesado. El trabajo de los grupos de oración ha decaído y es él el culpable de todo lo que está ocurriendo mal en la parroquia —sentenció en un tono de voz de evidente molestia.

Santiago se reacomodó en el asiento. Se llevó la mano derecha hasta las barbas y se las acarició, con evidente contrariedad. El problema había desbordado los linderos de su responsabilidad y ahora no sabía cómo responderle al viejo amigo. Sabía que tenía razón y que, las parroquias tenían sus formas y sus maneras de actuar y de proceder y que los religiosos que ayudaran debían hacerlo con las directrices del párroco. Sus sospechas de la incapacidad para el sacerdocio del seminarista se estaban confirmando.

— Padre Juan, la vida sacerdotal es muy difícil. Los retos que nos impone la Santa Iglesia Católica Apostólica y Romana son muy difíciles. Yo no tengo edad para tratar la energía de los jóvenes seminaristas y ya ves, me envían a los más difíciles. Como sabes, estos jóvenes me lo han enviado a ver si lo podemos conducir correctamente y que puedan ordenarse como sacerdotes. No me ha sido fácil el trabajo, para enderezarlos. Sé que algunas dificultades te traerían, pero alguien tiene que ayudarme con el trabajo. Para mí es demasiado trabajo; cargar con el Hogar y con la responsabilidad de los seminaristas. Pero el Señor me ha señalado para que haga una obra con ellos y no debo evadir la responsabilidad —explicó con amargura. Se sentía impotente para lidiar con los dos rebeldes seminaristas.

— Monseñor, ese muchacho no puede venir a trastocar todo el trabajo de la parroquia. Usted fue el fundador y sabe que somos modelo en todo Santo Domingo —se quejó el padre Juan—. Su conducta no es propia de un estudiante de religión. Creo que ni de un estudiante de una universidad cualquiera. Realmente, no sé cómo estos muchachos llegaron a entrar a un seminario religioso.

— Sé que es difícil para usted. Su disciplina y su responsabilidad chocan con la forma de actuar de Juan Javier. Si usted me envía una comunicación donde me solicita el retiro del muchacho, no tendré otra alternativa que enviar un informe negativo al Seminario Mayor, y entonces, lo expulsarán de la Orden de Los Predicadores. La situación no es muy cómoda para mí. Sé que le he buscado un problema que no es suyo, pero debe comprenderme —expresó el monseñor, levantándose y sentándose en la silla. Estaba inquieto y molesto.

— ¿Qué debo hacer, entonces, Monseñor? —preguntó con un brillo de desesperación en los ojos—. Si no tengo otra alternativa tendré que solicitar, por escrito, que me lo retire de la parroquia. Yo no quisiera hacer eso, pero ese muchacho tiene que ayudar para que lo ayudemos. Perdóneme Monseñor por lo que lo estoy importunando, pero ese muchacho no me ha dejado una alternativa. He tratado de ayudarlo de todas las maneras, pero no se deja. Estos tiempos vienen con carga muy pesada para la iglesia.

— Le queda muy poco tiempo en el país. Trate de que se discipline, asignándole trabajos directamente con usted y no en la Pastoral Juvenil. Búscale un trabajo que permita que puedas evaluar con mayor eficiencia la conducta del muchacho y, si continúa con una conducta equivocada; no tema, enviadme la carta que lo mandaré para España para que lo expulsen del seminario. No tengas ningún temor en escribir la carta, si él no cambia de actitud. Ni usted ni yo tenemos culpas o somos responsables de la conducta de Juan Javier.

— Ese muchacho me tiene exasperado —comentó el padre Juan, con evidente molestia—. Yo vine hoy a pedirle, Monseñor, que no lo quería ni un día más en la parroquia. Pero no puedo cargarlo a usted con más sufrimiento. Voy a hablar con Juan Javier y le explicaré las reglas, de nuevo, de la parroquia, y sólo trabajara en los asuntos que tiene que ver conmigo —dijo al contemplar el rostro contraído del viejo maestro. Haría el último esfuerzo por mantenerlo en la parroquia por los días que le quedaban al seminarista en Santo Domingo, aunque tuviera que aislarlo de toda la feligresía.

— Dispón de un trabajo aislado para él y envíame el reporte en el más breve plazo. Sé que eres una persona justa y, si dices que no tiene condiciones para que sea ordenado sacerdote, entonces, lo enviaré de regreso a España para que lo expulsen del seminario —expresó Santiago, tratando de obligar al padre Juan para que siga con Juan Javier en la parroquia.

El padre Juan Rodríguez se levantó del asiento y caminó sin rumbo en el pequeño espacio de la oficina del rector del asilo de ancianos. Se rascó el cuero cabelludo trasero y se pasó la mano derecha con fuerza por la cara. Estaba contrariado, no podía negarse a ayudar a Santiago, pero lo que le pedía era más allá de lo que podía dar. Ese seminarista podía trastocarle la parroquia y lograr desacreditar el recinto eclesiástico. Si los feligreses se enteran de que un ayudante del párroco anda con algunas de las muchachas de la Pastoral Juvenil, seguro que ningún padre de familia enviaría a sus hijos a la parroquia, y ninguna familia volvería a la misa. Un sacerdote vive de la fe y de la confianza que tienen los parroquianos de él; si la fe es derribada por una acción que involucre al religioso, entonces, toda la parroquia sufriría, y muy posible tendría que irse del lugar. Un frío le subió por el estómago.

El monseñor Santiago Alonzo sabía lo que estaba sufriendo el padre Juan Rodríguez. Sabía que le estaba pidiendo más de lo que podía dar el sacerdote. Sólo la amistad y la deuda emocional posibilitaban que aceptara la situación. Miró a su amigo que estaba como un animal enjaulado. Sintió deseo de liberarlo de la responsabilidad, pero sabía que no podía hacerlo. Si lo sacaba de la parroquia del padre Juan Rodríguez, ninguna otra lo aceptaría y, por lo tanto, era condenar al descrédito al joven seminarista. La credibilidad del padre Juan había que preservarla, pero no podía sacar a Juan Javier del lugar. Sabía que la visita del religioso era una acción desesperada, por la situación que vivía en la parroquia. No podía traer al seminarista al hogar de ancianos, eso no estaba permitido en el proceso de reeducación; solamente los días previos a la colocación en una parroquia, podía permanecer entre los nonagenarios sacerdotes. Sentía una desesperación que le cegaba la vida. No se sentía en paz. Estaba turbado y desconcertado. La impotencia de cumplir la última voluntad del Creador lo mortificaba. No era posible que su vida, al final de sus días, tuviera un final tan miserable.

Los dos sacerdotes guardaron silencio. Ninguno de los dos podía expresar ninguna palabra. No sabían qué hacer con la situación. Santiago se levantó y caminó hasta donde estaba el padre Juan. Le echó el brazo por el hombre y le comentó:

— Ponlo en vigilancia todos los días y, si no hace las cosas como tú se las ordena, entonces, ven a verme que tomaré la decisión final. No te desesperes y trata de vigilarlo. Investiga con las madres de las muchachas las salidas que hacen las hijas con el seminarista. Busca toda la información y tráemela, que veremos qué hacer. Ese muchacho no puede destruir la obra que el Señor ha hecho por intermedio de nosotros.

El padre Juan Rodríguez asintió las palabras de Santiago. Estrechó la mano del amigo y se despidió. Cuando iba a cruzar la puerta escuchó la voz de Santiago.

—Padre Juan, llévele este sobre a Juan Javier. Es una lectura que quiero que lea, y para que sepa que usted estuvo conmigo.

El mensaje estaba claro. Si no reaccionaba positivamente, informaría de sus inconductas para que sea rechazado para ser ordenado sacerdote católico.

El padre Juan tomó el sobre y lo guardó en el bolsillo. Caminó con pasos firmes por el estrecho corredor que comunicaba con la puerta de salida del hogar de ancianos. Contempló a los viejos sacerdotes hacer sus caminatas médicas. <<Ellos ya no tenían problemas, sólo esperaban el llamado del Señor>>, pensó.

Desde que llegó a la parroquia le entregó el sobre que contenía el mensaje del padre Santiago al seminarista Juan Javier.

HISTORIA NO.12

LA HORMIGUITA

— Papi, Papi, me picó una hormiguita —exclamó la niña, mientras corría, blandiendo su dedo índice con la picadura de la hormiga, hacia los brazos de su padre, quien la esperaba pacientemente en una cómoda mecedora.

El padre tomó a la niña y la colocó sobre sus piernas. En su rostro no apareció ningún vestigio de preocupación por el accidente ocurrido. Su pequeña niña de seis años lloraba desconsoladamente sobre su pecho; él la acariciaba con ternura.

— Eso se te pasará muy pronto —comentó a los oídos de su hija.

— ¡Carlos te he dicho que mates a todas esas malditas hormigas! —gritó alarmada, Rosario, la madre, mientras tomaba a su hija y le acariciaba el pequeño dedo picado—. Cálmate, Natalie, que vamos a matar a esas malas hormigas.

El padre contemplaba la escena. No se había inmutado. La mujer seguía con el ataque de ira. Miraba con evidente rabia al marido; este permanecía quieto, sin hacer ninguna acción de la que ordenaba la madre de Natalie.

— ¡Tú no vas a moverte a matar a esas hormigas! ¡A ti no te duele la niña! ¡Tú no tienes corazón! ¡Con qué hombre fue que me casé, Dios mío! —increpó la mujer sin salir de la iracundia mañanera. El hombre permanecía tranquilo; sólo contemplaba el paisaje y el espectáculo que presentaba su mujer.

La pequeña niña se calmó y regresó, con sus ojos llenos lágrimas, a los brazos de su padre.

— Papi, ¿tú no vas a matar a la hormiga que me picó en el dedo? —preguntó la infante, mientras se subía a las piernas amorosas del padre.

— No. No la voy a matar.

— ¡Tú lo que eres es un desalmado! ¡Tú no quieres a la niña! —explotó, de nuevo, la madre.

— ¡Cállate, de una buena vez! Todo lo que haces es inculcar un odio a la niña por la naturaleza. ¿Acaso fue la hormiga que vino a picar a la niña? Fue la niña que fue hasta la ruta por donde cruzan las hormigas.

— Entonces, para ti es la niña la culpable. ¿Esta casa es de las hormigas o de la niña, dime, buen desalmado?

El hombre acarició el pelo lacio de su hija. Con la paciencia recobrada, comentó, dirigiéndose a la niña.

—Las hormigas son una creación de Dios para limpieza de la naturaleza. Son las pequeñas hormigas las encargadas de procesar todos los animales que mueren. Debido a las hormigas, nuestra casa no está llena de cucarachas muertas, de ratones muertos, lagartos muertos, etc. Son ellas, las hormigas, las que se ocupan de que el jardín permanezca sin animales muertos que produzcan mal olor.

— Lo que tú no dices es que se entran a la casa y se comen todos los dulces y cualquier otra cosa que no esté muy bien cuidado —comentó la mujer, interrumpiendo el diálogo del padre con la hija.

— Las hormigas entran a las casas porque los humanos dejamos cosas descuidadas, y están en situación de dañarse, entonces entran y limpian la casa.

— Pero, pican muy duro —comentó la niña.

— Si, ellas pican, pero sólo son picaduras defensivas, para anunciarle al hombre que ellas están en ese lugar y que deben permitirles convivir. Si en una casa, todo está en orden, y nada en situación de dañarse, las hormigas no entran. La misión de las hormigas es la de cuidar de que la pudrición de las cosas afecte lo menos posible al hombre. La pequeña picadura que te produjo la hormiguita no pone en peligro tu vida. La picadura sólo te advertía de su presencia; ella nunca quiso hacerte daño. La naturaleza no ataca, voluntariamente, al hombre; siempre lo hace defensivamente y con el cuidado de provocar un anuncio que es positivo para el hombre.

— Entonces, ¿no me voy a morir por la picada de hormiga?

— No te vas a morir, estarás sana y tu dedo se curará en poco tiempo.

— ¿Las hormigas no son malas? —preguntó inquieta la niña.

La madre contemplaba la escena con evidente malestar.

— Tú siempre con tus teorías. Con esas teorías no vas a llegar a ninguna parte —arremetió la mujer.

El hombre miró a su mujer con desdén. Aquella mujer sólo entendía de anuncios publicitarios de televisión y radio. Lo que dijeran los anuncios de los comerciantes e industriales eran las únicas palabras que no contradecía.

El mundo actual ha querido dominar la naturaleza, agrediéndola; no entendiéndola, y por eso, cada vez es más difícil que el ser humano pueda lograr la paz en la vida. La naturaleza está hecha para que le sirva con eficiencia, y los hombres, tratan de domarla matándola. Todo lo que les importa es su pequeña vida y nada más. Cada parte de la naturaleza está concebida por el Creador para que tenga una misión que permita al hombre vivir con la mejor calidad; pero el hombre se empecina en destruirla.

— Las hormigas no son malas, son sólo una creación de Dios para que ayude al hombre. Dios no ha hecho ninguna obra sobre la tierra que no haya sido para el bien del hombre. Las pequeñas hormigas son las responsables de que no existan muchas enfermedades en el mundo y son las responsables de procesar todos los elementos contaminantes del cuerpo de todos los seres vivos, cuando se mueren.

— ¿Yo debo querer la hormiga que me picó? —preguntó ingenuamente.

— Así es. Debemos amar la naturaleza y aprender a convivir con ella sin agredirla y tratando de sacarle el mejor provecho. El amor es el sentido mayor que tiene el hombre. También es el menos usado por el propio hombre. Apenas si puede amar a algunos de sus semejantes. Debemos aprender a amar la naturaleza y, cuando esto suceda, el hombre sabrá convivir consigo mismo. El único ser creado que no ama la naturaleza es el hombre y, sólo la ama, cuando se siente en posesión y, por lo tanto, eso no es amor.

La mujer había entrado a la casa y salió con una lata de insecticida en las manos. El marido la miró, ahora con pena, y preguntó:

— ¿Qué vas a hacer, mujer?

— Si tú no vas a matar a esas hormigas; yo las voy a matar. No permitiré que vuelvan a picar a la niña. Las picaduras de esas hormigas duelen mucho. ¡A ti, porque no te importa la niña! —protestó, mientras se disponía a rociar con insecticida el camino y la colonia de hormigas que estaban ubicadas en un extremo del jardín de la casa—. Esta casa tiene que estar limpia de esa plaga. Las hormigas no sirven para nada. Sólo en tu cabeza, las hormigas sirven para algo.

— Tú no vas a entender nunca —protestó el marido—. ¿Tú crees que quieres más a Natalie que yo? Mi hija es mi vida, pero no puedo cerrar los ojos a la verdad de la creación. A mí también me dolió la picadura del dedo de la niña; pero eso no me va a cegar para entender lo que ha pasado.

La mujer caminó con pasos firmes hacia el rincón del jardín donde estaba el panal de hormigas. Le quitó la tapa a la lata de insecticida, y cuando se disponía a vaciarlo sobre la colonia de hormigas, sintió unas manos que la detenían: era su hija.

— Mami, no mates a las hormigas por mí. Ellas no son malas. Míralas cómo traen pequeños animales muertos para alimentarse. Ellas no nos pueden quitarnos los alimentos ni nos pueden matar —suplicó la niña.

La madre quedó paralizada por la acción de la niña. Se giró y observó a su hija que colgaba de su brazo y le impedía realizar la operación. Se miró, por primera vez, con la lata de veneno en las manos. Levantó la mirada y contempló a su marido que, de pies, miraba la escena que acontecía en su familia. Miró, de nuevo, a los pequeños animales que caminaban apresuradamente a buscar todos los desperdicios de animales que había en el jardín. Se sintió miserable. Un par de lágrimas rodaron por sus mejillas. La niña observó a su madre un tanto compungida.

— Mami, ¿te picaron las hormigas, que estás llorando? —preguntó con voz infantil. La pequeña.

— No, mi hija, las hormigas no me picaron.

El marido se había aproximado y, acarició con ternura la espalda de la mujer. Ella había aprendido la lección de la vida.

CAPITULO II

La brisa acariciaba las hojas de los árboles que dotaban de sombras al parque Cristóbal Colón de la ciudad de Santo Domingo. En el centro, una imponente estatua del descubridor de América dominaba todo el área de esparcimiento. En el lado Sur, la Catedral Primada de América, con su majestuosa estructura colonial, servía de límite. Las palomas volaban desde el piso hasta las cumbres de la edificación, de forma intermitente. El sol comenzaba a declinar y los últimos rayos de luz se posaban sobre la ciudad fundada por los años 1500, por los colonizadores españoles. Esta parte de la ciudad es denominada "Ciudad Colonial". Los edificios de construcción colonial, en buen estado, hacían del área citadina, la más preferida por los turistas y por los visitantes extranjeros. El paisaje antiguo y rustico tenía un encanto especial para las parejas de enamorados. En las tardes, las calles y los parques se llenaban de parejas de novios y recién casados que paseaban su amor sobre las viejas losas de las calles coloniales.

El sonido de los pasos de Pedro Pablo y de Rocío del Carmen se oía como viejos cascos de caballos. Las losas de las aceras, de antigua factura, provocan el sonido que se escuchaba hasta los límites de la Catedral. El seminarista caminaba con pasos firmes, tomado de la mano de Rocío del Carmen hasta alcanzar un banco. Se sentaron frente a la estatua de Cristóbal Colón, descubridor de América. Las palomas alzaban el vuelo y se posaban en toda la estructura de la escultura, donde se observaba la figura del descubridor de América, señalando el punto por donde había entrado a la isla, por primera vez. Los jóvenes contemplaban la acción de las aves que aprovechaban los últimos rayos de luz. La tarde era muy calurosa. Las cafeterías de los alrededores comenzaban a llenarse de parroquianos del centro de la ciudad amurallada. Muchos poetas, pintores, bailarines y otros artistas se daban cita en el lugar, para realizar sus reuniones y peñas literarias. Un ambiente romántico invade la zona colonial de Santo Domingo, en las horas del anochecer. La catedral estaba cerrada y la hermeticidad le daba una impresión de ser absolutamente sagrada. La placidez era encantadora.

Rocío miró con ternura a Pedro Pablo. Apretó su mano izquierda y esperó un minuto para hablarle. Sentía un amor infinito y tierno, como sólo los jóvenes pueden tener. Su corazón latía al compás de su amado seminarista.

— Tenemos que tomar una decisión sobre nosotros. En mi casa me están cuestionando las salidas contigo. Yo te amo y quiero estar siempre a tu lado —dijo Rocío del Carmen, provocando un estremecimiento en Pedro Pablo, que no había pensado en la situación. Las palabras de su novia lo habían despertado a la realidad. El ensimismamiento del amor nunca lo dejo pensar en las circunstancias que estaba.

Pedro Pablo dejó perder su mirada en la lejanía. El sol comenzaba a tornarse rojizo, antes de encerrarse en la sombra. No sabía cómo reaccionar. Estaba noqueado por las palabras de la corista de la iglesia. Sus manos comenzaron a sudar.

— Yo también te amo, pero soy seminarista. Estoy condenado a hacer votos de celibato. En la Iglesia no se les permite el matrimonio a los sacerdotes, y tú lo sabes —dijo, angustiado, el seminarista. Nunca pensó que llegaría la hora en que tenía que decidir entre la iglesia y el amor por su novia.

— Y, ¿por qué tienes que tú que ser sacerdote? Si me quieres puedes dejar el seminario y hacer una carrera en la universidad.

No sólo como sacerdote se le sirve a Dios. Y yo sé que Dios no está en contra de nuestro amor. Yo sé que Dios ha bendecido nuestro amor. No hemos hecho nada malo a nadie, solamente nos amamos —comentó, mientras le apretaba las manos y colocaba su cabeza en su pecho buscando protección. Cerró los ojos tiernamente y caminó por la ruta que él llevaba.

— He venido a Santo Domingo, con un Dispensa, para regresar a la ordenación como sacerdote. Toda mi familia me espera para mi primera misa. Te amo, pero no podemos casarnos. Yo estoy signado para el sacerdocio. Tienes que comprenderme —expresó, mientras sus ojos se llenaban de lágrimas. Sus pensamientos se nublaron. Sus manos la acariciaban, aunque su mente quería rechazarla.

— ¿Qué quieres que entienda? Que no podemos amarnos. Pues no y no. Yo te amo y quiero casarme contigo. Podemos hacer una familia. Nuestra relación, al principio tendrá algunos inconvenientes en las familias, pero después nos aceptarán. Confía en mí, mi amor —comentó, al sentir la debilidad en el temblor de las manos del seminarista.

Rocío del Carmen se había colocado en el frente del seminarista y esperaba la respuesta. Pedro Pablo se mantenía sin palabras en la boca. El sol seguía su trayectoria final. Las palomas comenzaban a llegar hasta el lugar donde dormirían. Comenzaba a oscurecer en la ciudad intramuros. La noche venía cargada con su manto negro. El joven seminarista se sentía presionado y no sabía cómo responder.

— Tienes que comprender, yo estoy estudiando para sacerdote —exclamó Pedro Pablo, tomando las dos manos de la muchacha y mirándola fijamente a los ojos—. Compréndeme; no puedo abandonar el seminario. Mi familia se ha creado muchas ilusiones con mi ordenación. Tal vez, después, pero ahora no puedo. Te adoro, pero no puedo unirme a ti —gritó con desesperación—. No me presiones, dame un poco de tiempo.

— Pero, ¿por qué no? Tú me amas y yo te amo. ¿Dime qué hay de malo en eso, dime? Estoy dispuesta a irme contigo a donde tú digas. Estoy enamorada de ti y no quiero perderte. Yo no quiero la vida sin ti —afirmó resuelta la corista de la parroquia de San Mauricio.

El seminarista apretaba las manos de Rocío del Carmen. La jovencita comenzó a llorar. Él trató de impedir que los sollozos fueran escuchados por las personas que estaban en el parque, recreándose. Sacó un pañuelo del bolsillo trasero del pantalón y le secó las lágrimas que le bañaban el rostro. Abrió los brazos y la apretó contra su pecho. Sintió fundirse con el cuerpo amado.

— ¡No me dejes, no me dejes! —imploró la joven que trabajaba como cooperante en la Pastoral Juvenil, de la parroquia San Mauricio. Pedro Pablo no sabía qué decir. Guardó silencio. Dejó que pasara el tiempo, lentamente, y después, cruzó su brazo derecho por la cintura de la muchacha y comenzó a caminar por el entorno del parque, después de darle un tierno beso en los labios.

Rocío del Carmen posó su cabeza en el hombro del seminarista, mientras se secaba las últimas lágrimas de la noche. El paseo y el calor de los cuerpos hicieron que se reestableciera la serenidad. Caminaron en silencio.

El cielo comenzó a ensombrecerse y los dos jóvenes emprendieron el camino a la casa de Rocío del Carmen. Una desesperación invadió el alma de Pedro Pablo. Amaba intensamente a Rocío del Carmen, pero no podía ofrecerle nada. Él sólo era un simple estudiante de religión. Ahora no sabía cómo lidiar con sus sentimientos y con la responsabilidad que había asumido cuando entró al seminario. Tenía el dilema de su amor por la joven o su misión de estudiante de sacerdote. Si perdía su amor por Rocío, tal vez fuera su única oportunidad para ser feliz. No había una muchacha, en todo el mundo, con las condiciones de ella. A nadie podría amar, como la amaba. El sentimiento que había nacido era tan poderoso que superaba su deseo de ser sacerdote. Pero ahora estaba en la encrucijada de su vida. Nadie lo entendería, si dejaba el seminario para casarse. Todos pensarán que nunca fue sincero con ellos. Para su familia, en España, sería una mancha que le duraría toda la vida.

Su mente le decía que debía seguir su misión de estudiante de religión, pero su corazón le decía que debía tomar la decisión de estar con Rocío del Carmen. Una agónica situación lo envolvía. Su alma y su pensamiento se debatían en contradicciones que le turbaba la claridad para tomar una decisión.

Después de dejar a Rocío del Carmen en su casa, Pedro Pablo se dirigió hasta el apartamento que compartía con Juan Javier. Entró sin percibir que su compañero lo esperaba.

— ¡Espera, no tan deprisa! —expresó con cierta exclamación, Juan Javier—. Tengo que hablar contigo.

— Ahora no puedo. Perdóname, pero ahora no —expresó compungido. Escondió el rostro para que no viera el color rojizo de los ojos, debido al llanto.

— ¿Qué té pasa, Pedro Pablo? Mira esta carta que te envió el monseñor Santiago Alonzo —dijo Juan Javier, mostrando un sobre en sus manos.

— ¡Gracias! —tomó el sobre y se encerró en su habitación.

Juan Javier quedó impactado por la acción de su compañero. Siempre habían tenido una buena relación personal y, para tomar una actitud tan poco cortés, era porque tenía un problema muy grueso. Dejaría que pase el tiempo para, entonces, abordarlo. Se quedó muy pensativo.

HISTORIA NO. 13

UNA ROSA

— ¡No me mates, por favor! —imploró desesperada, una rosa, al ver a doña Ramona Castillo dirigirse hacia ella con una tijera afilada. La mujer se detuvo en el preciso momento en que su mano enguantada, portando la tijera, llegaba hasta el tallo que sostenía la rosa.

— La naturaleza te hizo para ser cortada y colocada en los floreros. Tú has llegado a la adultez y es hora de ser cortada —señaló la mujer, decidida firmemente a cortar la integrante del hermoso jardín.

— Estás muy equivocada; las rosas no nacimos para ser cortadas, las rosas nacimos para embellecer la tierra. Somos la expresión del alma de Dios, colocada en la tierra. El alma de Dios no puede ser confinada por una persona a su sala o a su habitación, en la casa; Dios nos ha creado para que estemos siempre frente a Él; en el día, iluminadas por su gracia, y en la noche, perfumando el sueño del hombre.

— Eso no es verdad. Yo he sido quien ha sembrado la planta que te ha permitido nacer. Yo, entonces soy tu Dios. Por mí es que tú existes —replicó la mujer, mientras se acomodaba, firmemente, la tijera, en los dedos.

— El hombre puede sembrar una planta, pero es Dios quien decide si está destinada a vivir. Tú puedes sembrar una planta y esa planta crecer; pero es Dios quien decide si está dotada de la esencia de la vida para que pueda ser portadora de su mensaje, que es la flor.

— Y, ¿para qué te hizo Dios, si no es para el uso del hombre? —preguntó inquieta doña Ramona Castillo, haciendo un ademán de absoluta autoridad.

— El hombre cree que todo lo que existe sobre la tierra es para su uso exclusivo y no es así. Las rosas nacen para que toda la creación de Dios se maraville de la presencia de la belleza pura del alma de Dios. Cuando se corta una rosa se atenta contra la muestra más alta de Dios en la tierra.

— Tú no puedes ser una creación muy alta, porque ni siquiera puedes dar un fruto que alimente al hombre. Tú sólo sirves para ser cortada.

— El hombre —dijo la rosa— solamente ve en la creación de Dios la utilidad para sí. Sólo se tiene importancia cuando la flor le provee de alimentos; si no lo hace, entonces, no tiene importancia. El hombre sólo es capaz de ver lo material y es incapaz de apreciar lo esencial de la vida. Cuando el hombre muere se convierte en tierra; por lo tanto, su cuerpo y todo lo que ha comido no es lo esencial. Lo que prevalece del hombre son las cosas que no sirven para alimentar su cuerpo: el alma. Amar a Dios es amar la razón de cada creación, y nosotras venimos al mundo para expresar la belleza del alma de Dios y esa belleza no puede ser confinada por nadie; porque para nosotras, el viejo jardinero, que con tanto amor nos cultiva, es tan importante como los dueños de la casa.

—La mayoría de las rosas son cortadas para depositarlas en coronas para personas muertas, y eso debe ser peor que yo cortarte para colocarte en la sala de mi casa. Yo te voy a poner en un recipiente con agua, que es mucho mejor que estar en la aridez de una funeraria.

— Uno de los actos más infelices del hombre es cortar una flor, perdón, matar una flor, porque ha muerto una persona. Las flores nacieron para expresar, repito, la presencia del Creador en la tierra y, por lo tanto, deben ser respetadas y cuidadas. Cuando se matan las flores y se colocan en un funeral, lo único que ocurre es que ese muerto tiene muchas más culpas que les tendrán que ser perdonadas cuando esté en la presencia del Altísimo.

Ramona movió una de las ramas que les impedían llegar hasta la rosa y aclaró la ruta para cortar el tallo donde estaba la flor. En el momento en que iba a tocar la planta una espina le pinchó uno de los dedos de la mano que no estaba enguantada.

— Mira lo que hiciste; me pinchaste un dedo. Eres una rosa mala, muy mala. No es verdad que eres la presencia de Dios, porque Dios nos ama —expresó, arrugando la cara por el dolor que le producía la pequeña herida.

— Estoy llena de espinas, porque esa es la forma de Dios decir a los hombres que esa es su creación del amor y no quiere que las toquen. Las espinas muestran una voluntad del Creador, y el hombre no lo quiere entender. Cuando se abre una flor, Dios sonríe al mundo, y esa sonrisa no debe ser marchitada por ninguna otra creación. Las rosas nacemos para ser contempladas en el conjunto de toda la creación divina y así mostrar, en la más grande esplendidez, el alma del gran Señor.

— Entonces, según tú, la razón de tu existencia es la de ser contemplada. Eso es la más despreciable de las vanidades. No es verdad que Dios te ha creado sólo para ser contemplada. Dios crea las cosas para un fin adecuado y válido. No te creo que vienes al mundo sólo a ufanarte de la belleza que posees —comentó la mujer con evidente molestia y tratando de detener la gota de sangre que salía de su dedo herido.

— No. Yo no tengo belleza propia. La belleza que tengo es la belleza de Dios; esa belleza no me corresponde; por lo tanto, no puedo ufanarme de la belleza que tú ves en mí. Cuando me contemplas, no me contemplas a mí, contemplas la grandeza del Creador. Yo sólo soy un instrumento de expresión de su amor a los hombres. Mi existencia, que tú dices que es estéril, es la creación de Dios que más fruto le da al hombre. Todos los hombres pueden disfrutar de la belleza sin poseerla para sí. Porque la belleza es sólo de Dios. Cuando tú cortas una rosa y te la llevas al interior de la casa estás violentando la ley de Dios, porque Él hizo la belleza para que no pueda ser consumida ni agotada. No importa el número de hombres que me contemplen, siempre estaré para el próximo que quiera ver el alma de Dios.

— Entonces, ¿yo no puedo tener un florero lleno de rosas en mi casa? —preguntó, sorprendida e inquieta por las explicaciones de la rosa parlanchina.

— No sólo puedes tener un florero lleno de flores, puedes tener más que eso. Todas las flores que componemos el jardín somos un florero para tu casa. Aun cuando tú no siembres ninguna planta para que tenga flores, siempre nacerán plantas para que tengas alguna flor en tu casa. Todas las casas de todas las personas tienen un florero hecho por Dios para bendecir, cada mañana, la morada del hombre. Tu jardín es una parte del gran florero que ha hecho Dios para el hombre, pero tienes que salir a contemplarlo, en toda su magnitud, en la naturaleza viva. Dios nos ha creado para compartir la vida simple de los hombres con la grandeza de su alma. Cada vez que un hombre contempla la belleza en una flor, celebra la vida y Dios se alegra.

Ramona Castillo, aún molesta, con la tijera de cortar flores, perdón, de matar flores, en la mano derecha y con su dedo herido en la mano izquierda, observó a todas las flores que esperaban por la última reacción de la mujer. El jardín estaba, abundantemente florecido, expresando la grandeza de la creación en su expresión mayor, y la dueña de la casa, en medio del terreno, con una tijera filosa, decidida a malograr el hermoso lugar. No había duda, las flores de aquel jardín no querían morir, deseaban seguir viviendo para gloria del Creador; pero Ramona Castillo, en actitud agresiva esgrimía el arma con la cual pretendía despedazar aquella hermosa obra divina. La rosa enmudeció. Ya nada podía hacer. El tiempo pareció detenerse. Debía cumplirse la voluntad de Dios. Cuando una flor es cortada no puede nacer en el Cielo, porque no fue capaz de mostrar la grandeza de Dios, y su castigo es la de salir de la gracia divina. El jardín parecía llorar y todas las flores miraron a la rosa parlanchina con pena. Sería desterrada de la presencia del Señor. Una oscura nube ocultó el sol de la mañana y una brisa fresca acarició el rostro de Ramona y de los pétalos de las flores. El jardín parecía danzar al compás del viento suave.

— Antes de cortarme —habló, nueva vez, la rosa—, como todo parece indicar, por tu actitud, déjame decirte, escúchame bien: cuando te contemplas al espejo, tú deseas verte tan linda como una rosa; pero estoy muy segura de que no te deseas ver como una rosa cortada y marchita. Tú eres bella, por obra del Señor, como lo soy yo, ojalá nunca te veas en la situación de ser marchitada como lo quieres hacer conmigo.

La mujer contempló, de nuevo, el jardín. Un brillo especial tomó su mirada. Respiró profundamente el aroma de las flores. "La única flor, que el Señor creó para que habite el interior de la casa soy yo, como mujer", pensó para sí. Guardó la tijera y sonrió. Dios estaba alegre.

CAPITULO III

Los lentos pasos de Santiago Alonzo entraban a la casa curial de la parroquia San Mauricio. Tocó, suavemente, la puerta. El sonido de unos pasos firmes se escuchó que se dirigían hasta la puerta. La puerta se abrió y un ayudante del padre Antonio Arnaz lo invitó a pasar por la oficina del sacerdote. Miró a través de un cristal el patio y observó a un grupo de jóvenes jugar baloncesto. Era temporada de docencia, y el colegio que funcionaba en la parroquia estaba lleno de estudiantes. Un bullicio se propagaba por todas las instalaciones del colegio. El ayudante le señaló la puerta de la oficina del sacerdote responsable de la comunidad religiosa. Abrió, observó al padre Antonio y cerró, rápidamente, la puerta, para liberarse del bullicio de los escolares que corrían por toda las instalaciones, después saludó cariñosamente.

— Yo ya no podría vivir en un colegio de estos tiempos. Esa bulla me saca de mis cabales. ¡No sé cómo soportan el ruido que hacen los alumnos! —comentó al momento de saludar al sacerdote.

El padre Antonio Arnaz permaneció en silencio, después del saludo. La pequeña oficina se llenó con la presencia de los dos sacerdotes españoles. Era una habitación muy pequeña pero bien arreglada.

— Esa es la juventud. Cuando usted tenía esa edad, también saltaba como lo hacen ellos. Y no se queje de la bulla, porque usted duró muchos años trabajando con la juventud, y aun ahora, lo está haciendo con los seminaristas —puntualizó el párroco de la parroquia San Mauricio, después del abrazo afectivo al monseñor.

— No me quejo, pero es que cuando uno se acostumbra al silencio de un retiro, y, después se encuentra en un colegio de jóvenes, la diferencia es tan grande que le parece a uno como un absurdo. Además, ya estoy muy viejo para esa energía de los muchachos —comentó acomodándose en una butaca que le ofrecía el párroco, que estaba ubicada en el frente del escritorio.

— ¿Cómo está su salud, Monseñor? —preguntó el padre Antonio, desviando la conversación. Esperó la respuesta mirando a su viejo profesor del seminario. Observó el cuerpo encorvado y abatido de su viejo amigo. Sintió un poco de lastima. Parecía que los días se le estaban agotando al anciano servidor de Dios. Las energías que había mostrado siempre en su vida, ya no estaban con él. Se entristeció al ver las condiciones del sacerdote.

— Estoy bien de salud. Me pasé algunos días en el santuario del Santo Cerro y me han aprovechado mucho. El aire puro del campo y los alimentos naturales mejoran la salud. No hay nada como respirar el aire de la montaña. Hace mucho tiempo que no venía a la parroquia San Mauricio, y veo que ha progresado mucho. Tiene un gran complejo educativo y una hermosa iglesia. Me dicen que es una maravilla dar misa en aire acondicionado. En mis tiempos, eso no se veía. El trabajo, en estos tiempos, es más suave. En aquellos tiempos, cuando comenzamos, eran muy duro. Usted mismo alcanzó de esos duros tiempos —se lamentó en un tono quedo, el monseñor.

El padre Antonio Arnaz observó, por un ventanal de cristal, el edificio de la iglesia que se veía imponente en uno de los extremos de la parcela. Cerró por un momento los ojos; después los abrió y los dejó marcharse con el recuerdo. Se sentía orgulloso del trabajo que había realizado en el lugar.

— Cuando comencé con esta parroquia, por estos lugares no vivían casi gente. Recuerde que fue en una casita en la que comencé. Una casita de madera y, en la parte posterior, tenía una enramada, donde ofrecíamos la misa. Fueron tiempos muy duros; pero los resultados han valido la pena vivirlo. Si yo tuve que trabajar en condiciones difíciles, me imagino cómo pudieron ser las condiciones cuando usted vino a América. No existe un lugar más duro donde propagar la fe que en este continente, y principalmente, en el Caribe. En estas tierras el demonio se reproduce silvestre.

— Desde los primeros misioneros Dominicos, la vida ha sido muy dura. El propio padre Antón de Montesinos, el del sermón de adviento, señaló el camino dificultoso para los predicadores en estas tierras. Pero gracias al Señor, las cosas han cambiado para bien —comentó Santiago Alonzo, dejando rodar su mente por el recuerdo de los tiempos idos—. Sin la presencia de los sacerdotes, fundamentalmente, españoles, estas tierras fueran tierras de salvajes. La presencia de los sacerdotes fue lo que dio la presencia de la civilización. Sin el trabajo educativo, desde los inicios de la colonia, el continente no podría encontrar un camino factible para su desarrollo. Fueron los sacerdotes, desde los iniciadores hasta los actuales, los que educaron al Continente Americano. La ciencia entró de la mano de la fe. Todo el continente está sembrado de universidades y de centros de educación superior. La civilización entró al Continente Americano en las huellas de los misioneros —expresó con satisfacción por pertenecer a la Orden de los Dominicos.

— Monseñor —interrumpió el padre Antonio—, la educación primaria y secundaria está, básicamente, en manos de los religiosos católicos. En cada comunidad de América existen colegios de educación primaria y secundaria, que son obra de la Iglesia Católica. Además, la mejor educación, ya sea primaria, secundaria o superior, está en manos de la iglesia católica. América es obra de la Iglesia. Sólo la fe y la reciedumbre de los primeros predicadores de la Orden de los Dominicos y, de la Iglesia en sentido general, pudieron arrancarle a la barbarie, de europeos y de los primeros habitantes de estas tierras, el futuro del nuevo continente. Todavía, hoy, nadie aporta más en estas tierras, que la educación y la fe de la Iglesia.

— Realmente la obra ha sido extraordinaria. Miles de hombres y mujeres hemos venido a América a dedicar nuestras vidas al servicio de estos pueblos. Hemos abandonado nuestros pueblos para dedicarnos a cargar la cruz que nos impuso Cristo —expresó Santiago, confirmando las palabras de su interlocutor—. Muchos de nosotros, jamás regresamos a España. Asumimos como nuestra estas tierras y aquí queremos descansar para siempre.

— Monseñor, eso es, si hablamos de la labor educativa; pero, en la labor de defensa de los derechos humanos, en la organización de la sociedad y la labor de la construcción de las ciudades y la organización de un pensamiento social, nadie ha aportado más que nuestra madre Iglesia. No hay dudas de que la Iglesia es la misión de Dios en la tierra. Sólo la inspiración divina pudo levantar a los hombres para venir a darlo todo por nada a estas tierras. Esa es una obra del mismo Creador. Es el mismo Dios quien ha conducido a los sacerdotes por estas tierras americanas.

— Unos vinieron a colonizar; otros vinimos a construir al nuevo hombre. Es el mismo Creador que envió a los sacerdotes santos a penetrar estos lugares inhóspitos. Cuando uno ha vivido tanto, como lo he hecho yo, entonces uno se da cuenta de qué, el trabajo no ha sido obra del hombre sino de Dios. La lucha que hoy nosotros, aún libramos, es por los derechos humanos. Sin la mano de la Iglesia, América fuera analfabeta e inviable. Visto sin pasión, la obra apostólica de la Iglesia, podemos decir que hemos construido al hombre de este continente, con sus altas y sus bajas —señaló el rector del hogar de ancianos.

— Monseñor, usted tiene toda la vida dedicada al servicio de estos pueblos. Nada material tiene. Sólo cuenta con la gratitud de Dios, por el trabajo realizado. Toda la energía de su vida fue consumida en el servicio a los demás. Esa actitud de servicio que hemos asumido es el acto más grande que puede tener un hombre para con sus semejantes. Nosotros no somos sacerdotes para salvar nuestra alma; eso lo podemos hacer desde la vida civil, somos sacerdotes por el llamado de Dios para que cumplamos su voluntad. Hemos sido elegidos hijos de Dios. Todo sacerdote que hace la voluntad del

Creador hasta el fin de sus días es hijo auténtico del Padre. Cuando lo observo, después de cumplir una pesada jornada de ochenta y cinco años de duro trabajo, aún, todavía hoy, saca fuerza para emprender nuevas misiones apostólicas; siento que estoy en presencia de un verdadero Santo —señaló con orgullo contemplando con admiración su viejo maestro.

— No lo crea, padre Antonio, esa es la misión de todos los que decidimos seguir el camino de propagar las enseñanzas del Divino Maestro. Usted también está rindiendo una labor extraordinaria. Todo el esfuerzo que hace por levantar este maravilloso centro de enseñanza es sin recibir ganancias. Cuando termine su obra, ya sea, aquí o en otro lugar, terminará en un asilo para sacerdotes. Cuando eso suceda, entonces, sabrá que nunca terminamos en el servicio del Señor, y que Él siempre nos tiene una misión y que nosotros debemos cumplirla. La única paga que le dará estas tierras será una simple fosa.

Santiago se acarició las barbas encanecidas. Hizo un silencio breve. El padre Antonio lo contempló con admiración.

— Pero, padre Antonio, no he venido a discutir los asuntos de la historia de la Iglesia en América; sino que recibí una nota suya donde se quejaba del comportamiento de Pedro Pablo. Aunque creo que la nota es muy clara, quiero que me aclare con mayor detalle el asunto.

El padre Antonio se levantó de su asiento y caminó en el espacio de la pequeña oficina. Un crucifijo a su espalda parecía mirarlo con pena. Santiago observó la caminata de su contertuliano. Parecía que el párroco de la iglesia San Mauricio no encontraba palabras para expresar sus pensamientos. Pasó un tiempo prudente y después habló:

— Monseñor, mi decisión era la de no volver a recibir a Pedro Pablo en la parroquia. Pero la conversación que hemos tenido me ha dado valor para lidiar con las dificultades de un seminarista rebelde. Tengo preparada la carta expulsándolo de la parroquia, pero no lo voy a hacer, por ahora. Me daré un tiempo para ver si puedo conducirlo por las normas de la parroquia. Ese muchacho no sirve para sacerdote. Cargaré con la cruz que significa tenerlo en la iglesia, pero estoy seguro de que no alcanzará la gracia de ser un servidor del Señor.

Usted fue mi consejero y guía en el Seminario Mayor de España y no puedo negarme a ayudarlo a cargar esa pesada cruz. No puedo devolvéroslo al hogar de ancianos. Eso sería una inconsecuencia mía.

— Pero, ¿qué es lo que ha hecho Pedro Pablo? —cuestionó intrigado, el viejo sacerdote, tratando de conocer el nivel de información que tenía el padre Antonio Arnaz.

—Será, ¿qué es lo que no ha hecho? —ironizó el padre Antonio—. Ha trastocado toda la disciplina de la parroquia. Usted sabe que lo único con pudor que queda en el mundo es el recinto sagrado de Dios. Invocando los nuevos tiempos me tiene a toda la juventud alocada. Creo, que incluso, se ha involucrado con una de las muchachas del coro de la iglesia.

— Padre Antonio, ¿dígame qué es lo que está pasando? —cuestionó Santiago, poniendo cara de inocente, aunque sentía una amargura en su adentro.

—Ese muchacho está saliendo con una de las muchachas del coro parroquial. Si sucede una desgracia, y esa niña queda encinta, toda la comunidad me rechazará, y toda la obra realizada se irá a pique. ¡En el nombre de nuestro Señor Jesucristo, que no suceda esa desgracia! —imploró el sacerdote persignándose, mirando al cristo que colgaba del madero que tenía el padre Antonio en la pared—. Monseñor, ese muchacho puede ser mi desgracia.

Santiago Alonzo respiró profundamente. No tenía razón para llevarle un grave problema a la parroquia de San Mauricio. Se lamentó de la situación creada. La expresión de su rostro cambió radicalmente. Una contrariedad lo invadió atormentándolo. La impotencia lo fulminaba.

— Trata de asignarle trabajos cerca de ti. Habla con la jovencita y trata de que no hagan mucho contacto en la iglesia. Vigílalo detalladamente e infórmame de todo lo que ocurra. Si es salvable, lo salvaré para la Iglesia, pero si no es salvable, entonces lo devolveré a España. De todos modos, no le queda tanto tiempo en Santo Domingo —comentó con un timbre firme en la voz—. No podemos dejar que dañe la obra que usted ha realizado aquí.

—Ese muchacho no sirve para sacerdote, se lo digo yo, Monseñor. No tiene actitud reflexiva para las cosas de Dios —repitió el padre Antonio—. Ese seminarista va a ser una espina en el cuerpo de la Iglesia; lo mejor sería eliminarlo antes de que haga daño.

— Déjame eso a mí. No te preocupes. Nos mantendremos en contacto para todo. No dejes de enviarme todos los detalles de lo que hace Pedro Pablo en la parroquia —expresó el padre Santiago Alonzo, mientras se levantaba y se despedía de su amigo—. Quiero que me le entregues esta carta a Pedro Pablo, cuando él venga esta tarde a la Iglesia —dijo entregándole un sobre.

— Con mucho gusto, Monseñor. Desde que llegue le entrego el sobre —contestó el padre Antonio Arnaz, mientras le abría la puerta y se despedía de su antiguo maestro. Guardó la carta, cuando se cerraba la puerta. Abrió una persiana y observó la lenta caminata del anciano sacerdote. <<No puedo expulsarle el seminarista de la parroquia; creo que eso lo terminaría de matar>>, pensó. Tenía un gran amor por el Monseñor de las historias.

HISTORIA NO. 14

RENO

— Reno está enfermo, hoy no ha comido, y está triste —comentó doña Margarita, al ver a su marido, Carlos Manuel Suárez, cuando entraba a la sala de la casa, después de parquear su Jeepeta en la espaciosa marquesina.

— ¿Por qué no lo llevaron al veterinario? Yo no tengo tiempo para ocuparme del perro. En esta casa, hasta del perro tengo que ocuparme —respondió el hombre mientras depositaba su chaqueta en el respaldo de una mecedora, evidentemente molesto y caminando hasta el lugar donde estaba el perro.

— ¡No quiero que ese perro se muera aquí en la casa! Sácalo de aquí. Yo creo que se está muriendo y le he prohibido a los niños que se le aproximen —siguió comentando la mujer—. Lo mejor sería que bote ese perro lejos de la casa. ¡No lo quiero aquí! —sentenció.

— Lo mejor sería buscar un lugar donde dejarlo tirado; está muy viejo y ya no sirve para nada. ¡Ese maldito perro ya es un problema para esta familia! —expresó Carlos Manuel al aproximarse a Reno. El perro lo miró con tristeza con sus grandes ojos de color de miel. El amo observó al perro con desprecio; como quien mira una basura.

Reno escuchó, una a una, cada palabra de la conversación del matrimonio que residía en la casa que había cuidado durante doce años. Carlos Manuel frente a él buscaba en su cabeza la solución de cómo desembarazarse de aquel viejo animal.

— No pueden echarme de la casa. Yo soy parte de esta familia —expresó el perro, sin dejar de mirar a su amo, con sus ojos de miel—. Sé que estoy viejo, pero puedo seguir cuidando a las personas que viven en esta casa.

— Ya tú no sirves para nada. Tú no puedes cuidarte ni a ti mismo. Lo mejor será que te tiremos en un solar lejano de la casa.

— Yo he dedicado toda mi vida al cuido de tu persona y con eso es que me pagas. Esa es la gratitud de los hombres con su mejor amigo —comentó Reno.

— Tú no me cuidas a mí; yo me voy muy temprano y no regreso hasta la tarde, por lo que a mí tú no me cuidas; y lo mucho que gasto alimentándote.

— Los hombres son tan egoístas que sólo creen que son beneficiados cuando reciben directamente los favores. El hombre no es solamente su cuerpo. El hombre lo compone su cuerpo y a los que ama. Cuando tú sales de la casa, yo sigo cuidándote, cuando cuido a tu familia. Mi misión de cuidarte, no solamente cuidar tu integridad, sino cuidar todo lo que es tu entorno emotivo. El hombre no entiende de lealtades absolutas, porque él no puede ser leal totalmente.

— Tu razón de ser es cuidar al hombre, y, cuando ya no lo puedas hacer, debes desaparecer. Un perro no sirve para más nada —aseveró el hombre, con absoluta convicción.

— Todos los perros tienen la misión, impuesta por Dios, de cuidar al hombre. Para un perro cuidar a un hombre tiene que estar seguro de cuál es el hombre designado por Dios, para su razón de ser en la vida. A diferencia de los humanos, que sólo aman a sus familiares cercanos, los perros tenemos que amar tanto a nuestros amos que debemos dar la vida por ellos, aun combatiendo con otros de nuestra especie. Un perro ama totalmente a su amo. Lo ama con todos los sentidos y hasta toda su existencia.

— No entiendo lo que estás diciendo, explícate mejor —exigió el amo, mientras pensaba cómo trasladar al perro a un lugar lejano, para que no regresara a la casa.

— Los perros amamos con todos los sentidos. Solamente Dios y nosotros, los perros, podemos amar con todos los sentidos.

Amamos al hombre, fundamentalmente por el olfato, porque es la identificación divina del hombre. Todos los hombres tienen un olor diferente y, por lo tanto, es la más perfecta identificación. El olor del amo es reproducido en todos los miembros de su familia y por ese olor familiar yo puedo proteger a la familia. No importa que se perfumen, ni qué lejos estén, por el olor yo reconozco ser de esa persona.

Nosotros, los perros, solo podemos distinguir con la vista los colores negros y blancos. Dios nos ha hecho así para que la fidelidad sea más absoluta. La identificación del hombre es por su silueta y por su estructura corporal. Los perros amamos al hombre incondicionalmente, y no nos importa el color de su piel. El amor no nos puede producir placer, y los colores podrían ofrecérnoslos. Amamos por amar como Dios; sin prejuicios.

Amamos por el tacto. Cuando el amo me toca me transmite el mensaje del Creador del Universo. Sólo puede tocarme y hacerse sentir a gusto las manos del hombre que está destinado para que yo le sirva. Después de comprobar que el mensaje es el correcto, no podemos más que serle fiel hasta la muerte.

Cuando tocamos la piel del amo con nuestra lengua —sentido del gusto— conocemos el sabor del cuerpo del amo. Pueden despedazar el cuerpo del amo y nosotros, los perros, si tocamos un pequeño pedazo de piel sabemos que era nuestro amo, y lo defenderemos con nuestra vida. Cuando nuestra lengua se posa sobre la piel del hombre se produce la confirmación del enlace absoluto del perro hacía el hombre y, después de eso, el cuerpo del hombre es como parte del cuerpo del perro.

La única voz de mando que estamos destinados a obedecer es la voz del amo. Nuestros oídos están diseñados para sólo escuchar agradablemente el sonido de la voz de nuestro amo. Su voz es la melodía más sublime que escucha un perro. Sólo la voz del hombre-amo existe con armonía en nuestra existencia.

El perro ama con todos los sentidos porque es una muestra del amor de Dios hacia los hombres. Amamos al hombre totalmente y para siempre. Si miras a tu alrededor todos los seres queridos que tienes, de alguna forma, tienen la posibilidad de abandonarte. Sobre la faz de la tierra sólo yo te seré fiel hasta mi propia muerte. Ni siquiera tu madre puede producir un amor tan perfecto como el que tenemos los perros para el hombre. Los amamos incondicionalmente sin ser de nuestra especie. Somos la única creación de Dios dotada del amor incondicional a otro que no es de su especie, que es como Dios ama.

—Entonces, según tus palabras yo debería ser el que te cuidara a ti. Tú eres mejor criatura divina que nosotros los hombres —comentó el hombre, anonadado por la perorata del perro.

— No. Dios hace su creación para que cumplan una misión. La mía es amarte sin condiciones y cuidar de ti; la tuya es otra y la debes cumplir.

— Todo lo que tú haces es ladrar de vez en cuando, en la noche, y, por cierto, sólo sirve para despertarme de un reparador sueño —se quejó el hombre.

— Cada vez que tú escuchas mi ladrido y té despiertas es para que sepas que, a pesar de todas las comodidades que te ha dado Dios, Él ha hecho una criatura para qué cuide tu sueño. Después de oír mis ladridos, tú duermes con mayor placidez, porque sabes que te cuido con esmero.

— Si tú eres tan especial para el hombre y los amas tanto, entonces deberás saber cuándo debes irte de su lado. Cuando ya no le sirva, no tiene razón de ser tu presencia. Eso debe ser también un mandato de Dios. Te ha llegado el momento de salir de mi casa —dijo el hombre convencido de que el anciano perro no le servía para nada y que debía sacarlo de su casa.

— Si me sacas de la casa, a mí no me importa, lo que me importa es si no te tendré para cuidarte, que es mi misión. Si tomas la decisión de echarme de tu lado, es una señal para Dios de que no he cumplido la misión que se me ha encomendado con la eficiencia del Padre; entonces seré castigado con el peor de los castigos; moriré de tristeza y solo, en cualquier lugar. Si me dejas tirado por ahí, es debido a que no te he cuidado, ni te he amado con la eficiencia mayor y, por lo tanto, merezco un castigo ejemplar, que es una muerte lenta y llena de tristeza.

— Entonces, lo que tú quieres decir es que yo debo ahora dedicarme a cuidarte a ti. Ahora se han invertido los papeles. Creo que está muy equivocado —argumentó el hombre, tratando de demostrar su parecer.

— No tienes que dedicar un minuto a mi cuidado. Esa no es tu misión; solamente déjame cuidarte hasta morir y seré pago por mi razón. El amor no requiere de recompensa, sólo requiere que lo dejen nacer, crecer y morir. No te puedo pedir a ti que me ames, como te amo yo a ti, porque tú no estás dotado para amar de esa manera. El amor que puede anidar tu corazón está limitado por la propia obra de Dios y debe ser así. Pero el Señor te ama tanto que te envía para tu servicio a otra creación llena del amor más inmenso, que es muy parecido al amor del mismo Dios.

Carlos Manuel Suárez contempló el viejo perro que movía, con alegría, la cola. El anciano pastor alemán colocó su cabeza cerca del hombre. La melena del cuello, aún bella, le caía con gracia en el pecho. Miró a su amo con la dulzura de sus ojos de color de miel largamente. "Toda la vida amándolo infinitamente y no he podido ganarme su corazón", pensó. El hombre se dejó arropar por la mirada del animal y se quedó extasiado contemplando el viejo amigo.

— ¡Termina de sacar ese perro! ¿Cuándo te vas a llevar ese maldito perro de la casa? —se escuchó la voz de trueno de su mujer desde el interior de la casa—. Sí tú no puedes botar al perro, voy a llamar a alguien que se ocupe de eso. No puede pasar de hoy, ese perro en la casa —afirmó con resolución.

El hombre y el perro permanecían en silencio. Carlos Manuel sabía que debía tomar una decisión. Acarició la cabeza parda del can, con ternura.

— Ese perro no se va de esta casa. Esta casa es tan del perro como de nosotros —exclamó en voz alta para que su mujer lo escuchara desde el interior de la casa.

Su mujer, sorprendida, al escuchar la exclamación de su marido, salió de la casa y contempló al perro que le lamía las manos a Carlos Manuel. Entonces, entendió que el valor de la lealtad debe ser cubierto con la misma lealtad.

CAPITULO IV

La mañana era humedecida por una serena lluvia que caía en pequeñas gotas. La lluvia fina hacía que pareciera una neblina. El monseñor Alonzo observaba la caída del agua desde una de las ventanas de su habitación. Había pasado el servicio religioso de la mañana, y después del desayuno, se dispuso a leer el libro "La Historia Medieval de España", cuando sintió que alguien tocaba la puerta. Cerró el libro y caminó lentamente hasta la puerta. Dos toques nuevos sonaron en la madera de la puerta. Alguien se impacientaba.

— ¡Ya voy, ya voy! —contestó antes la insistencia.

Abrió la puerta y se encontró con el recepcionista del hogar que le entregaba un pequeño paquete de cartas. Tomó los documentos y los guardó en su archivo personal. Miró el paquete de escritos y observó que procedían de Juan Javier y Pedro Pablo. Con una rápida mirada determinó que se trataba de los comentarios breves de las historias que habían recibidos. Las guardó, cuidadosamente, y después dejó sus pensamientos volar por el entendimiento.

Nunca leía los comentarios de los seminaristas sobre las historias. El método para conseguir que los hombres identifiquen su camino fue concebido por Jesús, cuando explicaba su misión y la misión del Padre, con las parábolas. Las parábolas no son más que las historias que permiten al hombre con discernimiento encontrar su ruta de vida. El libre albedrío, con el que dotó Dios a los hombres, es el acto superior en la creación del ser humano. La inteligencia y el conocimiento llevan al hombre hasta el camino correcto. Nunca le digas a un hombre cuál es su camino. Dile cuáles son los caminos y cómo los han caminado los demás; entonces, ese hombre, tendrá la información para llegar al lugar señalado para su vida.

El señor dotó al hombre de la inteligencia suficiente para que tenga el discernimiento para encontrar la verdad, en las historias que nos dejó. Nunca encuentre la verdad en la sabiduría de los demás. La verdad nunca está en los demás, siempre está en el interior de nosotros. Buscar la verdad en la reflexión de los actos de la naturaleza es un acto de sabiduría.

Cada historia que entrega Santiago a los seminaristas contiene un mensaje especial para el hombre. No todos los hombres pueden entender el mensaje que traen las historias. Ellas están escritas para aquellos que tienen el entendimiento divino. Cuando un hombre o una mujer lee las historias y cree que ha leído una historia más, entonces esa persona no ha leído la historia, porque no ha sido dotado del saber superior. Todos los hombres somos capaces de entender el mensaje de las historias, siempre y cuando tengamos capacidad de amar la vida y a la naturaleza.

Las historias del padre Santiago han sido escritas a lo largo de sus 85 años de vida. Depositando sutilmente toda la experiencia vivida. Las historias son mensajes divinos. Son historias que, en el caso de los seminaristas, si no las entienden, entonces es seguro que no pueden tomar los votos sacerdotales. Para un hombre llegar a sacerdote debe tener una inteligencia divina. Digo, para ser sacerdote de verdad. Si no pueden descifrar las parábolas y los mensajes de Jesús, entonces, jamás podrán entender el mensaje escrito en las historias que son los mensajes escrito por Dios en la naturaleza. Nadie puede entender la fe, si no sabe entender la naturaleza. Para el sacerdote es vital conocer, en esencia, el mensaje de las historias.

Sólo ese entendimiento lo capacitará para hacer las historias que la naturaleza le dictará en el futuro.

Cuando un hombre o una mujer leen las historias, la naturaleza les habla para que puedan entender el mensaje divino. La Biblia mayor es la naturaleza y si no aprende a leer la naturaleza, no aprenderá a comunicarse con el Creador, porque no entienden su mensaje.

Todos los seres humanos deben aprender a leer y a escribir para comunicarse con los otros seres humanos. Todos los seres humanos deben aprender a leer el mensaje del Altísimo y a escribir sus mensajes. Cuando el hombre no entiende a la naturaleza, no entiende a Dios. Cada historia de Santiago lo lleva a un lugar de reflexión sobre el comportamiento del universo que nos rodea.

Las historias de Santiago no han sido escritas para ser leídas una sola vez. No. Las historias deben ser leídas tantas veces como nos lo permita nuestra capacidad de entendimiento. No tengan temor, si no las entiendes la primera vez que las lees; las próximas lecturas serán de gran bendición para el lector.

Siempre le han preguntado a Santiago: ¿cómo logró escribir las historias? La respuesta ha sido siempre la misma: "No las he escrito yo. Me han sido reveladas en cada tramo de la larga vida que he tenido."

El Señor lo va conduciendo por el camino de las historias para que los hombres puedan entender el mensaje divino. Cada palabra utilizada tiene un significado, y cada frase encierra un mensaje del Ser Superior. Nada de lo escrito es propio del hombre. Todo lo escrito es propio del Creador del universo, que ha sido quien mostró el camino para entregarles a los hombres su sabiduría superior.

El padre Santiago, después de guardar los papeles y meditar la razón de las historias, se colocó frente al ventanal que mostraba el espectáculo de la lluvia que caía en diminutas gotas. La naturaleza se revitalizaba, cuando el cielo y la tierra se ponían en contacto. El acto de la lluvia, que ponía en contacto, vía los árboles, al cielo con el suelo era un acto divino. La mayoría de los hombres no pueden ver esa grandeza. Muchos hombres cierran los ojos para no ver la grandeza de los actos de la naturaleza, que son los actos de Dios.

<<El hombre nunca se ha preguntado el porqué, ninguna de la creación de Dios se esconde de la lluvia, con excepción del hombre>>; meditaba, mientras seguía observando el panorama húmedo. El hombre, en muchos casos, ha renegado de Dios, y eso le ha quitado los ojos. Ahora son ciegos. El peor ciego es aquel que cree que ve.

Las historias son usadas para la conducción del camino de los verdaderos sacerdotes. Pero el monseñor Santiago Alonzo sabe que no les han sido reveladas solamente para los sacerdotes, sino que les fueron reveladas para todos los hombres. Su camino ha sido el de conducir el camino de los seminaristas, y en ellos ha colocado las historias; pero, cuando todos los hombres las conozcan, entonces, cambiará la forma de ver a Dios y a la naturaleza. Las historias de vida, en el pasado fueron reveladas a los apóstoles, nunca en época moderna las había hecho el Señor para el hombre de estos tiempos.

Siguiendo el mensaje divino de las historias de Santiago, el hombre puede hacer su camino correctamente, puede ser sacerdote, comerciante, profesional, etc.; a todos, el mensaje lo hará tener éxito en su camino de vida.

Las historias están escritas para el hombre; no para una ocupación específica. Dios no es discriminante. El mensaje enviado por el Creador, vía el padre Santiago, es para que el hombre se encuentre consigo mismo, que es encontrarse con la creación mayor de Dios. Nadie llega a Dios, si no es por el camino de su propio interior. El que no se encuentra consigo mismo y con la naturaleza, jamás se encontrará con Dios.

Santiago pensó en los seminaristas. Una tristeza le invadía todo su ser. Parecían que eran ciegos y que no conocerían el mensaje divino de las historias. <<El Señor tendrá que darme una ayuda adicional para encaminar a los dos jóvenes estudiantes de religión>>, meditó mientras cerraba los ojos, implorando al Supremo, ayuda.

Abrió el archivo personal y buscó el grupo de historias y seleccionó dos. Les escribió los nombres de Pedro Pablo Zambrano y de Juan Javier Salazar, en la dirección de los sobres. Llamó a un ayudante y envió las correspondencias.

Historia a Pedro Pablo.

HISTORIA NO. 15

TERESA

En la casa reinaba un silencio total. Hasta el sonido de un insecto volando se podía escuchar. La tristeza cubría todo el espacio de la vivienda de doña Manuela Cruz y de su esposo, Rolando. Durante más de treinta años habían compartido sus vidas y, aún hoy, su matrimonio conservaba su felicidad inicial. La mansión, ubicada en el exclusivo sector de Arroyo Hondo II, de la ciudad de Santo Domingo, tomaba un aspecto sombrío y triste. Teresa se estaba muriendo.

— ¡Quién diablos había golpeado a Teresa hasta matarla! —gritó con rabia impotente Rolando.

Doña Manuela y Rolando no habían tenido hijos en su largo matrimonio, y Teresa era el punto de confluencia de sus emociones y sus afectos reprimidos. El hermoso animal llenaba un espacio vital en la vida de la pareja y ahora estaba muriéndose. La pareja estaba desconsolada. Teresa, su gata, se estaba muriendo y ellos no sabían qué hacer para impedirlo.

I

Años atrás.

Una mañana, hacía unos cinco años, cuando doña Manuela se disponía a salir de su vivienda escuchó los gritos débiles y sutiles de una gatita que, lastimosamente, detrás de la verja de la casa, maullaba. Abrió la puerta peatonal y se encontró con una famélica gatita que, con sus tristes ojos verdes pedía un poco de comida. El pequeño animal, de color oscuro, la miró y maulló, con su sonido lleno de hambre.

— ¡Rolando, ven a ver! Aquí hay una gatita-bebé callejera —señaló la señora, mientras se acercaba hasta el pequeño animal que, en el primer momento, se puso esquivo, pero que después se dejó atrapar por las manos cuidadas de la dueña de la mansión.

— Deja esos animales callejeros que sólo traen plagas y enfermedades a la casa —contestó el hombre, mientras encendía su automóvil para calentarle el motor.

— Si la dejo aquí afuera se va a morir. Está muy flaca y parece que le mataron la madre. Si un perro la encuentra, seguro que la mata —comentó la mujer, mientras acariciaba la piel que cubría el pequeño esqueleto del felino.

— Nuestra casa está fumigada y no quiero que, entre un animal de la calle, que lo único que podría traer es parásitos y enfermedades. Esos animales callejeros están llenos de todo lo malo. Lo mejor sea que mande al jardinero que la tire lejos de la casa.

La pequeña gata se había acomodado en las tibias manos de Manuela y, aunque gritaba, lo hacía con menos estridencia. Se sentía protegida. Los largos dedos de la señora cubrían al animal y solamente se podía observar su cabecita que salía entre los dedos.

— Yo me la voy a llevar y la voy a dejar en la clínica veterinaria para que la desparasiten y la vacunen. Si tú le tienes miedo a que traiga enfermedades a la casa, entonces, después de limpiarla en el veterinario, la traigo para la casa.

— Tú no tienes tiempo para atender animales, tus ocupaciones no te permiten cuidar ningún tipo de animal en la casa. Sales en la mañana y sólo algunos días puedes venir a comer a la casa. Esa gata va a llenar de pelos y excrementos toda la casa. Si tú quieres una gata, ¿por qué no vas a la tienda de animales y te compras un gato de clase y así puedes tener un animal de calidad? ¡Ahora tú vas a meter a la casa una gata viralata! Te prometo traerte una buena gata la próxima semana, si es una gata que tú quieres.

Manuela miró al pequeño animal que había dejado de gritar. Sus grandes ojos azules reflejaban el miedo que no se le había quitado. Acarició la cabeza de la gatita. Bajó la cabeza y olió el cuero peludo de la felina. Su olor era horrible. La mano derecha, con la que no tenía agarrada a la gatita, se la llevó hasta la nariz; también apestaba. Si entraba ese animal a su carro le iba a dar un pésimo olor en el interior. Finalmente, tomó la decisión.

— Me la voy a llevar al veterinario; después hablamos qué haremos con ella. No pretendo dejarla morir. El Señor la puso en mi puerta para algo y por algo.

— Haz lo que quiera; después no te arrepientas de lo que estás haciendo, cuando ese animal ensucie toda la casa —sentenció el marido, con evidente malestar.

Después de cinco días, la pequeña gata estaba de regreso a la casa de doña Manuela y de Rolando. La dueña de la casa le quiso poner el nombre de Teresa. Era su nombre preferido y, si hubiese tenido una hija, le pondría el nombre de Teresa. El matrimonio comenzó a cuidar y alimentar a la pequeña gatita. Cuando llegaba Rolando, Teresa; rápidamente corría hasta el escritorio de hombre, que estaba en su oficina privada, e inmediatamente se sentaba, se acomodaba en sus piernas. En el momento que llegaba doña Manuela, tenía que ir a buscar a Teresa a las piernas de Rolando. La gata se convirtió, con el tiempo, en la principal fuente de afecto y de comunicación de los esposos.

Teresa no tuvo hijos. Toda su ocupación era alimentarse y estar acariciando a cada uno de los dueños de la casa. Su presencia en la casa era vital para la armonía del hogar. Ningunos de los integrantes de la familia percibía el espacio del hogar sin el afecto que prodigaba Teresa. El tiempo había convertido a Teresa en el miembro más querido de la familia. Rolando, que al principio objetó al animal, después, dormía la siesta con la gata.

II

Ahora Teresa se estaba muriendo. Teresa se había desaparecido por un día y regresó en la mañana sangrando por la boca y la nariz. Había sido golpeada brutalmente por alguien y el animal corrió sin descanso hasta tirarse en la pequeña alfombra de la entrada de la casa de doña Manuela. Cuando la descubrieron, herida de muerte y sin conocimiento, trataron de localizar al veterinario, pero éste no apareció por ningún lado. En vista de que el animal estaba como muerto, Rolando optó por esperar un poco de tiempo para esperar el deceso de la gata herida. Se escuchó sonar el timbre de la puerta. Rolando fue diligentemente hasta el portón principal y vio que era el veterinario.

— Pase, pase, doctor —invitó el propietario con evidente angustia—. La gata ha sido golpeada y se está muriendo, si es que no sé ha muerto. Manuela la tiene en la terraza, venga a verla.

El veterinario caminó hasta donde se encontraba la enferma. La miró con ojos de galeno. Abrió su maletín y extrajo sus equipos de trabajo. Examinó a la enferma y expresó:

— Creo que ya no hay nada que hacer. Los golpes que le dieron son mortales por necesidad. Lo único que puedo hacer es llevármela para la clínica y ver qué podemos hacer en el quirófano. Confieso que no pueden esperar ningún milagro, el estado es muy crítico.

El animal fue introducido a la pequeña ambulancia y partió con el veterinario hasta la clínica del facultativo. En la casa quedaba destrozada una familia que había perdido uno de sus miembros más querido. Rolando abrazó a su mujer que sollozaba desconsoladamente. Miró el rostro de la mujer que entraba en crisis y las grandes lágrimas que surcaban el rostro se precipitaban al suelo. El propio Rolando, soportando su angustia, trataba de conformar a su esposa. La casa se había convertido en un enorme lugar donde la angustia ocupaba todos los rincones.

Teresa nunca había salido de la casa y sólo lo había hecho por unas horas y fue brutalmente golpeada. ¿Por qué los hombres golpean tan cruelmente a los animales? Se preguntaba, Rolando, sin conseguir la respuesta. ¿Qué tiene el hombre en su alma, para sentir placer por abatir a un animal, que sólo ofrece ternura y afecto? ¿Qué furia anida en el ser del hombre para que desahogue sus miserias, golpeando sin cesar a un pequeño animal, que le acaricia y protege? Las preguntas surgían sin respuesta. Eran los momentos en que se consideraba incapaz de entender la naturaleza del hombre. Entendía perfectamente el comportamiento de los animales irracionales, y al hombre, el de su propia especie, no lo entendía. Ni siquiera el amor y la ternura de un animal como Teresa hacían transformar el alma del hombre. El estado natural del hombre parecía que era la crueldad. Sintió vergüenza, por primera vez en su vida, de ser un hombre racional.

Rolando acarició el cabello de su mujer y con palabras dulces le comentó:

— Vamos a la clínica del veterinario. No podemos dejar que Teresa se muera sola. Ponte otra ropa y vamos a ver cuál es el desenlace de todo.

La mujer asintió y, con el rostro compungido, caminó hasta su recámara. Rolando esperó pacientemente hasta que su esposa regresara. Un mundo de angustia y de frustraciones lo envolvían. Sabía que la muerte de Teresa despojaba a su esposa de la alegría de vivir. Su hogar ya no sería el mismo. Nada es más angustioso que ver morir a un ser querido agredido y salvajemente golpeado por la brutalidad. Se cubrió el rostro con las manos y, por los dedos, comenzó a salir un hilo de lágrimas. Había explotado, ya no podía seguir soportando la carga de angustias.

— Vamos, que ya hace rato que salió el veterinario de aquí —se escuchó la voz entrecortada de la mujer decir, al momento de instalarse en el vehículo de su marido.

La sala de espera de la clínica veterinaria estaba desierta. El personal de enfermería le había informado que el doctor estaba en el quirófano con Teresa. Las horas pasaban y las angustias se incrementaban. Se vio salir dos veces al veterinario de la sala de cirugía; pero fue sólo para buscar algunos elementos. No tuvo tiempo para platicar con el matrimonio. Después de cuatro horas, el doctor salió del quirófano y se acercó hasta la pareja.

— ¿Qué ha pasado, doctor? —preguntó angustiosamente doña Manuela.

— Todo lo que podía hacer, lo he hecho. Ahora sólo resta esperar a que evolucione bien. Ya nada puedo hacer. Después de unas horas, sabremos si se ha muerto o tiene alguna oportunidad de vivir.

La pareja esperó largas horas por la evolución de la enferma. La situación parecía más crítica con las horas. Rolando miraba al personal de enfermería y podía leer en su rostro la situación terminar de Teresa.

Rolando y Manuela estaban dormitando en la sala de espera del hospital, cuando sintieron que se abría la sala donde estaba Teresa y salía el doctor.

— ¿Qué pasó, doctor? —preguntó Manuela.

El doctor, con rostro angustiado, miró con tristeza a la pareja de esposos. La noticia era inminente y cruel. El galeno, pausadamente se acercó hasta tocar los hombros de Manuela y Rolando.

— Teresa sobrevivió —expresó el médico, al momento de abrazarse a los esposos que lloraban de alegría la vuelta a la vida de su querida Teresa.

El pequeño animal era un instrumento de Dios para expresar el amor.

Historia enviada a Juan Javier.

HISTORIA NO. 16

LA HERIDA QUE MÁS DUELE

La jeepeta de último modelo se estacionó en el frente de la casa campestre, ubicada en las afueras de la ciudad de Santo Domingo, y de ella se desmontaron Julio Aníbal Pérez, su esposa Angélica Adames y su pequeño hijo de cinco años. Era domingo, el reloj marcaba las 8:00 de la mañana. El cielo azul claro estaba desierto de nubes. Era un espléndido tiempo para un día de campo. En el interior de la finca, los trabajadores esperaban por las órdenes de don Julio. Una imponente mansión franqueaba la entrada. Después de acomodar todo lo traído desde la casa de la capital, la familia se acomodó en la inmensa enramada, construida en la parte posterior de la casa y a la sombra de un enorme árbol.

— Voy a ir a cazar algunas palomas —comentó Julio, dirigiéndose a su mujer—; creo que es la temporada que vienen muchas palomas y rolones por estos campos y hace mucho tiempo que no salgo de cacería.

— Pero, ¿cómo te vas a ir de cacería? Vinimos a estar este domingo juntos, y ahora te quieres ir al bosque. Nos pasamos la semana sin vernos y en el momento de estar juntos, tú te quieres ir de cacería. ¡Yo no entiendo el amor tuyo por tu familia! —protestó la mujer, haciendo un gesto de contrariedad.

— Uno se echa la semana trabajando y no puede tener un rato para divertirse en el campo. Tú sólo piensas en ti y solamente en ti y después en ti. Voy a irme con uno de los trabajadores y sólo estaré un par de horas y después estaremos juntos todo el día. ¡No me pongas esa cara! Tú más que nadie sabes que te amo —comentó finalmente tratando de endulzar el amargo momento inicial de la estadía campestre—. Regresaré en un rato —prometió, mientras buscaba la escopeta de cartuchos de municiones múltiples, calibre doce.

Julio Aníbal rastrilló la escopeta de cinco cartuchos para revisar su perfecto funcionamiento. El arma de fuego brillaba como nueva. Se colocó una cartuchera en la cintura y se dispuso a salir a cazar algunas de las aves del lugar. Por última vez, de nuevo, rastrilló la escopeta: estaba sin cartuchos en su interior; para asegurarse, haló el gatillo para escuchar el sonido del martillo sobre el hierro; la escopeta dejó salir su lengua de fuego y el estruendo de un disparo que estremeció a todo el lugar.

— ¡Té estas volviendo loco! Como puedes disparar en el medio de la gente —gritó su mujer asustada y cubriendo a su pequeño hijo con sus brazos maternos—; pudiste matar al niño y a mí. ¡Estás loco!

— Fue que se disparó sin yo quererlo. Yo creía que no tenía cartucho adentro —trató de explicar Julio, mientras se alejaba de la enramada. Su mujer permanecía en estado de pánico. Prefirió salir solo y tener su propia aventura, a pesar del percance. Pudo matar a su mujer o a su propio hijo. La posibilidad lo estremeció.

Se internó en el espeso bosque silvestre, observando al cielo y las ramas de los árboles buscando el vuelo de alguna ave o encontrarla posando en alguna rama. Siguió caminando y por ningún lado aparecían las aves. Escuchó el canto triste de una Tortolita que provenía desde la rama de un árbol. Levantó la mirada y observó la pequeña ave que, sobre la rama de un árbol, caminaba con dificultad. Julio levantó el arma de fuego y se la colocó en posición de disparar. Cerró su ojo izquierdo y buscó con la mira la Tortolita. El movimiento del pajarito no le permitía asegurar el blanco perfecto. En un momento, la pequeña avecilla, se detuvo, y Julio se disponía a disparar, cuando escuchó la voz de la pequeña ave que le decía:

— Dispárame ahora, que quiero morir.

Julio quedó congelado con el dedo sobre el gatillo de la escopeta. Era extraño que aquella pequeña avecilla quisiera morir. Él sabía que sólo le dispararía porque no había encontrado aves de mayor tamaño. El cartucho lleno de municiones despedazaría al pequeño pájaro.

— ¿Por qué quieres morir? Todas las aves quieren vivir y tú quieres morir. Eres una muy extraña ave. Eso no parece lógico para el mundo —comentó mientras seguía con la escopeta apuntando hacia la rama donde estaba la Tortolita.

— Aunque me llenes de municiones y despedaces mi cuerpo; ya no puedo volver a morir.

— ¿Cómo es eso de que no puedes volver a morir? Tú no estás muerta.

— Yo estoy muerta, aunque me veas como un ser vivo. Hace dos días un cazador, igual que tú, nos disparó a mí y a mi compañero y él murió. Las Tortolitas venimos al mundo con un compañero, que más que un compañero es la otra parte de nuestra vida. La vida sólo existe cuando estamos juntos. El creador del universo nos hizo llenos de amor uno para el otro. La muerte de uno es, automáticamente, la muerte del otro. Las tórtolas venimos al mundo en pareja y debemos irnos en pareja. Tengo una pierna herida, pero esa herida no es la que más me duele. Las heridas que más duelen son las que se hacen en el alma. Preferiría que todo mi cuerpo estuviera herido y que mi alma no lo estuviera. Las heridas en el cuerpo se sanan y se cicatrizan; las heridas en el alma no se curan nunca. El castigo mayor que puede sufrir una Tórtola, no es que tú la mates; sino que mates a su compañero y que a ella la dejes viva. La muerte estando viva es la peor muerte.

— Pero tú te puedes buscar otro compañero y hacer una familia —comentó el cazador, tratando de entender el drama que vivía aquella pequeña tórtola.

— A los hombres les es dado el poder tener varias familias. Esa ha sido una gracia especial que el Señor les ha dado; a pesar de que los hombres no ven que matan a sus compañeras. Si los hombres pasaran por el tránsito de ver morir a sus mujeres, sabrían del dolor mayor que se puede producir en la faz de la tierra.

— Entonces, tú lo que quieres es morir.

— Si tú no me disparas y me matas yo me moriré de tristeza. Mi razón de ser, después de amar al compañero con el mismo amor que yo me amo, es la de preservar la grandeza de Dios es reproduciendo y preservando la especie y ahora ya no puedo tener pichones, porque los huevos que puedo tener ya no tienen la bendición de Dios y, por lo tanto, no pueden sacar pichones de rolitas. Para una de nosotras no tener a quien amar y no tener cómo expresar la grandeza de Dios, es la mayor desgracia que nos puede ocurrir.

— Las rolas vienen al mundo para ser cazadas y para que el hombre se las coma —expresó Julio, dudando de su acción.

— La muerte para nosotras no es indiferente. Lo que no nos es indiferente es vivir sin amor y poder hacer la voluntad de Dios. Morir es un acto divino, porque el Señor nos señala la ruta de regresar donde Él. También los hombres mueren y tienen que exorcizar sus pecados para llegar a la presencia de Dios. Las tórtolas no exorcizamos pecados, porque el Señor nos ha hecho para su gloria, y si su gloria es servir de alimento al hombre: ¡Bendito sea el Señor! Para nosotras, la muerte no es un acto negativo, es más, es un acto que cumple la voluntad absoluta de Dios y, por lo tanto, no puede ser un acto, en sí, malo. Para nosotras es un acto positivo y deseado, cuando es la voluntad de Dios.

— Yo no te voy a matar. Aunque tu deseo es morir, yo no voy a disparar contra ti —explicó el cazador, mientras bajaba de su hombro el arma de fuego. Se sentó en el tronco del árbol donde estaba la Tórtola y colocó el arma aun lado. Aquella pequeña Tórtola, sola y triste, solamente esperaba la muerte. Él, que tenía a su familia sana y salva, la había dejado para ir de cacería el único día que podía permanecer con ella. Aquella pequeña ave moría por dos días que estaba sin familia y él que se pasaba toda la semana sin ver su familia, las únicas horas que podía estar con ella, prefería estar en otra actividad. ¿Cuál dolor es más grande que el de ver morir a su compañera y a sus hijos? Su mujer y su hijo lo esperaban en la casa campestre y él caminaba solo por el bosque. ¿Qué tipo de hombre es él? Estaba absorto en sus pensamientos cuando sintió que caía algo en el suelo. Miró hacía donde se había producido el ruido. Sobre un colchón de hojas, yacía el cuerpo sin vida de la pequeña Tórtola. La tomó en las manos: era la primera creación de Dios que tenía muerta en las manos y que había muerto por amor; había muerto por no poder vivir sin tener a quien darle amor. Limpió un pequeño predio del suelo y depositó el cuerpo del ave. La cubrió de hojas secas y partió hacia su casa campestre.

— Te estamos esperando —se escuchó la voz de su mujer a lo lejos. Aceleró el paso para alcanzarla y en pocos minutos observó a su mujer y a su hijo que corrían a su encuentro. Julio Aníbal corrió hasta encontrarse con su mujer. La besó tiernamente en los labios. Su hijo lo contemplaba. La mujer hizo un gesto de sorpresa.

— ¿Qué es lo que te ha pasado en el bosque que vienes cambiado? —preguntó, mientras se dejaba abrazar con fuerza por su marido. Él la volvió a besar. El niño, abrazado a los esposos, seguía contemplando sin entender la escena.

— Nada es más grande en el mundo que el amor. Sólo el amor nos hace seres humanos superiores y dignos de ser hijos de Dios. Nosotros estamos juntos por amor, y no dejemos que nos separen los que no tienen capacidad de sentir la gloria de Dios en el amor —comentó Julio, estremecido. La mujer no entendió lo que pasaba, sólo se dejaba besar con una nueva e infinita ternura.

CAPITULO V

La hora del desayuno estaba pasando y Juan Javier esperaba, impacientemente, a Pedro Pablo, que no salía de su habitación. Desde el día que llegó compungido y lloroso, del encuentro con Rocío del Carmen, se encerró en sí mismo y hablaba muy poco. El temperamento alegre había desaparecido de la vida de Pedro Pablo. El hogar de los dos seminaristas se estaba convirtiendo en un lugar de tristeza. El ambiente en el lugar era extraño. La tristeza y el silencio reinaban en el lugar.

Juan Javier terminó de desayunar y llevó los platos a la cocina. Decidió ir en búsqueda de su amigo. Desde hacía algún tiempo no compartían sus inquietudes. Llamó con tres toques la puerta del dormitorio de su compañero. Nadie respondió el llamado. Repitió los tres golpes, con más fuerza, en la puerta. Nadie respondía su llamado. Un extraño presentimiento lo invadió.

— ¡Pedro Pablo! —voceó con energía—. ¡Pedro Pablo! —repitió, mientras golpeaba la puerta. Nadie respondía el llamado. La habitación parecía que estaba vacía. Después de llamar varias veces la puerta, decidió retirarse. Era muy posible que Pedro Pablo hubiese salido antes de que él se levantara. Dio la espalda y caminó rumbo a la salida del apartamento, cuando escuchó una voz ronca y asueñada que preguntaba:

— ¿Qué es lo que quieres? —con evidente molestia, cuestionó—. Tengo mucho sueño, déjame dormir, por favor.

— Creía que no estabas en tu habitación. Te he llamado muchas veces y no respondías. Quiero hablar contigo. ¿Por qué no te has desayunado? —preguntó inquieto, Juan Javier, observando el rostro angustiado y cargado de sueño de su amigo. Estaba que daba pena. Con barba incipiente, sin peinar; parecía que no se había bañado por meses. Su aspecto era de total abandono.

— No tengo hambre. ¿Qué es lo que quieres decirme? Tengo mucho sueño. Podemos hablar en la noche, cuando venga de la iglesia —contestó Pedro Pablo, tratando de evadir la conversación. Su voz era casi indescifrable por la ronquera que tenía.

Juan Javier contempló a su compañero seminarista. Su rostro estaba enrojecido y marchito. Sus ojos cargados de sueño y tristeza. Su pelo lacio y negro en total descuido. No era la persona que conocía. Se había producido una transformación en el joven estudiante. Era un desastre.

— No. Quiero hablar contigo ahora. Tengo tres días que no te veo en el apartamento y siempre estás encerrado en la habitación. Ven para que desayunes y hablemos. Tengo urgencia en conversar contigo. Si no enfrentamos los problemas, entonces los problemas se van a incrementar —dijo con determinación. No podía permanecer ajeno a lo que le estaba ocurriendo a su compañero. Algo muy grave estaba ocurriendo en la vida de Pedro Pablo.

— Espera que me cepille los dientes y salgo en un momento —expresó Pedro Pablo, mientras se pasaba la mano por el rostro y bostezaba largamente.

Juan Javier tomó un periódico y se dispuso a esperar al amigo. La situación estaba poniéndose difícil. Pedro Pablo había perdido el sentido de la realidad y de la responsabilidad. Sabía que su amigo no estaba asistiendo con regularidad a sus compromisos con la parroquia de San Mauricio. Conocía de las dificultades que tenía con el padre Antonio Arnaz. Estaba llegando tarde al hogar y no se comunicaba, como antes, con él. El seminarista estaba acosado por problemas que no sabía lidiar con ellos.

— ¿Qué es lo que me quieres hablar? —preguntó Pedro Pablo, mientras se sentaba frente a Juan Javier, en una de las sillas del comedor. Su rostro recién aseado no había cambiado mucho. Sus ojos no tenían la carga de sueño y ahora podían abrirse con libertad.

Juan Javier lo contempló rigurosamente. La persona que tenía en el frente no era quien había venido de España. Tenía en el frente a un verdadero extraño. La mirada de su amigo no tenía el brillo de la alegría de otros tiempos. Se entristeció con una pena profunda en su corazón. <<¿Que había devastado tan terriblemente a su amigo?>>, se preguntó íntimamente.

— ¿Qué es lo que pasa contigo? Tienes algunos días que vienes tarde al apartamento. Has dejado de hablarme, como lo hacías. Todos tus hábitos los has cambiado. Siento que estas metido en problemas y quiero que sepas que puedes contar conmigo. Yo creía que después de las conversaciones en el Santo Cerro, te ibas a comunicar conmigo con mayor fluidez —comentó, buscando abrir el corazón de su amigo para que se desahogara de todo lo que le atormentaba.

— ¿Qué te hace pensar que estoy en problemas? —preguntó, reprochando al amigo—. No tengo otro problema que el que tú, muy bien, conoces.

— Nadie tiene que decírmelo. Sólo hay que mirarte como estás y cómo has cambiado en tu comportamiento. Si no quieres hablar conmigo, pues bien, y terminamos aquí. Pero si quieres compartir conmigo algún problema que tienes, entonces cuenta conmigo. Tienes que saber que no puedo callar al monseñor Alonzo, mi preocupación por ti. Pero si no quieres hablar, no lo hagas —dijo encarándolo y mirándolo fijamente.

Pedro Pablo miró, ahora con afecto, a su amigo. Hizo un gesto de contrariedad. Contempló a su amigo con una mirada imploradora.

Juan Javier se levantó del asiento. Caminó hasta su habitación; cuando iba a entrar, escuchó la voz de su amigo. Se devolvió y encontró a su amigo, que también se había levantado de la butaca. Caminó hacia él.

— ¿Quieres que hablemos? —preguntó inquieto. Sintió que Pedro Pablo cambiaba de actitud.

— Ven, tengo que contarte lo que me está sucediendo. Si no lo exteriorizo, creo que voy a explotar. Estoy pasando por una situación muy difícil. No sé qué voy a hacer. Me he enamorado de Rocío del Carmen, y este sentimiento es superior a mí. Pero tú sabes que no puedo dejar el seminario. Ella está dispuesta a irse conmigo adonde yo quiera. Estoy seriamente pensando abandonar el seminario — confesó acongojado.

Las últimas palabras de Pedro Pablo habían caído como una verdadera bomba. Juan Javier no había pensado nunca escuchar aquellas palabras de los labios de su compañero de seminario. Habían pasado muchas dificultades y las habían superado, pero abandonar el camino del Señor, nunca había pasado por su mente.

— ¿Tú estás verdaderamente enamorado de esa muchacha? —preguntó, aún sin salir de su sorpresa. Esperó la respuesta. No pronunció ninguna otra palabra.

— Estoy absolutamente enamorado de ella. Daría toda mi vida por estar con ella. Éste es un sentimiento que nunca había sentido. Todos mis pensamientos son para ella. Estoy dispuesto a abandonarlo todo por este amor que me incendia todo mi ser expresó, hablando como un torrente que encontraba por donde escapar.

No había ninguna duda, el Pedro Pablo que había venido de España era otro. El que estaba hablando era uno nuevo, absolutamente nuevo. Juan Javier se quedó sin palabras. No sabía qué decir en aquellas circunstancias.

— No sé qué decirte, hermano. Si es tan grande ese sentimiento, entonces, no debe ser nada malo. Todo lo que podemos hacer es guardar el secreto hasta tanto preparemos un momento para decirle a los superiores tu decisión. Pero si tienes una decisión tomada, entonces no hay nada que hablar. ¿Has pensado bien el paso que vas a dar? —preguntó mirándole a los ojos, fijamente.

Entre los dos amigos se hizo un silencio breve. Pedro Pablo estalló en llanto y Juan Javier lo abrazo con afecto. Entre sollozos, exclamó:

— ¡Esto es más fuerte que yo! No sé cómo me ha sucedido; pero estoy profundamente enamorado. Ella es mi vida. No puedo vivir sin su amor. Ayúdame, porque necesito ayuda para lograr mi felicidad.

Juan Javier lo dejó llorar en su hombro. Tenía que dejarlo desahogar de todo lo que tenía reprimido en su interior. Después, Pedro Pablo se secó las lágrimas y habló con más claridad.

— No sé cómo decirle al monseñor Santiago Alonzo la decisión que he tomado. El monseñor no merece esta paga por lo que ha hecho por nosotros. Sé que será muy duro el golpe para él, pero yo no puedo hacer otra cosa —volvió a estallar en llanto.

— No te preocupes, que él entenderá la situación y te apoyará. Sabes muy bien que Santiago es un hombre sabio y de mucha experiencia. Él será comprensivo contigo —expresó, Juan Javier, tratando de no hacer más duro el momento para su compañero. Él, también, estaba a punto de llorar. Sus ojos se nublaron cuando se inundaron de lágrimas.

— Nosotros somos sus últimos trabajos para la Iglesia, y un fracaso, al final del camino, no lo merece. No quiero lastimar al monseñor.

— No te preocupes que él lo entenderá. ¿Cuándo piensas decirle tu decisión de abandonar el seminario? —preguntó Juan Javier, mientras le daba pequeñas palmadas en la espalda a su amigo.

— No lo sé, apenas hemos tomado la decisión de casarnos hace unos días; pero he tenido un cargo de conciencia que no me deja vivir. Creía que me haría feliz hacer los planes con Rocío del Carmen, pero abandonar la vida que había decidido, y que han decidido para mí; no es tan fácil —se lamentó tristemente.

— ¿Tú no te has enamorado, Juan Javier? —preguntó—. ¿Nunca te ha sentido atraído por una mujer?

El seminarista no contestó. Guardó un silencio breve. Dejó volar sus pensamientos para buscar la respuesta.

— Me he enamorado más de una vez; pero no tan fuerte que rompieran mi compromiso con Dios y con mi familia. Amar intensamente a una mujer no es un pecado. Amar a una mujer es una de las voluntades de Dios. Sólo que Él define el camino a los que van de la mano del amor carnal. Ahora mismo me siento atraído por una muchacha del coro parroquial. Tú la conoces, porque vino el otro día por aquí y te la presenté; es María José Martínez. He tratado de que ese sentimiento no crezca demasiado. Si crece, como lo ha hecho el tuyo, entonces, no tendría otra alternativa que dejar los estudios de religión y casarme con ella.

Pedro Pablo sintió un alivio al saber que su amigo, también sentía amor por una mujer. Compartir los problemas, también ayudan a aliviar las penas.

— Tengo que ir donde el Monseñor, y no sé, si ir o no ir. Creo que, si voy en este momento, sería desastroso —expresó Pedro Pablo con la angustia que desbordaba su capacidad y su voluntad.

— No vayas donde el monseñor en el día de hoy. Deja que pase el día. Hablaremos en la noche y entonces, tomamos la decisión de cuándo le vas a comunicar la noticia. Deja que pase el día —repitió Juan Javier, buscando calmar a su amigo.

Pedro Pablo se arregló el pelo. Abrazó a su amigo con cariño, cuando Juan Javier se despedía y salía hacia sus actividades del día. Se sentía que había descargado toda la pesada carga que llevaba desde hacía algunos días. Se sintió feliz. Su decisión no era tan mala. Al fin y al cabo, era una voluntad superior que lo empujaba a los brazos de la mujer amada.

CAPITULO VI

El padre Alonzo había convocado a Juan Javier al hogar de ancianos. La conversación que había sostenido con el padre Juan Rodríguez, de la parroquia de Nuestra Señora de la Divina Providencia, lo tenía preocupado. Todo el proceso de conducción parecía que no tenía buenos resultados. La intranquilidad que le producía el comportamiento del joven seminarista le estaba afectando en su vida diaria. La paz que siempre tenía había desaparecido, y un temblor se efectuaba en sus manos.

El seminarista estaba retrasado, y Santiago sentía que la tardanza era parte de la inconducta del joven estudiante. No entendía por qué los dos jóvenes no respondían a las enseñanzas de las historias y a las reflexiones que compartían con él. Durante toda su vida el método dio los frutos deseados. <<Serán los nuevos tiempos, los modernos y súper civilizados, lo que han hecho obsoleto al sistema de historias>>, se preguntaba, mientras hacía una pequeña caminata en el espeso parque que rodeaba el hogar de ancianos.

Durante muchos años y con muchos estudiantes de religión probó el método, y los resultados eran maravillosos. ¿Por qué no funcionaba con estos seminaristas? La pregunta le golpeaba, como un martillo, en la cabeza. Sería que, al final del camino de su vida, Dios le quería probar que no había hecho una obra mayor. Miró su mano y contempló el anillo que le había regalado, en persona, el Papa, como reconocimiento a la labor realizada y al efectivo método de conducción de seminaristas. En muchos lugares del mundo, por su obra, existían sacerdotes que llevaban el mensaje del evangelio. Una confusión invadió su pensamiento.

El tiempo pasaba y el seminarista no aparecía en el lugar. Con su lento caminar inició una pequeña ruta. Acarició sus blancas barbas. Su cabello se fue despeinando con una brisa fuerte que cruzaba, imprudentemente. Su negra sotana parecía rodar por el suelo lleno de hojas secas. Algunos compañeros sacerdotes se le cruzaban en el camino y lo saludaban con una reverencia. Su rostro, de color blanco, sintió los rayos de sol y se orientó a caminar por un sendero más estrecho, cubierto de árboles. Sus ojos de azul cielo, dejaban salir las miradas que se perdían en su propio interior.

Debía tomar una decisión rápida y correcta con los dos seminaristas. El lugar para su confirmación de fe no debió ser Santo Domingo. Este es un país lleno de provocación al pecado. Una población urbana que no sabe lo que es ser urbano, porque en realidad son campesinos sin educación avanzada. Una clase económicamente activa construida a todo vapor para darle una configuración de sociedad a la comunidad. Un lugar donde la identidad cultural y religiosa no estaba bien definida. Un pueblo que hace su valor fundamental el resentimiento y que cumple con un ritual de fe más por miedo que por convicción.

Las iglesias se llenan de feligreses, como parte de la costumbre de compartir algún tiempo con la familia, mas no por vocación de fe. Unas gentes que salen cada mañana de su vida a construir una escalera para sentirse más alto que los demás, aun cuando la escalera no les sirva para subir a ninguna parte. Son pueblos que se liberaron para poder esclavizar, modernamente, a los más débiles. En medio de ese pueblo sin horizonte definido, los seminaristas no podrían encontrar su destino.

Santiago sintió cansancio y se sentó en las raíces externas de un árbol de mango. El sudor pobló su frente. Sacó un pañuelo y se secó la frente. Respiró profundamente y sintió que sus pulmones se llenaban de oxígeno. Se remangó y observó el reloj; habían pasado dos horas de la prevista para la reunión con Juan Javier. Una preocupación mayor se apoderó del sacerdote; era muy posible que el seminarista hubiera desertado de la orden. Un frío se le colocó en el estómago. Parecía que estaba llegando el fin.

Nunca había desertado un seminarista sin conocer la opinión de su consejero espiritual o conductor. La relación entre seminarista y maestro era tan estrecha, que eran los mismos sacerdotes maestros, los que le aconsejaban que abandonaran los predios del compromiso absoluto. No había podido ganarse la confianza de los jóvenes estudiantes. Su trabajo había sido tan deficiente que no servía ni para un confesor menor. Sus manos temblaban. Una íntima desesperación lo invadió. Presentía que sus días se agotaban y que el fracaso con los dos jóvenes era la señal de que le llegaba la hora de morir.

Se levantó y caminó hasta su habitación. Buscó meticulosamente una historia y se la envió a Juan Javier. Después se acomodó en la cama y dejó su pensamiento en blanco. Lo pensaría mejor, después de un sueño reparador.

HISTORIA NO. 17

VIVIR SU VIDA

— Si es verdad que lo han localizado, nadie evitará que le descargue esta pistola. Ese maldito, tengo yo que matarlo yo mismo —afirmó Joaquín Tavárez, mientras se acomodaba la pistola en la cintura.

Había recibido la información, de parte de un oficial de la policía, de que el hombre que entró en su casa, robó, amordazo a sus hijos y violó a su esposa, hacía cinco años; fue ubicado en uno de los barrios marginados de la ciudad. Había llegado la hora de que ese delincuente, de la peor calaña, pagara por su crimen. Durante cinco años rastreó todo el país, buscando encontrar al canalla que mancilló su honor y el de su familia. Su vida, después de aquella fatídica noche, se había transformado en una agonía imposible de llevarla. Juró matar al desgraciado, aun cuando solo tuviera vida para ello. Todo lo que había producido, durante esos cinco años, era para vengar el honor de su familia y el propio. Había llegado la hora y sintió una alegría intima. Sonrío con picardía. Acaricio, de nuevo, el frío metal del arma.

Josefina, su mujer, lo observaba en silencio, mientras el hombre hablaba consigo mismo. Sabía que no debía decir una sola palabra, contrario a lo que pensaba hacer su marido. Nadie podía contradecir al hombre que buscaba limpiar su honor marchito por un desgraciado, hacía cinco años. Aun cuando no estuviera de acuerdo con los planes de su marido, no podía opinar lo contrario. Durante cinco años, la vida de Joaquín Tavárez había sido rastrear por todo el país el paradero del maldito estuprador de su honor. La razón de su vida se había convertido en matar al que asesinó su moral. Ella sabía que había sufrido mucho más en los cinco años que en el acto criminal; pero no podía decírselo a su esposo. El empecinamiento y la obsesión de Joaquín hicieron que la vida de sus hijos y la de ella fuera una verdadera tragedia. Le había pedido a Dios que descargara a su esposo de esa maldición. Joaquín hacía su vida para la venganza y arrastraba a toda su familia.

— ¿A qué hora fue cuando dijo el teniente Montero que vendría? Yo creo que se está pasando el tiempo —pregunto el hombre, con cierta desesperación, contemplando el semblante pálido de su mujer.

— A las 3:00 de la tarde, y ya son las 4:00 y no llega —expresó Josefina, tratando de serenar al hombre.

— Estos policías, no importa lo que les paguen, son incumplidores. Ya deberían haber llegado. ¡Qué vaina! —expresó, al momento de levantarse y peinarse el pelo con sus largos dedos.

Había llegado el momento más feliz de su vida. Mataría al violador de su esposa. Sus manos, a pesar del aire acondicionado, le sudaban un poco. La impaciencia lo hacía caminar de un lado a otro de la habitación.

El puño de la puerta de la habitación principal se movió y produjo un pequeño ruido. Los esposos miraron hacia la puerta. Debía ser la trabajadora de la casa que le informaría que había llegado el teniente Montero. Se produjo un silencio estresado.

— Alguien quiere entrar. Abre tú la puerta —ordenó el marido.

Josefina caminó y abrió la puerta. Observó a sus dos hijos que deseaban entrar a la habitación. La madre abrazó a sus hijos. Sintió que debía protegerlos, hasta de la propia acción del padre. No quería que sus hijos cargaran el rencor y el odio que llevaba a cuesta su progenitor. Sus hijos, de 8 y de 10 años, no tenían culpas que pagar, por lo que no debían sufrir la desgracia.

— Papi, ¿para dónde vas? —Preguntaron a coro los niños—. Llévanos contigo. Queremos ir a donde tú vas, papá —comentó el mayor de los niños.

Joaquín recibió a sus vástagos en su regazo. Acarició las cabelleras negras de los infantes.

— Voy a hacer una diligencia que ustedes no pueden ir. Es un asunto de las personas grandes. Le voy a traer el mejor de los regalos, cuando regrese a la casa —señaló el padre, retirando a los niños y conduciéndolos hacia donde estaba la madre.

La madre seguía contemplando cada acción de su marido. Mal que bien, la familia estaba reunida. Aun cuando las heridas de ofensa no habían cicatrizado en el alma del padre, su familia estaba reunida en el hogar. Sintió la corazonada de que era la última vez que vería a su familia completa. Un terror se apoderó del alma de la madre. El presentimiento invadió todo su ser. Llenándose de valor expresó:

— No vayas, Joaquín. Deja todo en el pasado. Todo lo que puedes encontrar es la muerte, en ese barrio de delincuentes. Si té pasa algo es peor para mí y para la familia. No vayas, Joaquín —repitió la mujer, mientras se abalanzaba sobre el hombre, y éste, con un movimiento, la esquivó.

Los niños abrazaron a la madre que lloraba y comenzaron a llorar junto a su progenitora. El padre miró con desprecio a la mujer y caminó hacia la puerta para salir de la habitación. Se detuvo antes de salir y expresó:

— Yo soy un hombre que tiene honor. El que me la hace me la paga. No me interesa un minuto de vida que no sea para limpiar mi nombre y mi honra. Si tú puedes vivir con esa afrenta sobre tu conciencia, eso es cosa tuya. La ofensa que le hicieron a mi familia será lavada con la sangre de él o con la sangre mía; pero no se quedará así. Mientras tenga un hálito de vida, lo dedicaré a buscar, aun cuando sea, debajo de la tierra, al maldito que mancilló mi nombre. Cada centavo que tengo lo usaré para encontrarlo y hacerlo pagar su delito. No me interesa, si la justicia actúa o no; yo lo encontraré y lo haré pagar su crimen. No quiero oír, otra vez, tus consejos.

La mujer bajó la cabeza. Sabía que era una imprudencia hablarle así a su marido. Solo escuchó el estruendo de la puerta cuando se cerró. Abrazó a los niños y exclamó:

— ¡Cuídalo, Señor! —persignándose, hizo una oración en voz baja.

Joaquín Tavárez se acomodó en la jeepeta, en el asiento delantero derecho. El teniente Montero ocupaba el asiento del conductor. El oficial de la policía iba vestido con el uniforme de la institución. En el asiento trasero, dos hombres vestidos de civil y armados, viajaban en el vehículo. El automóvil recorría las calles de la ciudad en dirección del lugar señalado por el teniente Montero, donde localizarían al delincuente que mancilló la honra de Joaquín. En el interior del auto, los viajeros, guardaban silencio.

— Ustedes saben cómo es el plan —comentó Joaquín, interrumpiendo el silencio que reinaba—. Si encontramos al hombre y yo lo identifico, deben dejarme a mí disparar, si él se resiste al arresto. Yo tengo que matarlo con mis propias manos. Nadie dispare antes que yo. Es a mí a quien debe la vida ese mal nacido. No quiero que ninguno de ustedes actúe, hasta que yo no le dé las señas. Ese maldito criminal me toca a mí matarlo. Todo el daño que le hizo a mi familia lo va a pagar hoy.

Los hombres que viajaban en la parte posterior del vehículo se miraron, un poco extrañados. Guardaron silencio.

— Debes tener cuidado, Joaquín —señaló el teniente Montero—. El compromiso es atraparlo y llevarlos a las afueras de la ciudad y, entonces, ejecutarlo. Son delincuentes muy peligrosos y por cualquier error que cometamos, nos rellenan de plomo. Déjame a mí dirigir el plan, que soy yo el que sabe cómo hacer este trabajo. No será un trabajo fácil. Para ganarles a esos delincuentes, debemos ser más rápidos que ellos. Nosotros no nos vamos a dejar matar de esos malditos. Tú tendrás la oportunidad de vengarte. No se preocupe, compadre —aconsejó el oficial policial.

— Bueno, como usted diga, compadre. Pero yo tengo que darme el gustazo de descargarle mi pistola en el pecho. Usted sabe que no me moriré tranquilo hasta que no mate a ese bandido.

El automóvil seguía recorriendo las tortuosas calles de la ciudad. El teniente Montero se dirigió hasta el lugar donde debía aparecer el hombre que buscaban. Todo el trabajo era dejar que apareciera y emboscarlo y dispararle y salir lo más rápido del lugar. Los hombres prepararon sus armas. Todas estaban cargadas y artilladas. Todo estaba listo para la acción.

Joaquín sintió un escalofrío que le llegó hasta el estómago. Una íntima alegría hizo que sonriera en silencio. Sus manos sudaban y se percibía un ligero temblor. Se acomodó en el asiento. Tocó el metal de su arma y se sintió seguro.

— Si quieren tomar algo, ahí en el piso de atrás, hay una botella de whisky —informó Joaquín, señalando hacia los acompañantes de la parte trasera. Los viajeros bebieron del líquido alcohólico. Un merengue comenzó a sonar en el radio.

El automóvil se estacionó frente al colmado que frecuentaba el hombre que se buscaba. En la boca calle se colocaron los hombres de Montero. El informe señalaba que el delincuente salía por esa calle y pernoctaba algunos minutos en el colmado, donde se bebía una cerveza. Los hombres que vigilaban, observaban la entrada y la salida de las gentes al colmado. Joaquín observaba la foto del delincuente. Él lo descubriría. El equipo de hombres tomó posición estratégica, ahora con el fin de protegerse. El lugar no era muy seguro. Muchos delincuentes circulaban en el entorno.

— Este no será un trabajo fácil. Todos los delincuentes están armados hasta los dientes —comentó el oficial policial, mientras se acariciaba la barbilla, con una mueca de preocupación.

— ¿Tiene miedo, compadre? —preguntó, intrigado por la mueca del oficial.

— ¡Claro que no! Lo que sucede es que yo he vivido esta situación muchas veces y sé cuándo las cosas no son fáciles de hacer. Esto se está poniendo peligroso. Creo que lo mejor sería que usted no participe en el operativo. Usted no está entrenado para este tipo de trabajo, compadre — intimidó el uniformado.

— Esto no me lo pierdo, por ninguna razón. Llegó la hora de cobrarme una vieja deuda.

El silencio, entonces, reinó en el interior de automóvil. Sólo a veces, era interrumpido por el sonido de la tapa de la botella de whisky.

I

El timbre de la casa de Josefina sonaba insistentemente. La mujer sintió un sobresalto. El presentimiento de que Joaquín desgraciaría su vida esa noche, se apoderó de ella. El timbre seguía sonando. Eran las 8:00 de la noche. Joaquín no había regresado ni había hablado por teléfono. Pero sabía que no era Joaquín, porque él tenía llave de la casa y no necesitaba tocar el timbre. Un frío, como un rayo, le cruzó todo el cuerpo. Su presentimiento era cierto. Otra desgracia mayor caería sobre la familia. ¿Qué habrá pasado? ¿Se habría malogrado la vida de su esposo? Las preguntas la atormentaban. Bajó la escalera interna de la casa y salió a abrir la puerta peatonal de la entrada de la casa.

— ¡Hola! —saludó el recién llegado—. ¿Cómo estás, mi hija?

— ¡Qué bueno que usted vino! —exclamó la mujer, con el rostro angustiado.

— ¿Qué está ocurriendo aquí? ¿Algo malo está pasando? Dímelo enseguida —cuestionó el hombre que estaba en la puerta.

— ¡Ay, don Armando! —se lamentó Josefina—. Creo que Joaquín se ha vuelto loco. Me tiene en una zozobra. Tiene una maldita obsesión en vengarse del hombre que asaltó la casa, hace cinco años. Ha salido a buscarlo, porque, su compadre, el teniente Montero, le dijo que lo tiene ubicado. Yo sé que le va a pasar algo malo —expresó la mujer, mientras se abrazaba al hombre.

Armando, el padre de Joaquín, le estampó un beso en la mejilla. Guardó silencio y caminó hasta la terraza de la casa. Una arruga de preocupación se dibujó en la frente del anciano. El hombre, de 70 años, de ojos marrones, piel blanca y largas manos se sentó en un confortable asiento. Acarició, con ternura, la espalda de la madre de sus nietos. Observó, ahora con detenimiento, el rostro preocupado de la madre. Hizo un breve silencio. Después, habló pausadamente.

— Dime, ¿qué está ocurriendo en la casa? ¿Qué situación tan grave ocurre que te tiene al borde de la desesperación? —preguntó el abuelo.

Josefina le explicó, en detalles, todo el drama que había vivido la familia durante los últimos cinco años. Han sido cinco años de penuria y de tristeza. Toda la vida de la casa estaba centrada en la pasión de venganza de su marido, y eso desgraciaba a toda la familia. Comentó el miedo que tenía de que maten a su marido. Ella sabía que el trabajo de un delincuente era matar; pero que el trabajo de Joaquín no era matar. No estaba entrenado para matar. Tenía el presentimiento que matarían a su esposo en la acción.

Armando, cuando terminó de hablar la mujer, respiró profundamente. Sabía que un enfrentamiento entre Joaquín y el delincuente, Joaquín, no tendría la más mínima posibilidad de salir vivo del combate. Se levantó del asiento y dio algunos pasos indecisos. Se sentía atrapado, al igual que la mujer, y no podía hacer nada. Aun cuando, al principio, él mismo hizo algunas diligencias para localizar al criminal, el tiempo había pasado y, con él, logró entender para desistir de ello. El tiempo debía haber borrado el odio en el alma de su hijo.

El abuelo de los niños estaba atrapado por la impotencia. Solo podía esperar y cruzar los dedos para que no ocurra una desgracia.

— Vamos a rezar para que no suceda nada. Mañana yo vengo a hablar con Joaquín, de hombre a hombre. No te mortifiques, de cualquier manera, no está en ti poder evitar lo que va a ocurrir. Ponte en manos de Dios y verás que no ocurrirá nada malo —aconsejó armando, tratando de tranquilizar a la mujer—. ¡Tú, también, eres culpable de lo que ocurra! —tronó con indignación.

— Yo, culpable. ¿Qué yo he hecho, don Armando? — interpeló la mujer.

— Tú debiste decirme lo que estaba ocurriendo en la casa. Te has quedado callada todo este tiempo, tal vez, sin quererlo, provocando una desgracia. Durante cinco años me lo han escondido y ahora, cuando está al borde de una desgracia, me lo vienes a contar. Ahora me entero del infierno que has vivido tú y mis nietos. Eso es imperdonable —sentenció el anciano de cabellos de algodón.

— Usted conoce a Joaquín, no podía decírselo para no ocasionarle un gran disgusto. Él me prohibió decírselo a usted. Joaquín no quiere que usted se meta en ese problema.

Él cree que usted está avergonzado de él. Él dice que su padre no le perdonaría nunca que no limpie su honor.

— Pero Joaquín se ha vuelto loco. ¿Cómo voy a despreciar a mi propio hijo? — se lamentó.

— Así es él, don Armando.

Las 11:00 de la noche se posaban, llenos de sombra, sobre la ciudad. El viejo reloj de pared señalaba el tiempo. Joaquín no había regresado, ni había llamado por teléfono. La angustia se incrementaba, con el paso de las horas, en Armando y Josefina. No tenían noticias de lo que había ocurrido.

— Me voy para mi casa. Llámame, enseguida, si ocurre algo malo —expresó Armando, mientras se despedía—. Dile a tu marido que vengo por la mañana para hablar con él y contigo. Bien temprano estoy aquí en la casa.

— ¿Usted cree que le ha ocurrido algo malo, don Armando? —cuestionó la mujer, mientras el hombre se alejaba.

— Tranquilízate, hija mía —aconsejó el hombre, ya de camino de la puerta peatonal.

La terraza entró en un silencio agónico. Josefina se quedó sola. No iba a subir a su habitación, por ahora, sabía que no se dormiría, sabiendo que su marido estaba en peligro de muerte. Sus manos temblaron con sólo pensar en la posibilidad del hecho.

La medianoche se asomaba, cuando sintió que se abría la puerta de la casa. Una expectante sorpresa se apoderó de ella. Joaquín entraba por la puerta.

— ¿Por qué no estas durmiendo a estas horas? —cuestionó, molesto el marido.

— No tenía sueño —mintió—. ¿Qué pasó? —inquirió, sobresaltada, la esposa.

El hombre la miró. Guardó silencio, mientras se desprendía de la camisa.

— No lo encontramos. No fue por el lugar que siempre va. Pero mañana, él va a ir al lugar y entonces, le cobraré todo lo que me debe.

La mujer respiró profundamente. Ojalá que nunca apareciera, pensó para sí. Caminó en silencio hasta la habitación, rezando una pequeña oración.

II

La mañana llenaba de luz todo el espacio que alcanzaba la vista. Joaquín Tavárez terminaba de desayunar, cuando escuchó el sonido del timbre de la casa. Con una seña, ordenó a la señora del servicio que abriera la puerta. Siguió comiendo pausadamente. Levantó la cabeza y observó a su padre que cruzaba el umbral.

— Papá, ven a desayunar. Tráigale un plato a don Armando —ordenó el comensal.

— No; yo ya desayuné. No quiero comer más, me estoy poniendo muy gordo y no es bueno para mi edad y los achaques de mi edad. Vine a hablar contigo un asunto.

— Entonces, esperadme en la terraza que voy enseguida. Josefina me dijo que tú vendrías hoy a hablar algo conmigo. No tardo.

El anciano caminó, lentamente, hacia la terraza. Se acomodó en un confortable sillón. Observó el jardín de la casa; estaba repleto de flores. La primavera se expresaba en abundancia de colores. Sus dos nietos saltaron sobre sus rodillas y lo abrazaron. Josefina le trajo una taza de chocolate, ella sabía que era de su agrado. En poco tiempo, Joaquín se sentaba en el frente de su padre. Los dos nietos salieron para el colegio. Josefina, asustada y contrariada, caminaba de un lugar a otro. Temía la reacción de su marido de lo que le iba a tratar su padre. Prefirió quedarse a enfrentar la situación.

— Dime, papá, ¿qué es lo que quieres decirme? —preguntó resuelto el jefe de familia. Su padre nunca lo había citado para tratar asunto en privado. Algo le pareció extraño.

— Josefina me ha contado, en lo que tú andas. Que hace mucho tiempo que tu única preocupación es buscar el que violentó la paz de tu hogar. Que no haces otra cosa que estar pensando y maquinando cómo encontrar a ese bandido.

— ¡Josefina, en ti no se puede confiar! Ni siquiera lo que tu marido te dice te lo callas. Esto es el colmo —protestó enérgicamente Joaquín—. Y tú, papá, no te metas en ese problema. Ése es un asunto mío y solamente mío. Yo estoy muy grande para que mi padre tenga que venir a resolverme mis problemas. No me meto en tus cosas y no te metas en las mías y se acabó.

Armando permanecía en silencio, escuchando la descarga de reproches de su hijo. No movía ni un músculo. Ésta era la primera vez que su hijo le levantaba la voz y le hablaba en esa forma. Su hijo estaba furioso, porque él, su padre, conociera de un problema que tenía. Y si no lo conocía su padre, que lo amaba, ¿quién debería conocerlo? Lo dejó que hablara todo lo que quisiera. No se inmutó por la andanada de reproche de su hijo. En los ojos de su hijo se notaba la sombra del odio que había curtido su alma.

— ¿Terminaste de hablar? —preguntó, serenamente el padre.

— Sí, terminé. Si quieres hablar de cualquier otra cosa, estoy a tu disposición; de lo contrario, hemos terminado —expresó, enfurecido el hijo.

— No; no hemos terminado. Quiero que me escuche un momento. Recurro a mi condición de padre para exigirte que me escuches. Tengo derecho a expresarle mi opinión a mi hijo. Aun cuando soy un anciano y tú un hombre adulto, yo me siento responsable de ti. No importa la edad que yo tenga y que tú tengas, siempre serás mi hijo y eso me da derecho sobre ti. Quiero que te serenes para que me puedas escuchar. En ese estado de ira no podrás escuchar a nadie.

Josefina le pasó un vaso lleno de agua muy fría.

Don Armando hizo un breve silencio para respirar. Llenó sus pulmones de aire fresco y observó, de nuevo, a su hijo, fuera de sí.

— Nadie, como yo, ha sufrido el dolor de la desgracia que cayó sobre esta familia. Sé que el drama que se ha vivido es desgarrador. Yo también, he tenido que guardar en silencio la ofensa infligida a este hogar, que es, también, mi hogar. Pero tenemos que seguir viviendo.

— Tú no sabes lo que hemos pasado, Papá —protestó Joaquín, un poco calmado.

Josefina observaba la escena en silencio, sin intervenir en el debate de padre e hijo.

— La vida es una sola —explicó Armando—. Todo lo que tenemos es la vida. El valor de ella es el valor que nosotros le demos. Todo lo que podemos perder es la vida. El responsable de tu vida eres tú; pero si quieres dañarla, es una decisión, solamente tuya.

Cuando el delincuente entró a tu casa, violó tu sagrado recinto. Pero lo sagrado no son las paredes de la casa. Lo sagrado son las vidas que están en la casa. Aun cuando el delincuente ofendió a tu familia, él no destruyó la vida de tu familia. Ahora bien, con el afán que tienes de perseguir y matar a ese delincuente estás haciendo un daño mayor, que el que hizo el criminal, que es destruir a tu familia.

Antes de que el delincuente entrara a tu casa, tú vivías tu vida a plenitud. Te esforzabas por lograr las cosas mayores para tu familia y para ti. Eras alegre y disfrutabas de la vida. Ahora tu vida no es tuya, sino que es del delincuente.

El que odia a otra persona, pierde la vida. El que ama a otra persona gana otra vida.

Si continúas viviendo para matarlo, él ha matado tu vida, y tu vida le pertenece a él. El delincuente logró robarte la vida, lo más apreciado de una persona.

No dejes que uno que no tiene vida te quite la vida. Nunca pongas en la misma balanza tu vida con la vida basura de un delincuente. La vida de un delincuente no existe, y si tú lo matas, lo que has matado es la basura, y la basura no muere. No dejes que tu vida productiva sea eliminada por alguien que no tiene vida productiva.

Si permaneces cinco años más buscándolo para matarlo, él te mató diez años de vida. Si lo encuentras y lo matas, irías a la cárcel por matar una cosa que no valía nada. Si él te mata a ti, entonces, te ha matado alguien que no vale nada y, por lo tanto, tu no has valido nada en la vida. No cambies tu vida por escombros. He vivido mucho, y el tiempo me ha enseñado a distinguir las cosas de valores reales y las cosas que no tienen valores en la vida.

No dejes que alguien que no tiene vida, viva tu vida. No cambies tu vida de valores por la vida vacía de un delincuente. Si tú no valoras la vida que te dio Dios, entonces, tú eres un mal hijo del Creador.

La vida es el bien mayor que nos da el Señor, y nos la da para que hagamos con ella cosas buenas, utilizarla para hacer cosas malas, incluyendo la venganza, es desperdiciar la obra más perfecta del Altísimo.

Deja que las cosas transcurran y sigue el camino correcto. Para eso te hizo el Señor.

Perder la vida de manos de un delincuente, cuando nosotros somos quienes los buscamos, es cambiar la vida por basura. Si así sucede, entonces, tu vida no ha tenido razón de ser.

Armando hizo silencio. Miró a su hijo y a la esposa con la ternura de los viejos sabios. Joaquín callaba.

— Tienes una familia que te necesita —continúo hablando Armando—. Esa maldita sabandija no merece destruir a esta familia. No tomes tu vida para destruirla, tómala para construir. Todo lo material que te robaron, ya tú lo has recuperado, y el Señor te lo ha multiplicado; pero si pierdes la vida, nada podrás hacer por la familia.

La vida de un hombre honesto vale más que la de todos los delincuentes. Reacciona, mi hijo, no malgaste tu vida. Ya te han quitado cinco años de tu vida, no permitas que te quiten un minuto más.

El padre de Joaquín hizo silencio. Joaquín hizo un intento por contestar. Su padre le pidió, con una seña de un dedo en los labios, que callara.

— No me conteste —reaccionó, Armando—. Solo quiero que lo medites y después que lo pienses, hablaremos. ¡Buenos días! —se despidió, tocándolo por el hombro y dándole un beso de despedida a la mujer.

La terraza quedó paralizada. Ni la brisa de los árboles quería cruzar por el lugar. Josefina miró a su marido sin decir palabras. Joaquín se levantó y caminó hacia el jardín.

III

La tarde comenzaba a declinar, cuando Joaquín Tavárez se acomodaba la pistola en la cintura. En la sala, el teniente Montero y dos de sus hombres, lo esperaban. Le habían asegurado, que estaba totalmente ubicado el hombre que buscaban. Sintió una alegría íntima, cuando escuchó de labios de Montero, la información. Josefina seguía de cerca cada paso de su esposo. Las palabras del padre de su marido habían caído en el vacío. No podía decir una sola palabra. Su esposo, como una fiera enjaulada, se preparaba para dar el salto deseado. La fiera iba en busca de su presa.

— Vamos, amigos, que hoy si hacemos el trabajito —comentó Montero, subiéndose en el automóvil. Los otros hombres abordaron el vehículo y, como siempre, Joaquín Tavárez, estaba ocupando el asiento delantero derecho.

En poco tiempo llegaron al lugar indicado. Se estacionaron en el lugar indicado. Los hombres tomaron las posiciones estratégicas que se le señalaron. Ya el operativo estaba montado. Una motocicleta de gran tamaño le cruzó por el lado, tratando de identificarlo.

— Ese es uno de los delincuentes, de la banda del hombre que buscamos —señaló Montero—. Creo que el trabajo será muy sangriento. Estos malditos están informados del operativo. Pero, de que lo cogemos hoy, lo cogemos hoy.

La situación comenzó a complicarse, cuando algunos delincuentes comenzaron a hacer rondas, cerca de donde estaban ubicados, Joaquín y los otros hombres.

En la casa de Joaquín, Josefina se lamentaba por la debilidad de dejar salir a su marido al operativo. Caminaba de lado a lado, sin saber qué hacer. El silencio de la casa solo era roto por la voz de un locutor de una emisora local. Hacía cinco horas que Joaquín había salido y no regresaba. Llamó por teléfono al padre de su marido, pero éste no estaba en su casa. Estaba muy nerviosa y no sabía qué hacer. En la radio se escuchó una noticia de última hora:

<<Dos delincuentes y un oficial de la policía habían caído en un intercambio de disparos en uno de los barrios de la zona norte de la ciudad. Los cuerpos de los muertos no han sido identificados>>

— ¡Lo mataron! —gritó la mujer, al escuchar el lugar donde se produjo el combate. No había dudas, Joaquín había encontrado al delincuente y se mataron a tiros. ¡Dios mío, que voy a hacer ahora! Subió hasta su cuarto y buscó a sus dos hijos y comenzó a llorar desesperada. Los infantes, también lloraban, aunque no sabían la razón.

Llamó, de nuevo a la casa del abuelo de sus hijos y nadie levantó el teléfono. Las horas seguían pasando y entonces, decidió llamar a la Policía para ir a identificar el cadáver de su esposo. Se preparó como pudo. Llamó un taxi para que la llevara. Entregó los niños a la trabajadora doméstica y se dispuso a esperar el taxi. El centro de patología forense, donde iba a identificar el cadáver no estaba muy lejos de la casa. El vehículo público se tardaba en llegar. El reloj marcaba las 11:00 de la noche.

— ¡Dios mío, yo sabía que esto iba a ocurrir! —se lamentó, mientras se limpiaba los ojos y las fosas nasales—. Ese hombre no tenía cabeza. No escuchó, ni siquiera a su padre —se lamentó.

El tiempo seguía pasando, cuando sintió que un vehículo se detenía en la puerta de su casa. <<Ese debe ser el taxi>>, pensó para sí. Corrió y abrió la puerta con rapidez, entonces, vio a su marido que se desmontaba de su vehículo. Lo abrazó con fuerza, mientras lo besaba en forma reiterada.

— Perdóname, Josefina, yo iba a desgraciar a mi familia. Papá tiene toda la razón. Mi vida y mi familia valen más que un delincuente —expresó el esposo, ahora con los ojos llenos de lágrimas.

La vida, lo más valioso del hombre, tiene un tiempo finito. Dios nos la da para que la vivamos con la mayor esplendidez. Nunca dejes que otro, ni la propia sociedad, té viva la vida. La vida es sólo tuya, lo único, realmente tuyo.

CAPITULO VII

Pedro Pablo había llegado al hogar de ancianos. Se anunció con el responsable de comunicárselo al monseñor Santiago Alonzo. Esperó en un banco del parque que rodeaban las edificaciones del asilo, al Monseñor de las historias. En pocos minutos, uno de los ayudantes de rector, le informaba que el sacerdote estaba durmiendo. Se dispuso a esperar que Santiago despertara de su sueño. Tenía urgencia en hablar con el sacerdote y no se marcharía sin hacerlo.

<<¿Cómo le informo al Monseñor la decisión que he tomado?>>, se preguntaba. Había decidido aclarar toda su situación con la Iglesia y con su orientador. Una duda le invadía todo su ser. Su decisión estaba tomada, pero no sabía si era lo correcto. Caminaba de un banco a otro, sentándose y parándose. ¿Qué hacer? Creía saber qué hacer, pero ahora cuando se encontraba en el recinto del monseñor Santiago Alonzo, dudaba de la decisión tomada. Sus manos sudaban y sentía que sus piernas no les respondían. Estaba aterrorizado por lo que le hablaría al sacerdote.

Todos los planes que trajo desde España habían sido cambiados. Ya no sería ordenado sacerdote. Su familia no escucharía su primera misa. Las celebraciones que estaban preparando en el seno de la familia no se realizarían. Lo dejaría todo por el amor de Rocío del Carmen. Por primera vez sintió duda de la decisión que había tomado.

Había tomado la decisión, sin ninguna opinión de nadie. Debido a que a Rocío del Carmen no le llegaba la menstruación, tuvo que precipitar la decisión. Tenía el temor de que la muchacha estuviera encinta. Si se confirmaba la situación, se casaría de inmediato y después se lo comunicaría a su familia. Ahora no tenía alternativa; solo un camino estaba señalado para él. No tenía certeza de que Rocío del Carmen estuviera embarazada; pero los síntomas denunciaban la irregularidad. Estaban esperando las pruebas del laboratorio; y esa espera era una agonía insoportable. A nadie le comentó la situación. Tomó la decisión de hablar con el padre Santiago. Solo él, con su sabiduría y su compresión, podía ayudarlo a resolver el problema.

Él no podía desgraciar la vida de la mujer amada. En un caso, podía romper la relación amorosa y explicarle su vocación religiosa, pero en el caso de que estuviera encinta, no podría romper el compromiso que hizo con la muchacha. Abandonar a Rocío del Carmen nunca sería una salida para el seminarista. Su amor cubría toda su razón. El sentimiento que le profesaba a la corista era más fuerte que su contradicción interna.

Desde hacía algunos días no hablaba con Juan Javier. Se le había escondido para no exteriorizar el drama que estaba viviendo. Su compañero conocía de la relación que tenía, pero no conocía la nueva situación.

Caminaba de un lado a otro del pequeño bosque de recreo del asilo. Por su lado pasaban algunos ancianos, en sus caminatas terapéuticas. Cada vez que veía venir a uno creía que era el padre Santiago. Estaba desesperado. Necesitaba confesarse con el sabio sacerdote. La angustia lo arropaba, dejándolo sin salida.

— ¡Hola, Pedro Pablo!

Una voz le saludaba desde su espalda. Se estremeció. Se dio vuelta y contempló al monseñor Santiago Alonzo que llegaba al lugar.

— ¡Buenos días, Monseñor! —saludó mientras tomaba la mano del religioso y la besaba. Sintió alegría y miedo por la presencia del fraile. Sus sentimientos entraban en contradicción. Por una parte, deseaba con todo el alma casarse con Rocío del Carmen, pero, por otro lado, no quería dejar la carrera eclesiástica. La inseguridad lo atormentaba con mayor dureza.

— ¿Tienes mucho tiempo esperándome? —cuestionó, mientras lo invitaba a sentarse en uno de los bancos del parque. El viejo sacerdote escudriñó con su mirada la facha que traía el seminarista. No le parecía el estudiante que había llegado de España. Un poco de desorientación lo invadió.

— No importa, Monseñor, yo sé que usted tiene que descansar. Demasiado trabajo tiene para su edad. Tiene este hogar bajo su responsabilidad, y el obispo le pone otras cargas, de vez en cuando —trató de justificar su tardanza con alguna alabanza.

— No sabía que vendrías hoy al hogar. Perdóname por hacerte esperar tanto tiempo. Quien tenía que venir era Juan Javier, en el día de ayer y no vino. Cuando me dijeron que había un seminarista esperándome, creía que era él. ¿Tú sabes por qué no vino ayer a la cita? —cuestionó intrigado. Su rostro se contrarió al recordar la falta de Juan Javier.

— Monseñor, tengo algunos días que no hablo con Juan Javier. No tengo idea de por qué no vino a conversar con usted. He estado muy ocupado y creo que Juan Javier, también. Las cosas se me han complicado y no he tenido tiempo para hablar con él.

Las palabras de Pedro Pablo delataban que la situación que vivían los jóvenes estudiantes de religión era tan difícil que ya no conformaban una comunidad, sino que eran dos entes aislados, uno al lado del otro. La situación era peor de lo que pensaba. El monseñor se acarició las largas y blancas barbas con sus manos sedosas, en señal de preocupación. Tenía que enfrentar la situación de una vez y por toda. No podía darle de larga a los problemas.

— Pero ustedes viven juntos. Cómo es eso de que hace días que no hablas con él —se extrañó—. Ha tenido algún problema personal con Juan Javier. No estoy entendiendo lo que está ocurriendo.

— Monseñor, cada uno hace su mundo. Cuando yo llego, él se está marchando, y cuando él llega, yo me estoy marchando —dijo esquivando la mirada de la del sacerdote. Sentía sentimiento de culpabilidad.

— Existe algún problema con ustedes. En la noche deben coincidir a alguna hora, en el hogar de ustedes. No puede ser que no se encuentren a una hora del día. ¿Qué está pasando entre ustedes? —preguntó de manera inquisidora.

— Ninguno, Monseñor. Somos muy buenos amigos. Algunas veces pasa esa situación. Juan Javier es una excelente persona, y hemos hecho una buena química de amistad. No hay ningún problema entre nosotros. Cada uno tiene sus problemas individuales, pero no tenemos problemas entre nosotros.

Santiago observó las manos temblorosas del seminarista. Estaba cargado de un problema que no estaba en sus facultades solucionarlo. El rostro joven de Pedro Pablo parecía haber avejentado algunos años, de un día para otro. Sintió compasión por el seminarista. Presentía que estaba llegando el fin de su vida útil de religioso y que debía pedir ser relevado de la responsabilidad de dirigir el hogar de ancianos y sentarse a esperar la muerte. Sintió una tristeza que lo consumía.

— ¿Qué te trae por aquí, hijo? —preguntó, tratando de esclarecer la conversación, mientras lo tocaba por el hombro con afecto. Sintió la rigidez del estrés al que estaba sometido el estudiante. Tenía que aclarar de una vez y por toda que estaba pasando.

Pedro Pablo sintió que la garganta se le secaba. Las palabras que había pensado para expresarle a Santiago su problema, habían desaparecido. Se sacudió y entró en valor. No tenía otra alternativa que decirle toda la verdad al monseñor Alonzo. Su decisión estaba tomada y ya no volvería hacía atrás.

— Monseñor, he decidido abandonar el seminario. Me voy a casar con Rocío del Carmen —expresó con rapidez, tratando de no arrepentirse de las palabras—. No puedo seguir viviendo dos vidas. No puedo engañarme a mis mismo, ni puedo engañarlo a usted. Yo no hubiese querido que fuera así, pero las cosas han sucedido y estoy decido.

Las palabras habían salido sin ninguna interrupción de los labios del seminarista. El monseñor las escuchó. No hizo ningún gesto para hablar. Había ocurrido lo peor. Nunca le había ocurrido una situación como la que estaba sucediendo. Al final de su vida como sacerdote le llegaba el peor fracaso. Su rostro endureció extremadamente. El color blanco papel de su rostro comenzó a ponerse de color rojo. Una convulsión lo atacaba desde su interior.

— ¿Lo has pensado bien, Pedro Pablo? Esa es una decisión muy importante en tu vida. Así como lo fue cuando decidiste tomar la carrera de religión. Pero tú has terminado el pensum del seminario y sólo te resta la ordenación. Estás en los últimos días de seminarista, apenas te faltan algunos meses —lo aconsejó, como el que se está ahogando que busca cualquier cosa donde adherirse. Sólo podía recurrir a provocar alguna reflexión en el seminarista, de último momento. Las palabras de Pedro Pablo eran determinantes. Estaba totalmente decidido a abandonar la escuela religiosa.

— La decisión está tomada, Monseñor. Lo he pensado bien. No tengo las condiciones que se requieren para ser sacerdote. He descubierto que mi destino es vivir la vida de padre de familia. Vengo a comunicárselo porque usted es mi padre en Santo Domingo. Usted es más que un orientador para mí —los grandes ojos del seminarista comenzaron a llenarse de lágrimas y su voz se ahogaba en la garganta. Denunciaba una contradicción.

El monseñor Santiago Alonzo miró las hojas de los árboles balancearse al compás del viento, tratando de superar la impresión que le habían dado las palabras del seminarista. Buscaba en las copas de los árboles las palabras que no tenía. No sabía cómo enfrentar la decisión tomada. Siempre aconsejó a sacerdotes que tenían problemas de sufrimiento por inconducta, pero estaba en presencia de un seminarista que desafiaba su sabiduría y le probaba que no servían para muchas cosas. El método, que en el pasado había dado excelentes resultados, le llegaba la prueba de que no le servía para mucho en su camino apostolado. Al final del camino encontró una pared imposible de superar. Todo los años de esfuerzo para lograr desarrollar una metodología que posibilitara que los hombres lograran tener un encuentro con el Señor, en este momento, el seminarista le probaba que no era efectivo. Buscó la luz que se colaba por las hojas de los árboles, tratando de encontrar el rostro de Dios. <<Señor, porqué me has abandonado>>, y una lágrima rodó por la vieja superficie del rostro del sacerdote.

— Yo te agradezco que me lo vinieras a decir. No puedo aconsejarte. Sólo tú sabes lo que está pasando en tu vida. Eres adulto y eres responsable de tus actos. Si Dios te ha señalado otro camino; Él sabrá por qué lo ha hace. No tengas temor en tomar la decisión. Sólo debes saber que las decisiones deben tomarse cuando tenemos los pensamientos saneados. Todo lo que podía hacer, lo he hecho. Sólo Dios puede decirte el camino, cuando te pongas en oración. Quiero que sepas que, si abandonas el seminario o lo continua, siempre estaré aquí para cooperar contigo. Si el Señor quiere que tú tomes otro camino, lo aceptaré. No tenga miedo, pon tu vida en oración por algunos días y después sal a caminar el camino que te ha señalado el Padre.

— ¿Qué es un de pensamiento saneado? —preguntó el seminarista, con evidente interés.

— Las decisiones que implican los sentimientos son las más difíciles de tomar y sólo deben tomarse cuando se está convencido de que ese es el camino correcto.

Cuando dos personas se separan para divorciarse, no deben hacerlo el primer año. El resentimiento acumulado por los conflictos de la pareja no lo dejan ver la realidad de las cosas. Deben dejar que pase el tiempo y, cuando tú puedas tener la claridad de saber que la persona de la que te vas a divorciar es una buena persona, pero que no es compatible contigo, entonces ese es el momento del divorcio. Esto te lo digo, en el matrimonio civil que, en el matrimonio de la Iglesia, el divorcio, como tal, no es posible. Tú sabes que en la Iglesia el divorcio no existe. Cuando la Iglesia disuelve una unión es porque se ha comprobado que el matrimonio nunca existió.

Eso mismo te digo a ti. Tienes que dejar que el amor de Rocío del Carmen madure. Si pasa algún tiempo y permanece es porque ese es tu destino. El amor carnal es, en los jóvenes, violento y abrasador; pero no siempre dura mucho. Estás en la edad de la pasión, no en la edad del amor. Las esposas no se eligen por el amor carnal. Las esposas se eligen por la opinión que tú tengas de sus atributos como ser humano. El acto sexual es un acto que, en mucha de sus partes, es animal. El sexo es un don para la reproducción. Todos los animales deben reproducirse, pero sólo es dado al hombre el placer del sexo y la inteligencia para manejarlo.

Para casarse, como para divorciarse, las personas deben tomarse el tiempo requerido. Esa decisión debe hacerse con racionalidad. Las dos decisiones son muy importantes, porque gravitarán en toda la vida de los ejecutantes.

Si un hombre elige a una mujer que no ama carnalmente, pero sabe que tiene valores superiores y que es un gran ser humano, estoy seguro de que, con el tiempo, la amará inmensamente. Sólo se ama a quien cultiva los valores que nos hacen sentir que crecemos como seres humanos.

Nadie se divorcia de una mujer que ha elegido por los valores que representa. Los hombres se divorcian de las mujeres que han amado en el sexo. El sexo es un acto que tiene un valor instantáneo, no perenne.

No sé qué tiempo te ha tomado para decidir el tramo más importante de tu vida; pero creo que un poco más de tiempo no te hace daño. Tómate un tiempo adicional para que las cosas pasen. Deja que transcurran con la velocidad de ellas, entonces, después, levanta el ancla y surca el horizonte que te señala la vida.

Pedro Pablo escuchaba con atención las palabras del padre Santiago. Entendía que era tiempo de dejar pasar un poco el tiempo. Debía esperar los resultados del laboratorio para conocer la realidad de las cosas. Pero, ¿cómo renunciar al amor de Rocío del Carmen? Esperar más tiempo, era prolongar su sufrimiento. No podía continuar con la agonía que llevaba en su vida.

— Estas en el peor momento para tomar una decisión tan importante. Estás afectado por un instinto y por un sentimiento natural en los jóvenes. Ese instinto y ese sentimiento ciegan a los seres humanos. Cuando esa decisión es solamente un casamiento que puede funcionar o no, entonces, el mal es un mal menor. Puedes rehacer tu vida con otra persona en poco tiempo. Pero tú estás decidiendo, no solamente un matrimonio, sino el camino de tu vida. Estas renunciando a lo que eventualmente es tu vocación. Es una decisión muy importante para ti y para tu familia, por lo que no debes precipitarte. Date más tiempo y después, ven a verme, que te ayudaré a tomar tu decisión final. No tenga miedo a la vida y a los problemas que ella te trae. Busca reflexionar y ponerte en contacto con el Altísimo que Él te indicará el camino que debes seguir.

— Monseñor, ¿qué tiempo es el recomendable? —preguntó con ingenuidad, cargado de dudas.

— Eso depende de la madurez de los sentimientos. Si maduran con rapidez, entonces será en poco tiempo, pero si no maduran y permanecen pasionales, entonces debes esperar. Nunca tomes esa decisión, tan importante, sin escuchar la opinión de una persona capacitada y al margen de tu problema. No importa la opinión; finalmente, la tuya es la única que vale; pero escúchalo —recomendó en tono paternal.

— Monseñor, estoy viviendo momentos muy difíciles y quiero sus consejos. Permítame venir más seguido por el hogar. Sólo usted me puede aconsejar. Confío mucho en usted, Monseñor —habló en un tono acongojado. Dos gruesas lágrimas rodaron por su juvenil rostro.

— Puedes venir cada vez que así lo quieras, hijo mío. Estoy aquí para servirte. Sólo quiero que la relación que tienes con Rocío del Carmen la mantengas en la más absoluta discreción. No quiero que eso le traiga problemas al párroco. El padre Antonio es muy buen sacerdote.

Sabes, como yo, que un escándalo afecta el desarrollo de la parroquia y afecta la vida de todos los feligreses. La propia Iglesia sufre mucho cuando uno de sus miembros genera esta situación. No permitas que se produzca un escándalo. Guarda el secreto lo más absoluto posible. El padre Antonio ha sido muy bueno, al recibirte en su parroquia, y no debemos pagarle con un escándalo que lo saque de su predio religioso. Los sacerdotes hacemos de nuestro territorio parroquial el espacio vital de vida. Cuando nos trasladan nos quitan una parte de la vida. Ayúdame con eso. Te repito, guarda la mayor discreción —le imploró el monseñor Alonzo.

El anciano sacerdote se levantó. Hundió su mano derecha en el bolsillo de la sotana y sacó un sobre, donde tenía el nombre de Pedro Pablo. Extendió su mano y se lo entregó al seminarista y se despidió: era la historia que correspondía al momento que vivía.

HISTORIA NO. 18

BUSCANDO LA FELICIDAD

El hombre golpeó, brutalmente, el tope de la mesa del escritorio que tenía en su pequeña oficina, ubicada en una pequeña habitación de la casa. Guillermo Mejía sentía impotencia contra la maldición que le caía implacablemente sobre su familia. Había trabajado muy duro para poder dotar a su familia de los recursos que les permitieran vivir en felicidad. El mes anterior había cumplido 60 años y ahora, un contingente policial estaba frente a su casa listo para desalojarlo. Un hombre viejo y sin casa es una verdadera desgracia.

Miró a su mujer, Elvira, aún convaleciente, producto de una cirugía mayor que le practicaron para extirparle un tumor canceroso. Para obtener el dinero recurrió a un préstamo hipotecario. No tenía otra alternativa que poner en garantía su casa; todo lo otro se había gastado en el proceso de la enfermedad. La salud de su querida esposa estaba en el primer lugar de sus necesidades. No pudo solventar el préstamo en el tiempo previsto por el banco. Su casa, ya no era su casa, era la casa de un banco que le prestó el dinero para buscar la salud de su mujer.

Su rostro enrojecido por la ira de la impotencia parecía un tomate maduro. Su mujer lo contemplaba casi atónita. Los esposos, que no habían tenido hijos, ahora estaban como el primer día de casado. Tenían que iniciar, de nuevo, su proyecto de vida.

— ¿Quién es el señor Guillermo Mejía? —preguntó un oficial de policía, en compañía de un abogado de la fiscalía de la ciudad.

— Soy yo —contestó, mientras bajaba las escaleras que daba hasta la puerta peatonal de la verja de la residencia ubicada en el excluido sector residencial de la ciudad. Eran las 3:00 de la tarde y el cielo se tornaba gris. Las inmensas nubes presagiaban torrenciales aguaceros en el transcurso de la tarde.

— Vinimos a ejecutar un embargo de esta casa. Un juez dio la orden de desalojo. Usted tiene que salir de inmediato de la casa. Busque un camión para que pueda sacar sus pertenencias de esta casa, que ya no es suya — explicó el ayudante fiscal actuante. El oficial de policía permanecía junto a su contingente en la espera de la orden de desalojo. Si Guillermo presentaba oposición a ejecutar la orden; los policías estaban preparados para tirar todos los muebles de la casa para la calle.

Guillermo conocía la brutalidad policial. Aun cuando la ira de impotencia lo mandaba a salir y golpear a cada uno de los intrusos que lo desalojaban de su casa; sabía que no debía hacerlo, eso sería provocarle un infarto a su mujer y seguro de que la llevaría a la tumba.

— Ya tenemos todo recogido y sólo falta que lleguen los camiones que nos transportarán la mudanza para la casa que alquilamos —explicó el jefe de la familia—. Sólo tienen que esperar una media hora, que ya me informaron que vienen de camino.

El cielo se ensombrecía. La lluvia comenzó a caer en pequeñitas gotas. Los agentes policiales se guarecieron en la marquesina de la vivienda. La lluvia caía torrencialmente y parecía que no iba a escampar en toda la noche; la naturaleza destruirle todo lo que le había dado. Al cabo de un rato llegaron dos camiones que cargaron con todos los muebles de Guillermo y Elvira. Entregaron la casa. Guillermo miró por última vez, lo que fue su morada. Doña Elvira comenzó a llorar desconsoladamente. Montado en uno de los camiones, los esposos emprendieron su marcha hacia lo desconocido y la probable desgracia de sus vidas. La enfermedad de Elvira se había consumido el automóvil de ella y el de él y el propio negocio que levantaron durante toda su vida.

Guillermo recordó, tres años atrás, antes de que le diagnosticaran cáncer a su esposa, como su vida era de plena felicidad. Una magnífica esposa y un negocio saneado. Ahorros suficientes para dar uno o dos viajes de vacaciones por lo mejores hoteles de la isla. La pareja trabajaba en la pastoral empresarial de la parroquia católica del sector. El tiempo que no tuvo que emplear para cuidar hijos, lo dedicaron al servicio de la palabra de Dios. Ahora se preguntaba, ¿en qué había fallado?, para merecer este castigo divino. La pegunta se quedaba sin respuesta. En la mente humana no se alcanzaba a entender el drama.

En la pequeña casa que había alquilado todo era un desorden. No había cómo arreglar las cosas. Todo tenía que esperar para el día siguiente. Buscó a tientas una lámpara de gas y la encendió. La vivienda aún no le instalaron energía eléctrica. No había otra alternativa, para pasar la noche, que dormir sobre un colchón tirado en el piso. Toda la naturaleza se había puesto a una para ofenderlo inmisericordemente. Desde la penumbra, Elvira miró a su marido. Sus ojos, llenos de lágrimas, brillaban con más luz. Caminó hacia el lugar donde estaba el marido y, abrazándolo, expresó:

— Toda la desgracia ha sido por mi culpa —se lamentó—. ¿Por qué Dios no me llevó, antes de arruinar tu vida? Esta enfermedad es más dura que la muerte misma. Si me hubiese muerto, tú no estuvieras pasando por esta calamidad —la mujer seguía hablando, dificultosamente, por el llanto, abrazada al marido—. ¡Déjame morir! Tú has hecho más de lo posible y no te puedo pedir que arruines tu vida. No debemos dañar las dos vidas; una de las dos debe salvarse. Si me muero, tú podrás llevar la vida sin este martirio. Estamos en la calle y ya no nos queda dinero para comprar mis medicamentos y llevar el tratamiento que nos impuso el médico.

— ¡No digas eso nunca! —protestó el marido, levantando la voz con autoridad—. Tú verás que muy pronto se resolverá todo y podremos volver a vivir como lo hacíamos antes. No pierdas la fe. Tú estás casi sana y volverás a trabajar y lograremos más cosas que la que teníamos —mintió Guillermo. Sabía que la enfermedad de su mujer no tenía posibilidad de ser curada.

— No, Guillermo, no te engañes; esta enfermedad me está matando lentamente la vida y a ti te está matando el futuro. Mi vida ya no vale nada. Esta vida no tiene sentido. Tú no puedes vivir para trabajar para comprar medicina que no me sanarán. Eso es un absurdo. No puedes matar tu vida para alargar algunos meses la mía.

Elvira hizo silencio. Guillermo se quedó sin palabras. Sintió miedo por la determinación de su mujer. Parecía que Elvira tenía planeado algo inadecuado. Sabía que las palabras de su mujer estaban cargadas de verdad; pero no podía aceptar esa situación. Lo mejor sería dejar dormir a la mujer para que el siguiente día despertara con otra actitud ante la vida.

Después de arreglar algunas cosas, después que amaneció, Elvira y Guillermo, se sentaron a tomar el desayuno. La mañana había despertado muy temprano y la luz invadía todo el horizonte. La ciudad tomó su estado agónico y su desesperada carrera por llegar a ningún lado.

— Después que resolvamos algunas cosas en el día quiero que vayamos a visitar al Padre Marcial, de la Iglesia del Santo Cerro —expresó Guillermo, mientras se tomaba pequeños tragos de café. En estos momentos, ese viejo sacerdote nos puede ayudar con un buen consejo.

Guillermo sabía que Elvira, con un diagnóstico de cáncer y con una aptitud derrotista que la llevaría, en poco tiempo, a la tumba.

— Si tú quieres, podemos ir en la tarde. El Padre está retirado y sólo recibe a sus amigos. Creo que podemos ir a visitarlo y conversar con él.

— Iremos en la tarde —confirmó el hombre, mientras se disponía a resolver algunos problemas de la casa.

El reloj marcaba las 5:00 de la tarde, cuando Elvira y Guillermo penetraban al recinto de retiro del Padre Marcial en el Santo Cerro, ubicado en las afuera de la ciudad. El sacerdote los esperaba en una pequeña sala de recibo. Después del saludo, el Padre Marcial le pidió a uno de sus ayudantes que se retirara y que lo dejaran sólo con la pareja de esposos. Guillermo le explicó la situación que estaban sufriendo. La mujer se derramó en lágrimas.

— Mis queridos hermanos, la vida es de la forma que la dispone el Señor; no como queremos disponerla nosotros —comentó el sacerdote, mientras se acomodaba en una mecedora—. Las personas sólo le dan gracias a Dios cuando reciben un bien. Eso no es justo. Cuando ustedes iniciaron su matrimonio no tenían nada y eran muy felices; bien que lo recuerdo. Entonces les llegó dinero y la felicidad, que antes no tenía que ver con dinero, ahora era vital para la felicidad. Ése es un drama que viven todos los que nacen en la pobreza y llegan a obtener mucho dinero. El dinero es el eje de sus vidas y él define su felicidad. Un hombre es santo, cuando es feliz. Un hombre es santo cuando nada de lo material es lo que define su razón de vida.

— Pero, Padre, nosotros hemos sido siempre servidores del Señor. Vamos a misa todos los domingos y comulgamos. Dios siempre ha estado presente en nuestras vidas —comentó Guillermo, un poco molesto con el discurso del sacerdote.

— Ir a la Iglesia no te hace salvo. Lo que te hace salvo es vivir la gracia de Dios. Se vive en la gracia de Dios, cuando actúa frente a la vida y a tu prójimo sin apego a las cosas materiales.

— Entonces, ¿Dios no quiere que nosotros tengamos riqueza y dinero? —ripostó Guillermo, tratando de acomodarse en el asiento que ocupaba. Estaba molesto. La visita era una pérdida de tiempo y no ayudaría en nada a mejorar su situación.

— Estás muy equivocado, Dios desea que los hombres y las mujeres vivan bien; que tengan dinero suficiente para realizar sus vidas. Lo que el Señor reprueba es cuando el hombre deja de vivir para Él y vive para el bien que tiene; eso es lo malo. Nunca será malo tener dinero. Nunca será bueno vivir para el dinero. La felicidad no puede estar ligada a las cosas materiales, porque estas cosas vienen y se van con mucha facilidad. Pero tu vida siempre está ahí, y, por lo tanto, debe vivirla para gracia de Dios. Lo peor que le puede pasar a una persona es perder la vida y Dios le da el premio de la vida eterna, entonces, por qué amargarse la vida. ¿Porque destruirse la vida por las cosas que no tienen y olvidar las cosas que tienen?

— Parece muy fácil —interrumpió el hombre.

— No es fácil ni es difícil. Es la verdad absoluta que el hombre no quiere vivir. A ustedes se les ha destruido la vida, porque se terminó, por ahora, las cosas materiales que tenían. Eso quiere decir, que las cosas que ustedes poseían eran de mayor valor que sus propias vidas.

Elvira tomó la mano de Guillermo y la apretó con ternura. Sus lágrimas habían cesado.

— ¿Cuál es el valor de la vida? —se preguntó el sacerdote, continuando la conversación—. Si el valor de la vida del hombre es un puñado de materia, entonces, la obra mayor de Dios es una obra muy inferior a las otras creaciones del Señor. Si la felicidad de una persona depende de la cantidad de dinero que tenga, entonces nunca tendrá la felicidad. El dinero es lo único en la vida que el hombre que lo ama, nunca está conforme con la cantidad que tiene. Tú has amado a Elvira y estás conforme con ella. Elvira te ama y está conforme contigo. Pero falta dinero para poder estar conforme con la vida. Si no existe el dinero, no tendrán felicidad.

El anciano sacerdote hizo un breve silencio, después continuó.

— Si Dios te dijera que te dará todo el dinero que ya no tienes, y a cambio de eso, hace que tú nunca conozcas a Elvira, te pregunto: ¿Estás de acuerdo con la propuesta? Estoy seguro de que no lo aceptas. Elvira debe ser más importante que todo lo material que te rodea. Sólo Dios puede quitarla de tu lado. Él que te la dio, Él te la puede quitar. El hombre que ama el barro, jamás entenderá el amor.

Las largas y blancas manos del viejo sacerdote acariciaron el crucifijo de metal que colgaba en su pecho. Sonrió levemente, mientras sus ojos azules contemplaban la desesperación de los esposos. Durante muchos años, desde que llegó de España, fue el consejero de la pareja, pero hoy, sentía que estaba frente a dos desconocidos.

— Padre, nosotros estamos muy viejos y ya no tenemos fuerzas para levantar un negocio. Cualquier negocio dura veinte años para desarrollarlo —comentó Elvira—. Estos son tiempos muy malos. Los negocios no dejan mucho.

El sacerdote, de nacionalidad española, tomó la Biblia que descansaba en una pequeña mesa y la acarició tiernamente, con sus largos y venosos dedos. Su cabello blanco se alborotó con una brisa que entró por el ventanal. Se arregló el pelo, con cierto cuidado.

— Ésta es la Palabra sagrada —comentó, señalando el libro que tenía entre sus manos—. El hombre ha querido vivir al margen de la palabra del Creador, y cada vez que violenta los principios de vida que nos legó el Señor, llega hasta el desastre. Aunque es bueno señalar que muchos, aun sacerdotes, no interpretan bien la palabra de vida de la Biblia. La Biblia es un libro para la vida y sólo es aplicable a organizar y ordenar a lo más precioso que tiene Dios sobre la tierra, que es el hombre. Ustedes conocen La Palabra y saben que es la orientación divina para la vida.

Los libros de vida son libros para mejorar la vida. Los libros de comercio son para mejorar el comercio. Nunca puedes confundir un libro de vida con un libro de comercio, porque entonces, no sabrás cuándo eres un ser humano o una mercancía.

El tiempo de vida, que puede ser un minuto o cien años, son iguales para Dios. La vida no tiene tiempo para el Señor, porque Él las hace para la eternidad, aun cuando sólo estén segundos en la tierra.

No permitas que los libros que orientan el comercio, orienten tu vida. Sólo los libros de vida deben orientar la vida.

El sacerdote se levantó de la mecedora, se persignó, bendijo la pareja e hizo una silenciosa oración por los esposos. Guillermo sabía que había llegado la hora de terminar la reunión. Los esposos besaron la mano del anciano sacerdote, ahora dedicado a la meditación final.

Durante el viaje de regreso a la casa, el silencio reinó entre Guillermo y Elvira. Cada uno venía cargado con pensamiento propio. Ninguno de los dos se atrevía a preguntar sobre la reunión con el religioso. Guillermo quería que su esposa meditara las palabras dichas por el confesor, para así bloquear cualquier mal pensamiento. Pero sabía que más allá de las palabras estaba una realidad terrible: su esposa tenía un cáncer terminal. No podía olvidar que la enfermedad carcomía la vida de su mujer.

I

El tiempo pasó y Elvira cumplía con su régimen de quimioterapia. Los estudios exploratorios de seguimiento de la enfermedad no ofrecían resultados halagüeños.

Su cabeza, ahora cubierta por una peluca, dejando en el recuerdo su frondosa cabellera negra, que se desprendió del cuero cabelludo por paquete, dejándola calva totalmente. La reacción de su cuerpo era desconcertante; los mareos, la fiebre constante y los malestares que le provocaban vómitos no desaparecían de su cuerpo. Aun cuando Guillermo se había recuperado económicamente, la salud de la mujer entraba en crisis mayor y destruía la felicidad de la pareja.

Esa mañana Elvira tenía la cita con el médico que dirigía el tratamiento. Llegó la fecha de conocer los resultados del último tratamiento posible de la enfermedad. El galeno le informaría sobre los resultados de los análisis realizados. Cada día, los mareos eran más pronunciados. Antes de salir de la casa, dejó todo arreglado, cuando llegue Guillermo encontrará su casa como siempre la había encontrado durante su matrimonio. Se despedía del hogar. Sabía que la evaluación exploratoria reflejaría una metástasis en la enfermedad. No haría sufrir más tiempo a su querido esposo. La decisión estaba tomada. Se contempló, por última vez, al espejo; ya no era ni la sombra de la mujer que había sido. Observó, en detalles, cada rincón de la casa. Ella era un problema en ese hogar. El reloj marcaba las 10:00 de la mañana, cuando salió de la casa. Cerró los ojos, y dos pequeñas lágrimas brotaron y salieron a recorrer su marchito rostro.

El consultorio médico estaba despejado. Apenas, algunos pacientes esperaban por resultados de laboratorio. Al entrar al recinto de salud, sintió un escalofrío que le cubrió todo el cuerpo. Escuchó la voz de la secretaria que le informaba:

— El doctor la está esperando, doña Elvira. ¿No vino su esposo con usted?

La pregunta presagiaba lo peor. Ya nada podía hacer. Entró al consultorio del médico sin contestar la pregunta a la empleada.

II

Guillermo penetró a la casa. Era la hora del almuerzo. Las agujas del reloj marcaban las 2:00 horas de la tarde. Subió, rápidamente, hasta la habitación matrimonial. Estaba vacía. Un mal presentimiento se anidó en su pensamiento. Bajó y preguntó a la cocinera si sabía dónde estaba su mujer. La respuesta era terrible: nadie sabía adonde se había ido. <<La señora había salido desde la mañana y no había regresado ni había llamado por teléfono>>, contestó la trabajadora doméstica. La angustia crecía con las horas que transcurrían. Sintió que ya lo peor había ocurrido. Llamó al consultorio del médico y le informaron que ella había salido del local en la mañana. Un temblor se anidó en sus manos. Había vivido toda la vida con Elvira, y no se imaginaba la vida, ella renunciando a él; porque quitarse la vida era abandonar el hogar; si fuera por Dios, lo entendería.

El reloj anunciaba las 6:00, hora de la tarde, cuando Guillermo se disponía a salir a presentar la denuncia de la desaparición de su esposa. Toda esperanza se esfumó de encontrarla viva. Había llamado a las emergencias de los hospitales públicos y a los diferentes destacamentos policiales; nadie sabía nada. Sólo restaba poner la denuncia para ver si encontraban el cuerpo.

Se arreglaba la corbata, cuando sintió que alguien subía por las escaleras en dirección de su habitación. Pensó en la cocinera que había recibido la última llamada telefónica. Miró la puerta cerrada y esperó el llamado de los golpes sobre la madera. Nadie golpeó la puerta. Se giró para mirarse, por última vez, el nudo de la corbata. Su dolor y su angustia, en la soledad hicieron que no escuchara una voz que lo llamaba.

— ¡Guillermo!

No escuchó el llamado.

— ¡Guillermo!

Entonces, reaccionó y al girarse observó, en medio de la puerta abierta, a su mujer con los brazos abiertos, esperándolo. Guillermo abrazó con amor a su mujer.

— ¿Dónde has estado todo este tiempo? —interrogó, sin dejar de abrazarla.

— Fui al médico para conocer los resultados de la biopsia, después del tratamiento. ¡Ya no tengo cáncer! —gritó, de alegría, la mujer—. El doctor dice que estoy libre de células cancerígenas, y fue a la Iglesia a darle gracias a Dios. ¡Estoy sana! —exclamó, llena de felicidad, la esposa.

Los esposos permanecieron un largo rato abrazados. Habían pasado la prueba de la felicidad.

La felicidad es una consecuencia de la vida; nunca de la cantidad de cosas materiales que tengamos.

CUARTA PARTE

CAPITULO I

El reloj de pared marcaba las 10:00 de la noche, cuando Pedro Pablo entraba al hogar que compartía con Juan Javier. Las luces del apartamento estaban encendidas. Al entrar vio en el comedor, con una Biblia en las manos a su compañero, Juan Javier. Quiso seguir hacia su habitación sin hacerse notar. El sonido de la puerta delató su llegada. Estaba concentrado en sus pensamientos y no deseaba charlar en ese momento.

— ¡Hola, Pedro Pablo! —saludó el seminarista—. Te estoy esperando. Necesito hablar contigo —las palabras de su compañero lo detuvieron.

— ¿Cómo estás, Juan Javier? Hablamos mañana, es muy tarde, ya son las 10:00 de la noche y tengo sueño —contestó Pedro Pablo, mientras hacía los movimientos para llegar hasta su dormitorio.

— Espera, espera. Por la mañana no podré. Tengo que salir muy temprano y sé que no te veré. No es tan largo lo que quiero hablarte. Ven, siéntate aquí en el comedor —invitó, al momento de cerrar la Biblia que leía y colocarla en la mesa del comedor. Miró a su compañero con una mirada que imploraba compañía.

Pedro Pablo se sentó al frente de su compañero seminarista. El rostro de Juan Javier denunciaba una preocupación. Sobre la mesa una cafetera contenía café caliente. Los dos jóvenes se sirvieron en dos pequeños pocillos. En principio se hizo un silencio extraño entre los dos seminaristas, mientras se tomaban los sorbos de café.

— Está llegando la hora de partir de Santo Domingo —dijo Juan Javier—, y me parece que no hemos, o al menos yo, no he hecho a lo que he venido. Desde la conversación que sostuvimos en el Santo Cerro he estado pensando en la situación de nosotros. Yo he tenido muchos problemas con el padre Juan Rodríguez, de la parroquia de Nuestra Señora de la Divina Providencia. Por más esfuerzo que hago no logro entenderme con él. Estoy seriamente pensando abandonar el seminario. Porque si yo no me puedo entender con un sacerdote, mucho menos serviré para sacerdote. El mundo en la Iglesia es muy complicado. No lo entiendo. Creo que no nací para ser cura —dijo con total convicción de lo que había decidido.

Pedro Pablo lo miró con extrañeza. Sintió una sensación no conocida. No rechazaba el planteamiento de su amigo, ni lo aprobaba. La confesión lo dejaba turbado. Su amigo estaba tomando la misma decisión que él, aunque por razones distintas. Se sintió un poco en paz. No era él solo que tenía problemas.

— Realmente, no sé qué decirte. Yo mismo, aunque no te lo había dicho, voy a dejar el seminario. Solo estoy esperando una noticia. Ya he tomado la decisión de casarme con Rocío del Carmen y formar un hogar con ella. Me la llevaré a España y comenzaré una mueva vida.

Juan Javier sabía de los problemas que tenía su amigo. Sabía que tarde o temprano iba a tomar la decisión. Era cuestión de tiempo. Pedro Pablo había ido demasiado lejos en la relación con Rocío del Carmen y era muy previsible que ese fuera el final.

— Ya veo que no puedo pedirte consejo —comentó Pedro Pablo—. Estamos en la misma situación y tenemos que tomar la misma decisión. Creo que lo mejor que hago es dejar el ministerio de la Iglesia. Yo no me siento sacerdote cuando estoy en una fiesta. En el propio templo, me da miedo el lugar del celebrante. Dejarlo todo por el servicio religioso, me parece demasiado. Además, estoy enamorado de Rocío del Carmen y quiero casarme con ella. Ya he hablado con el Monseñor. No ha puesto ninguna objeción; sólo me ha pedido que me tome un poco de tiempo antes de dar el paso definitivo —comentó muy tranquilo.

— ¡Ya lo hablaste con el Monseñor! —exclamó alarmado Juan Javier, en el momento que se tomaba un gran sorbo de café.

— Sí. Él lo sabe. No tenía con quién hablar y fui al hogar de ancianos. El Monseñor Santiago es muy comprensivo. No tuvo ninguna reprimenda por mi actitud. Realmente, es un verdadero sacerdote. Yo no creo que yo sea así, nunca. Es un ser especial. Y fíjate, que le dije que la decisión está tomada, pero que sólo estaba esperando los resultados de un laboratorio para saber si Rocío del Carmen estaba embarazada. Ya mandamos a realizar la prueba de embarazo —confesó.

— ¡Embarazada! —exclamó alterado Juan Javier. El café que tenía en la mano se derramó en la mesa—. Tú no me habías dicho que estuvieran esperando un hijo —reprobó Juan Javier abriendo los ojos totalmente.

— No nos estamos viendo muy a menudo en el apartamento. Y eso sucedió en estos días. Quería decírtelo, pero no había tenido oportunidad para hacerlo.

— ¿Cuándo te dan los resultados del laboratorio? —preguntó casi en estado de pánico.

— Los darán en dos días. No estamos seguros de que esté embarazada, lo que sucede es que no le llega la menstruación, desde hace una semana, cuando le llegó su fecha —explicó. Pedro Pablo no se alteró. Permanecía con una calma superficial, digna de un gran actor. Por dentro se debatía en contradicciones.

— Bueno, conociendo esa situación, tú no tienes alternativa que no sea abandonar el seminario. Ahora tienes un problema de fuerza mayor. Creo que no tiene otro camino que renunciar al camino de la religión.

— Mi problema es cómo voy a tratar esa situación con mi familia. Mi madre quiere venir a verme en la semana que viene. Para ella sería una verdadera desgracia que se encuentre con esta noticia. Le he dicho que no puede venir, porque estamos muy ocupados en la misión, pero ella ha insistido. No sé qué hacer —expresó con una angustia reflejada en la mirada.

— Lo que más me duele es la situación del Monseñor —dijo Juan Javier entristeciéndose—. Todo el esfuerzo que ha hecho, y va a terminar en un verdadero fracaso para él. La misión que le impuso la Iglesia no la cumplió. Toda su sabiduría no pudo conducirnos por el camino religioso. Mis dudas de abandonar el seminario son muchas. Las historias del Monseñor me han enseñado el camino que debo seguir. Son verdaderas fuentes de sabiduría. El Monseñor nunca había fracasado con los seminaristas que les han enviado en el pasado. Nosotros somos, posiblemente, los últimos seminaristas que él trabaje, antes de morir —se lamentó, ahogando las palabras en un llanto imprudente.

— Es una gran pena; pero los caminos del Señor son así y nadie los puede cambiar. Le ha tocado ver el éxito de su método y le ha tocado ver el fracaso. Todo ha de verse en la vida. Yo no puedo hacer nada. Si decidiera no casarme con Rocío del Carmen, el escándalo sería mayor, y la Iglesia me expulsaría de todas maneras. El daño que le haríamos al Monseñor sería mayor. Nuestros problemas no son causados por los consejos. Nuestros problemas son los problemas de la vida. La vida viene con su paquete de gracias y desgracias. Eso es todo —comentó Pedro Pablo, mientras se servía otra ración de café.

— Entonces, ¿cuáles son tus planes? —cuestionó el seminarista, intrigado—. ¿Qué vas a hacer, definitivamente? No te puedes quedar en el limbo.

— Me casaré y me iré a España. Buscaré trabajo y estudiaré una carrera liberal. Reiniciaré mi vida de forma normal. Tendré problemas con mi familia y, ya los tengo con la familia de Rocío, pero no se puede hacer otra cosa. La situación es muy difícil. Me siento angustiado, pero saldré adelante con el amor de Rocío del Carmen.

— ¿Qué piensas hacer, si abandonas el seminario? —ripostó, preguntando el contertuliano. Pedro Pablo sabía que Juan Javier no estaba muy lejos de su misma situación.

— Creo que me voy para España y después que arregle las cosas, regresaré a buscar a María José y nos casaremos. Esa es la vida en la que me siento bien. No dejaré que mi familia manipule más mi vida. La vida religiosa no es para mí. Quiero la libertad de volar todo el cielo azul del mundo. Aunque, en estos momentos estoy madurando la idea de la decisión.

— Entonces, ¿no estás totalmente convencido de lo que vas a hacer? —cuestionó Pedro Pablo, dudando de las palabras de su compañero.

— No sé a ti; pero a mí, las dudas me asaltan con fiereza. Por momento estoy absolutamente convencido y en otro momento no estoy convencido. Ésa es la realidad. Es una decisión muy difícil para mí. Toda mi vida la he pasado en un recinto religioso. Mi familia es muy religiosa, y yo he cultivado una profunda fe. Todos esos elementos me hacen difícil la situación —su voz se apagaba en la última frase.

— Es un momento difícil —comentó Pedro Pablo—. En la vida hay que tomar decisiones y nos corresponde ahora tomar las decisiones mayores de nuestra existencia. Hemos seguido la vida como nos la han indicado, ahora debemos seguir el camino que decidimos nosotros. Esa es la vida. No podemos tener una vida para que otros tomen las decisiones de nosotros. Ha llegado el momento de tomar, nosotros, las riendas de nuestras vidas. El destino nos pertenece y somos nosotros quienes tenemos que buscarlo.

Los dos jóvenes seminaristas, llenos de dudas, guardaron silencio. El tiempo seguía pasando y las horas de la media noche se aproximaban. La decisión principal de la vida es el camino que debemos seguir. ¿Cuál camino es el indicado? Ésa es la gran incógnita de la existencia. Dios nos provee el libre albedrío para que tengamos nuestras propias decisiones. Muchas personas creen que este mérito que Dios nos ofrece es para nosotros hacer lo que nos indique nuestra percepción, y no es así. Dios nos da el libre albedrío para que podamos ir a beber en la sabiduría de los que han vivido mucho, para que nos informen de la situación del camino. Después de tener todas las informaciones requeridas, entonces el libre albedrío nos permite tomar las decisiones. Las circunstancias de la vida hacen que, por algún accidente, tomemos decisiones que afectan toda la vida. Los accidentes son vivencias pasajeras y deben producir decisiones pasajeras. No puede enclaustrar el camino de tu vida, por una acción pasajera. Las decisiones que enmarca tu vida para siempre deberán ser tomada a partir del conocimiento mayor que pueda tener de las cosas.

El hombre ha sido dotado de ancianidad para que preserve la enseñanza y la pueda transmitir. Si no recurrimos a la enseñanza de los que más saben, entonces estamos despreciando un bien divino. Nunca se deben tomar las decisiones sin las informaciones requeridas. Si un empresario, para iniciar una empresa, requiere de estudios especiales, entonces, mucho más lo requiere el hombre cuando va a decidir su destino.

Dejar al azar del destino la conducción de la vida del hombre es un error que, en muchos casos, tiene resultados fatales. Toma la vida como el mayor bien de Dios y úsala con las herramientas que Él te provee para su bien.

— Sólo nos restan tres semanas en Santo Domingo —expresó Pedro Pablo—. Tenemos que planificar lo que vamos a hacer. Tenemos que proceder con presteza. No tenemos tiempo que perder. Ha llegado el momento y debemos responder como hombre adultos.

— Tengo que hablar con el Monseñor para darle la noticia —opinó Juan Javier—. Debo arreglar todo en esta semana, para después tener algún tiempo para otras cosas. No puedo esperar más tiempo. Tengo que hacerlo todo esta semana —sentenció.

Los dos jóvenes se levantaron de los asientos y se encaminaron hasta sus habitaciones. El hogar se volvió a llenar de silencio. La oscuridad de la noche no había desaparecido de las vidas de los seminaristas. Sus dudas, era una noche muy oscura. En cada habitación, un hombre permanecería despierto, tratando de buscar la luz del camino. Aun cuando la luz de la mañana llegara, no era seguro que la luz de su entendimiento le llegara.

En la mañana, antes de las seis, un mensajero del padre Santiago Alonzo le entregó a cada uno de los seminaristas una nueva historia. Los dos jóvenes se sorprendieron de llegar tan temprano el mensajero del monseñor Alonzo. <<Ese monseñor es muy sabio>>, pensó Pedro Pablo.

Historia para Pedro Pablo.

HISTORIA NO. 19

LLEGANDO AL CAMINO

El anciano se acomodó en el sillón donde estaba sentado frente a su nieto de 15 años. Sus largas barbas blancas y sus cansados ojos parecían tomar un brillo especial. Observó con tranquilidad al muchacho que inquieto, se movía en el asiento que ocupaba. En el extremo de la sala de la casa, un joven de unos 23 años yacía en una silla de ruedas. Su mirada parecía perdida en la distancia. Su estado era de paralítico-vegetal.

— Ha llegado la hora de que conozcas algunas cosas, que hasta ahora tú no conoces. Has llegado a la edad del entendimiento y debes conocer las cosas que te permitirán andar los caminos que se te abren desde este momento —expresó el anciano—. Cada vez que un miembro de nuestra familia llega a la edad de 15 años, el más viejo, tiene la responsabilidad de informarles todo los detalles de cómo enfrentar la vida que se le presenta. Mira a Juan Arturo, confinado en la silla de ruedas. Él no me quiso escuchar cuando le expliqué el sentido de la vida. No quiso entender que la vida es sólo un aliento y que puede terminar en un segundo. Podemos hacerlo todo, siempre y cuando sepamos distinguir lo importante, en el discurrir de la vida.

— Juan Arturo se ganó un millón de pesos en el primer año como gerente de su empresa de exportación; y una desgracia, que fue el accidente automovilístico que le ocurrió, a altas horas de la noche, le estropeó el futuro —comentó Miguel, como se llamaba el muchacho.

— Si Juan Arturo no se hubiese ganado ese millón, tal vez estuviera en salud y disfrutando de la vida; pero optó por querer hacerlo todo antes de 25 años; y a esa edad la vida comienza. Dios hace que los hombres lleguen a viejos, para que puedan orientar la vida de los jóvenes y así hacer que la vida fluya con armonía. Cuando no pasa así, entonces, la propia naturaleza se niega —explicó Pedro García en tono pausado—. La riqueza es colocada por Dios para que llegue después de la sabiduría. Cuando la riqueza llega antes que la sabiduría, ésta no deja que entre el entendimiento y los resultados en la vida son catastróficos.

— Abuelo, eso era importante en el pasado; ahora la vida es muy diferente. Los medios que tenemos los jóvenes de esta época nos permiten tomar las decisiones sin intervención de los viejos —comentó el muchacho, con cierto aire de arrogancia—. Con el acceso al Internet y a otros medios de investigación especializada logramos obtener toda la información requerida para poder tener éxito en la vida.

— Así como lo dice, parecería que fuera verdad, pero no es así. Cuando abres un libro o te conectas con una autopista de información, te encuentras con la mayoría de las informaciones que necesitas para entender y lograr un desarrollo correcto de tu vida; pero ahí también está toda la información que te puede llevar hasta la perdición. Solamente las personas que te aman te ofrecen las informaciones buenas y necesarias para tu bien. La mejor información…

— Tú no entiendes este tiempo —interrumpió el joven—, todas las informaciones que posees están desactualizadas y no sirven para este tiempo. Tú viviste un tiempo muy diferente del nuestro; ahora, la toma de decisiones y los consejos, vienen dado por los expertos en las diferentes áreas del saber. Hoy tenemos a grandes profesionales para todos los temas de la vida.

— Para cultivar una vida, por el bien y el progreso correcto, debe cimentarse en los valores de la vida. Los valores fundamentales no tienen tiempo. Los valores sobre los cuales se debe fundamentar las acciones de la vida son los mismos de siempre. Te pregunto, ¿debemos preservar la vida de los seres humanos?, estoy seguro de que dirás que sí, porque ese es un valor fundamental. Los valores no cambian: la honradez, la integridad, la solidaridad, el compañerismo, etc., son cosas que deben ser aceptadas como elementos definitorios, antes de involucrarte en el proceso productivo. Las informaciones para la obtención del éxito, que para esta sociedad es el dinero, deben hacerse posteriores a cultivar los valores mayores de la vida.

— Pero abuelo, lo que tú llamas valores, no son más que términos desfasados y que ya no se usan para ejercer la vida. Estamos en el mundo cuya divisa es: tu valor es lo que tienes. Todas esas palabrerías tuya ya no tienen cabida en este mundo globalizado y que caminamos por las fuentes de la alta tecnología.

El anciano observó, con tristeza, al muchacho que iniciaba la vida envuelto en un manto de insensibilidad social. Al joven lo habían entrenado en la escuela para que no sienta ningún respeto por la vida. Todo el sentido de su vida estaba en la tecnología que lo haría rico y poderoso. Sólo la acumulación de dinero lo haría un hombre de éxito. Cerró los ojos con evidente contrariedad.

— El éxito en los hombres no se logra con la acumulación de grandes fortunas. El éxito en un hombre se logra cuando este logra dinero para construir una vida donde los otros hombres sientan que su compañía mejora la vida. El dinero por sí no representa tener éxito. El dinero no lo obtienen en grandes proporciones los hombres más preparados técnicamente. Para obtener dinero no se necesita estudiar mucho; con tan sólo algunas habilidades y un momento oportuno se puede lograr mucho dinero. La pregunta que tú debes hacerte es la siguiente: ¿Para qué te serviría tener dinero ahora? Estoy seguro de que sólo te servirían para reducir y marchitar tu vida en el vicio. El dinero tiene sentido cuando tú tienes una sólida formación humana. El dinero en manos de los hombres sin formación humanística sólo le ocasiona su autodestrucción.

— Eso lo dices tú porque ya no puedes vivir como yo, abuelo —ironizó el jovenzuelo.

— ¿Cuánto vale la salud de tu hermano que está en la silla de ruedas? El daño ocasionado por la imprudencia de comprarse uno de los automóviles de los más veloces es irreparable. No hay dinero que le devuelva la salud plena; ahora estamos tratando de ver si otra operación puede ayudarlo a volver de su limbo. Tú estás aquí y quiero que no te vayas al limbo, como tu hermano. Los consejos de los viejos que te aman solamente son para que seas mejor y más completo en la vida.

Los dos hombres, viejo y joven, seguían la conversación sin enterarse que Juan Arturo se había caído de la silla de rueda y estaba tirado en el piso tratando de llamar la atención con unos leves quejidos. El caído comenzó a babear y su color blanco comenzó a cambiar.

— ¡Se cayó Juan Arturo! —gritó Miguel, al momento de saltar y cargar al hermano. El peso era superior al que podía levantar el jovencito— ¡Ayúdenme, ayúdenme! —gritó desesperado, de nuevo. Pedro García se levantó dificultosamente y, con un pequeño empujón a la silla de rueda, la colocó debajo del cuerpo del inválido y el cuerpo volvió a depositarse sobre el asiento. Sus brazos colgaban sin voluntad, y la cabeza parecía que no era sostenida por el cuerpo.

— ¡Llama a tu padre!, porque hay que llevarlo a la clínica —ordenó el anciano.

En pocos minutos, una ambulancia conducía al enfermo hasta la habitación del centro de salud más importante de la ciudad de Santo Domingo. En la clínica de alta especialización médica lo esperaba un equipo de galeno para cuidar de la salud de Juan Arturo.

Los padres de Juan Arturo y Pedro García, con Miguel a su lado, esperaban noticias de los resultados de los tratamientos e intervenciones de los galenos. En la sala de espera el silencio era total. La madre sollozaba, mientras su marido trataba de consolarla.

— Abuelo, ¿tú crees que Juan Arturo supera esta situación? —preguntó Miguel con un dejo de tristeza en la voz y bajando el rostro. El abuelo miró a su joven nieto que, abatido por la tristeza, imploraba una esperanza para su hermano.

—No lo sé, pero espero que la violación a la armonía de la vida no haya sido tan grande que no pueda recuperarse. La vida tiene su velocidad para todas sus cosas y para cada edad y debemos vivir a la velocidad que la vida y el creador han hecho para que fluyan en la existencia.

— Abuelo, ¡yo no quiero que Juan Arturo se muera! —gritó desesperado el jovencito mientras sus ojos se llenaban de lágrimas, y sus brazos cubrían el cuerpo del anciano.

Los padres, al escuchar el grito desesperado de Miguel, comenzaron a llorar desesperadamente. Los cuatro familiares se abrazaron en un llanto colectivo. El dolor y la impotencia cubrían la vida de la familia. No tenían otro recurso que no fuera implorar a Dios por su familiar que yacía en la sala de alta atención médica para que recupere la salud. El hijo de mayor proyección y que representaba el futuro más brillante estaba tendido en una cama, inconsciente.

La puerta de la sala de cuidado intensivo del hospital se abrió y salió el médico jefe del equipo. Caminó lentamente hasta donde lo esperaban los familiares de Juan Arturo. El padre del enfermó se adelantó al médico. La madre, el abuelo y Miguel caminaron tomado de la mano hacia donde estaba el galeno.

— Doctor, no se preocupe por dinero para curar a Juan Arturo —expresó el padre sin permitir escuchar al médico—. Tengo dinero para que mi hijo recupere su salud, completamente.

El médico lo miró, sin saber qué decir, mientras se despojaba de sus guantes plásticos y sus espejuelos.

— ¡Juan Arturo ha muerto! —expresó tristemente.

El dinero y los bienes materiales no podían regresarle la vida a Juan Arturo.

Historia para Juan Javier:

HISTORIA NO. 20

LA HERENCIA

La mañana se llenaba de calor. La iluminación del trópico hacía que el día pareciera de cristal. Gerardo Pinales observó cuando su hijo Damián, entraba al automóvil de uno de sus amigos. Su hijo había llegado en la madrugada y apenas eran las 10:00 de la mañana y estaba de retirada. Gerardo frunció el ceño de disgusto. Su hijo apenas estaba en el primer semestre de la universidad y sentía en su corazón de padre que no estaba en buenos pasos.

<<¡Ese muchacho no toma consejo de nadie!>>, pensó. Estaba tan absorto en sus pensamientos que no sintió cuando su mujer, Margarita, se sentó cómodamente a su lado.

— Tú tienes que hablar con Damián; ese muchacho tiene una mala junta y lo puede perjudicar en su futuro — comentó la madre, observando fijamente a su marido—, fíjate que yo no lo veo estudiando como los otros muchachos de nuestros amigos que están en la universidad. El hijo del vecino, cada vez que yo voy a visitar esa casa está estudiando o haciendo un trabajo de la universidad y él nuestro como que no está en eso.

— Ya he hablado varias veces con él y no hace caso de lo que le digo. Estos muchachos de estos tiempos no respetan a nadie ni se llevan de lo que le dicen sus padres. Damián es muy cabeza dura. Yo quería que entrara a la milicia, pero no quiso. Estoy seguro de que la guardia lo hubiese disciplinado. Le pregunté por las notas de la universidad y me dijo que en la universidad no es como en el colegio que entregaban notas. Que ellos aprueban las asignaturas y se las asientan en su récord. Yo no estoy muy seguro de eso.

— Tú tienes que volver hablar con Damián y ponértele duro para que cambie su parecer —comentó la madre, con cierto dejo de tristeza.

Don Gerardo miró el horizonte largamente. Una impotencia se le anidaba en el alma. Su mujer lo contempló con ternura; tocó sus manos envejecientes y lo acarició levemente. El toque de la mano de la mujer despertó al hombre.

— ¿En qué hemos fallado, criando a nuestro hijo? — preguntó sorpresivamente. Su mujer no supo contestar.

— Habla con él y verás que entenderá.

Pasó algún tiempo cuando Gerardo Pinales llamó a su hijo para que estuviera en la hora de almuerzo. Había llegado la hora de poder hablar con su vástago. Los esposos se sentaron en el comedor y esperaron la llegada del hijo. Pasó más de 15 minutos, cuando el padre ordenó a la trabajadora de la casa que fuera hasta el dormitorio del muchacho y que le informara que lo esperaban en el comedor.

— Ustedes no dejan a uno dormir —se lamentó Damián, al momento de estrujarse los ojos, aun con sueño—. Yo no quiero comer ahora, lo que tengo es mucho sueño.

— Hijo, queremos hablar contigo. Tu padre y yo estamos muy preocupados por ti. Tú sólo llegas a la casa a dormir y ya no compartes con nosotros. ¿Qué te está pasando?

— No sabemos cómo ha estado la universidad y ya has dejado de compartir con tus compañeros de colegio. Tus amigos llaman aquí y no sabemos decirles donde estás — se lamentó el padre.

Damián observó a sus padres hablar. Con una mirada arrogante los arropó.

— Yo ya soy muy grande para que ustedes me quieran tener como si yo fuera un bebé. Yo soy un hombre, que sé lo que me conviene y lo que no me conviene. Eso era en la época de cuando ustedes eran jóvenes que tenían que darles explicaciones a sus padres; ahora eso no se usa. Ustedes creen que me van a manipular como un pelele; pues no, a mí no me controlar como si yo fuera un títere.

Gerardo y Margarita se miraron incrédulamente. La persona que había hablado no era su hijo. Quien había hablado era un extraño que conocían en ese preciso momento.

— Pero, ¿quién te ha dicho a ti que nosotros queremos que tú seas un títere? Por nuestra cabeza eso nunca ha pasado. Nosotros lo que queremos es lo mejor para ti, y por eso queremos hablar contigo de tu futuro. No puedes pensar que tus padres podrán querer algo malo para ti —expresó Margarita, tratando de enfrentar el discurso del hijo.

— Tú tienes que respetar esta casa —tronó el padre—. Nosotros hemos luchado mucho para darte todo lo que has necesitado y tu madre y yo merecemos respeto.

Damián se levantó del asiento y se encaminó hasta su habitación. Los dos progenitores se quedaron envueltos en un silencio molestoso. La comida esperaba por los comensales, pero estos ya no podían comer.

I

El teléfono sonó insistentemente y Doña Margarita caminó con prisa hasta el aparato inalámbrico. Levantó la tapa del auricular y escuchó.

— ¿Esa es la casa de Damián Pinales? —preguntó una voz extraña. El reloj de pared marcaba las 12:00 de la media noche.

— Sí, esta es la casa de Damián, pero él no está en estos momentos —contestó la madre.

— Les hablamos del Cuartel de la Policía, de Gazcue. Damián está preso en este cuartel y me pidió que los llamara a su casa.

Margarita sintió un estremecimiento, al escuchar la información que alguien le daba por teléfono.

— ¿Por qué lo apresaron? —preguntó, con la voz temblorosa.

— Agarraron a su hijo y a dos más con Marihuana.

—Vamos para allá y gracias por llamarnos —agradeció mientras corría hasta el dormitorio donde estaba su esposo Gerardo Pinales. En pocos minutos, estaban de camino al destacamento policial ubicado en la avenida Bolívar con la calle Rosa Duarte, de la capital dominicana. Al llegar, observaron a su hijo encerrado en una cárcel. Un inmenso dolor le penetró a lo más profundo de su alma. No pudieron hacer nada; su hijo se quedaría en la cárcel hasta el otro día cuando lo llevarían a un tribunal. Esa noche fue la peor noche en las vidas de los esposos Pinales.

Una sombra oscura y manchada había caído sobre la familia; de un momento se enteraron de que en el seno de la familia existía un miembro con problemas de drogas. Su familia, orgullo de todas las generaciones, era desgraciada por el hijo de Gerardo. En el recinto del tribunal se batiría su nombre y el de su familia como una más de las familias destruidas por el mal del siglo, que eran las drogas.

El proceso judicial se inició a las 10:00 de la mañana y Damián, juntamente con sus dos compañeros, esperaban la sentencia de la jueza. <<Tal vez, por ser la primera vez, deberían tener condescendencia con ellos>>, pensó la madre, sentada en una butaca muy cercana a la de su hijo. La jueza entregó una hoja de papel a su secretaria para que leyera la sentencia que había concebido.

— Se condena, por el uso de sustancias prohibidas, a la pena de un año de cárcel y a una multa en dinero —se escuchó decir al secretario del tribunal.

En pocos minutos, don Gerardo y doña Margarita volvían a su hogar destruido. ¿En qué habían fallado en la crianza de su hijo? —se preguntaron. No había respuesta. Nadie tenía una respuesta que ubicaran sus fallos.

El abogado de Damián apeló la sentencia, y fue fijada para dos semanas después, la nueva sesión del tribunal, ahora con una corte. En caso de drogas, las penas son más duras que en otros delitos, incluyendo el crimen.

El drama de la desgracia que había caído sobre la familia era tan grande que no sabían cómo salir de aquella situación tan degradante y bochornosa.

— Vamos a visitar al párroco de la Iglesia donde nos congregamos y donde trabajamos en la pastoral empresarial —comentó Margarita, con sus ojos rojizos de tanto llorar.

— No es mala idea —respondió Gerardo Pinales, mientras daba algunos pasos por la amplia terraza donde se encontraban. La desesperación cubría la paciencia de los esposos.

— Voy a llamar a la casa curial a ver si localizo al padre Camilo —expresó Margarita, mientras se disponía a buscar su agenda de teléfono y tomaba el aparato inalámbrico. En muy poco tiempo, tenía una cita concertada con el sacerdote católico.

La Iglesia estaba totalmente desierta. En el umbral de la edificación moderna esperaba un sacerdote vestido de traje. Caminaron al encuentro con el religioso. Después de saludarlo entraron a una pequeña oficina, decorada con imágenes de santos.

— Ya me enteré por la prensa de la desagracia que le ha ocurrido a Damián. Éstos son tiempos difíciles —comentó de inicio el sacerdote.

— Padre, estamos pasando por una gran dificultad. Usted sabe que el delito de droga afecta a todos los miembros de la familia, no solamente al que comete el error. Hasta algunos familiares se han recogido de nosotros. Estamos desesperados y no sabemos qué hacer. No sé por qué el Señor nos ha enviado este castigo —se lamentó doña Margarita.

— No diga eso, doña Margarita, el Señor no se olvida de sus hijos mejores.

— ¿Qué podemos hacer, Padre? —preguntó Gerardo en tono implorante.

— Mis queridos amigos, los caminos de Dios, muchas veces no son comprensibles por nosotros, pero el Señor sabe por qué hace las cosas. Lo primero que ustedes deben saber es que los hijos no son hijos de nosotros, son hijos de la vida y, por lo tanto, son hijos de Dios; ellos vienen a través de nosotros, pero no son de nosotros. Los hijos vienen con toda su identidad y es por eso, que ellos son diferentes de sus propios padres, por lo que los padres no son culpables de las acciones de los hijos. La única herencia que podemos dejarles a nuestros hijos son los ambientes en que los ponemos a desarrollarse. Ellos son el producto de la cultura de su tiempo y nosotros los podemos poner en contacto con lo mejor de nuestro tiempo.

— Explíqueme mejor —interrumpió Margarita.

— Los hijos son hijos de Dios y vienen a través de nosotros. Tenemos la obligación de dotarlos de un ambiente sano y de un ejemplo digno; pero, algunas veces, aun dotado de buen ambiente y un ejemplo digno, los jóvenes se descarrían. Cuando un hijo viene al mundo tiene a dos padres que deben velar por su desarrollo físico y mental; pero el medio social es enemigo de las buenas familias y siempre está tentando a los jóvenes para que se descarríen. Tenemos que luchar todos los días, y principalmente, en estos tiempos, donde el mal ejemplo crece espléndidamente.

— Les hemos dado un buen colegio y los hemos relacionado en un buen club social. El sector donde vive es de los mejores de la capital de la República; ¿qué más podemos dar? Es nuestro único hijo —expresó el padre, acongojado.

— Ustedes no son culpables de su inconducta. El culpable es él; pero ustedes tienen la responsabilidad de hacerlo reaccionar y lograr que vuelva al camino correcto. Si se dejan abatir, entonces no podrán ayudarlo. Este es el momento en que él necesita tener padres correctos; no padres débiles. El hecho de que incurriera en una falta, no lo hace un hijo menor. Es muy posible que este hecho, en este momento, sea la mayor bendición que pueda caer sobre ustedes. Tal vez si esto hubiese ocurrido diez años después, donde ustedes no estuvieran el poder que tienen sobre su hijo hoy, seguro que no saliera nunca de la cárcel y fuera su peor desgracia; pero ocurrió ahora, para que ustedes lo doten de su mejor herencia: hacerlo volver al camino del bien. No se entristezcan porque un hijo cometió una falta, denle gracias a Dios que ustedes pueden ayudarlo a convertirse en un hombre de Dios. En vez de una desgracia, es muy posible que esto sea una lección que Dios les da a ustedes para que puedan mostrar el amor que sienten por su hijo.

— Padre, el Señor lo puso a usted en nuestro camino para nuestra bendición —expresó Margarita, mientras se arrodillaba frente al sacerdote y le besaba la mano derecha.

— Mis queridos hermanos, vayan a luchar por la obra de Dios. Vayan a luchar por el amor de Dios expresado en ustedes como padres y rescaten a Damián de las garras del Demonio.

Los esposos se levantaron de sus asientos y caminaron, ahora con seguridad, hasta su vehículo. El mundo se abría, de nuevo, para sus vidas. Se iniciaba una nueva etapa.

II

Con el paso de los días, la situación de Damián se complicaba en la cárcel. Había sido colocado en una celda de alta seguridad, junto con los delincuentes más perversos de la sociedad. Su salud se deterioraba y, los familiares no podían llevarle comida. El muchacho se enfermó del estómago y una diarrea lo consumía rápidamente. El informe que le llegaba a la familia era que había sido maltratado y que se le estaba instrumentando un expediente de mayor responsabilidad con el tráfico de drogas prohibidas. El abogado de Damián, apenas podía verlo una vez a la semana y siempre en compañía de un oficial antinarcóticos. Después de mucho exigir, a la familia le autorizaron llevar un médico para que lo examine. El resultado era peor de lo que se esperaba: Damián tenía una ameba que lo estaba matando y se requería de un tratamiento de internamiento. Las autoridades no concedieron el permiso para el internamiento. El muchacho se moría en la cárcel.

— ¿Qué podemos hacer, Gerardo, para sacar a Damián de la cárcel? —se quejó, desesperada, doña Margarita.

— He hecho todo lo que está a mi alcance y no he podido sacarlo de ese infierno. Esa maldita ley de droga es demasiado dura con las personas. Mi hijo tiene una debilidad; pero no es un traficante de droga —expresó angustiado el padre de Damián—. Mañana van a celebrar el juicio en apelación, pero no creo que tengamos ninguna esperanza de que lo liberen.

— Vamos a rezar, lo último que se pierde es la esperanza. El Señor es muy grande y Él puede hacer un milagro. No perdamos la esperanza, el Señor nos devolverá a nuestro hijo.

— ¡Ojalá tenga razón! —comentó Gerardo, mientras caminaba desesperado por la habitación matrimonial.

La pequeña habitación que servía de juzgado estaba llena de militares y policías que custodiaban a los acusados de delitos de drogas. Pocas personas civiles presenciaban el desarrollo del juicio. Doña Margarita y don Gerardo, sentados muy cerca de Damián, observaban a su hijo que, en pocos días, parecía un cadáver andante. Ella acarició el pelo negro y lacio del muchacho. Su padre, de carácter fuerte, aparentemente, espectaba la situación.

El juicio duró dos horas y media. El abogado de Damián, un anciano jurista, amigo de la familia, había dicho que no se podía esperar mucho del juicio. La condena, en primera instancia, de un caso de droga, es casi seguro que es confirmada en apelación. Las esperanzas de Damián de salir de la cárcel eran casi nulas. Los jueces terminaron de escuchar a las partes del tribunal: acusador y acusado, presentaron sus conclusiones. Todo estaba consumado y solo se esperaba el veredicto de los tres jueces actuantes en el tribunal.

Militares vestidos de negro, con casco de alta seguridad y con chalecos antibalas custodiaban a los reos que esperaban la sentencia. Las cámaras de la televisión tomaban los rostros de los jueces y de los acusados, transmitiendo al mundo el caso de droga. Los jóvenes estudiantes, presos por droga, aún no sabían todo el infierno que les esperaba. Las cadenas de televisión mostraban el rostro de los muchachos como terribles delincuentes. No sólo les habían condenado a ellos, sino que habían condenado a muerte a sus familiares.

Los jueces, después de retirarse a deliberar, se presentaron al juzgado y entregaron la sentencia para que fuera leída por una joven secretaria del tribunal. Un silencio total reinaba en la sala. Todos los presentes se levantaron para escuchar la sentencia. La joven secretaria se acomodó en su asiento y leyó.

— Sobre el caso de Damián Pinales, acusado de tráfico y consumo de estupefacientes, este tribunal lo declara inocente en el caso de tráfico y culpable en el caso de consumo. Se condena a pena cumplida.

Damián escuchó estoicamente la decisión del tribunal. Miró a su padre, y con los ojos llenos de lágrimas y con la voz entrecortada por el llanto expresó:

— Perdóname, papá. Ustedes no merecen pasar por esto. Perdóname, mamá.

Doña Margarita saltó de su asiento y abrazó con todas sus fuerzas a su vástago. Sus ojos comenzaron a verter lágrimas y su marido abrió los brazos y abrazó a su familia completa. Había llegado la hora de darle la verdadera herencia a Damián: el amor de la familia.

CAPITULO II

La mañana en el hogar de ancianos sacerdotes comenzaba con las oraciones matinales. Santiago Alonzo, después de terminar sus oraciones, salió a caminar por el espacioso jardín que rodeaba las edificaciones del lugar. La suave brisa matinal acariciaba y hacía mover el cabello y las espesas barbas blancas del anciano sacerdote. Respiró profundamente el aire fresco. Sus lentos pasos seguían recorriendo el estrecho camino silvestre. El cielo, sin nubes, parecía dejar libre al torrente solar. En la región habían cesado las lluvias, y los árboles pequeños sentían la ausencia del agua. Los días se habían vuelto más calurosos, y el paseo matinal debía hacerse en las primeras horas de la mañana. Los ancianos colmaban los caminos en la terapia colectiva. Unos y otros, al pasar frente al monseñor Alonzo, inclinaban la cabeza reverentemente.

Santiago tomó una pequeña vara de los arbustos de un lado del camino y se apoyó en ella para caminar con mayor agilidad. Sentía que sus piernas no respondían como los otros días. El peso del cuerpo se hacía mayor a la capacidad de resistencia de las extremidades. De alguna manera, sabía que sus años de vida estaban concluyendo. Sus pensamientos volaron hacía las vidas de los seminaristas. Al final del camino, habían aparecido dos jóvenes estudiantes de religión que sus orientaciones y el método de enseñanza, que había concebido para encaminarlos por el mejor camino, había fracasado. La idea le angustiaba. El rostro del sacerdote se ensombreció con una arruga de preocupación.

— ¡Monseñor, buenos días! —escuchó la voz de alguien que caminaba a su lado. Era el seminarista Juan Javier, quien había caminado un pequeño tramo, en silencio, al lado del anciano, sin interrumpirles su meditación.

— ¿Cómo estás, hijo? —respondió el saludo, un poco sorprendido.

— Estoy bien. Monseñor, quiero que me excuse por no poder venir el día que tenía la cita con usted; pero fue que se me presentó un inconveniente que me impidió venir.

— ¿Qué inconveniente es superior a tu trabajo religioso? ¿Fue el padre Juan Rodríguez quién te puso alguna tarea en la hora de la cita? Eso me parece difícil, porque el padre Juan sabe la razón de tu presencia aquí —reprochó el Monseñor, que seguía caminando sin mirar al joven seminarista. Juan Javier sintió la aridez en la actitud del sacerdote.

—No; Monseñor, lo que sucedió fue que me acosté muy tarde en la noche y cuando vine a despertar, ya habían pasado las horas para la cita con usted. Los jóvenes de la parroquia tenían un concierto de música cristiana y estuvimos hasta la madrugada. Como soy uno de los organizadores, no quería que nada quedara mal. No quiero tener más problemas con el padre Juan. Usted sabe que no nos hemos llevado muy bien —trató de conformar las quejas del monseñor.

El monseñor Santiago Alonzo guardó silencio y continuó caminando, lentamente, la corta ruta de camino desnudo. Una pequeña polvareda se levantaba, juntamente con hojas secas, cuando pasaba el viento, que se hacía, de cuando en vez, muy fuerte.

— Monseñor, tengo muchas dudas en mi cabeza. No sé si tengo la madera para ser sacerdote. Lo he estado pensando y, cada vez que lo pienso, más creo que no tengo las condiciones que se requieren para el sacerdocio —expresó de un golpe. Tenía miedo de pronunciar las palabras que no fueran las correctas para el momento. Sintió que su sangre se detenía. Esperó la respuesta del anciano.

El viejo sacerdote permanecía en silencio. Sus cortos pasos seguían arrastrándose por el colchón de hojas secas que descansaban en el suelo.

— ¿Quiero su consejo, Monseñor? —imploró el seminarista.

El padre Santiago lo miró con cierto aire de tristeza. Levantó su mano izquierda y acarició el hombro de Juan Javier. Lo sintió como un hijo de su propia sangre. El muchacho estaba confundido. No sabía qué hacer con su vida.

— Hijo mío, toda la vida estaremos llenos de dudas sobre el camino que elegimos para transitar con nuestras vidas. No tengas temor en tener dudas. Hasta los propios discípulos de Jesús, dudaron en algún momento. Ha llegado la hora en que sólo tú puedes aconsejarte. Te he entregado las historias de la vida, para que puedas conocer el comportamiento de la vida. Sólo té falta cambiar las historias que te he dado con las historias que le he dado a Pedro Pablo; después de leerlas, toma la decisión que te indique tu conciencia. Yo sólo muestro el camino; tú tienes la decisión de tomarlo o de no tomarlo.

Tómate el tiempo requerido para leer las historias y para meditarlas. Puedes estar seguro de que la decisión que tomes es la correcta. No tengas temor. Si tienes miedo, tomarás una decisión mala; pero, si no tienes miedo, y medita lo que quieren decirte las historias, entonces tomará la decisión que más te convenga, esa será la decisión adecuada.

Las historias te permiten tener la claridad de pensamiento para tomar decisiones certeras. Ellas no te dicen el camino. Ellas te indican cómo es el comportamiento de Dios, de la naturaleza y del hombre. Si las entiendes correctamente, no tengas miedo en hacer el camino que te indica sus huellas.

— Monseñor, ¿fue una decisión correcta que nos enviaran a Santo Domingo? El Caribe es un lugar con magia. La cultura y el individuo son muy especiales. Aquí se divierten más que lo que trabajan las gentes. Este mundo de las fiestas, las playas y la diversión no son para exponer a un estudiante de religión. Por estas tierras es difícil llegar a ser santo. Estas son tierras fantásticas.

— Juan Javier, las tentaciones estarán en todos los lugares. Dios no nos ha hecho sacerdotes para ejercer en algunos lugares. Si tu vocación no es lo suficientemente fuerte para contrarrestar las tentaciones de la carne, entonces, no puedes ser sacerdote en ningún lugar. El diablo está en muchos lugares y en formas muy diferentes, por lo que la preparación sacerdotal es para el combate en todo lugar.

— Monseñor, ¿usted dudó alguna vez? —preguntó el seminarista—. ¿Usted sintió que su camino no era el del sacerdocio? Sus convicciones son tan seguras que no creo que usted dudara nunca de su camino apostólico —preguntó, mirando el rostro del anciano. Quería ver la reacción que tomaba, más allá de las palabras.

— Muchas dudas me han surgido. Desde el momento que ingresé al seminario, tenía dudas. Con el tiempo y con las oraciones fui buscando la fortaleza para continuar. Siempre nos asalta la duda. No es malo que tengamos dudas, algunas veces. Obviamente, las dudas deben ser si estamos sintiendo el llamado del Señor. Nunca puedes tener dudas de la existencia del Señor. Las dudas son lo que da la fortaleza para seguir. Cuando me enviaron la comunicación de que ustedes venían para Santo Domingo, dudé de mis fuerzas para lidiar con ustedes. Creo que era mucho mejor enviarlos donde otro orientador. Siempre existe la duda. Ahora bien, las dudas deben ser combatidas con muchas oraciones y con muchas lecturas.

— Monseñor, no sé qué hacer. Es una situación difícil de resolver. Por momento creo que el sacerdocio es mi camino, y, por momento, creo que no lo es —el seminarista se debatía en contradicciones internas.

— Ponlo en manos de Dios. Debes hacer muchas oraciones para que Él te indique el camino que has de seguir. Debes compartir las historias con Pedro Pablo y, después haremos una reunión entre los tres. Antes de esa reunión, no haré el informe que me están pidiendo desde el Seminario Mayor. Ocupa esta semana en tus oraciones y en tus meditaciones, luego nos reuniremos: tú, Pedro Pablo y yo. No importa la decisión que ustedes tengan, siempre tendrán mi bendición. No tome una decisión antes.

El Monseñor caminó hacia la entrada de la edificación que alojaba su oficina. Se despidió del seminarista. Le entregó una historia y cruzó el umbral de la puerta.

Juan Javier permaneció observando los lentos pasos del sacerdote hasta que éste se perdió en el interior del complejo de viviendas. Después, caminó sin rumbo por el mismo sendero que había recorrido con el Padre Santiago. No sabía cómo salir del recinto.

HISTORIA NO. 21

CARMEN PATRICIA

La imagen que se reflejaba en el espejo, mostraba el rostro lozano y bello de Carmen Patricia Acuasiati, mientras se coloreaba el rostro. La joven mujer estaba concentrada en su maquillaje, cuando sintió que alguien le tocaba el vestido recién puesto. Despertó de su ensimismamiento. Era su pequeño hijo, Andrés Carlos, de dos años, que le pedía un biberón de leche. << ¿Con quién voy a dejar al niño?>>, se preguntó en voz baja. Miró a su hijo colgarse de su vestido de color rojo. Le retiró las manos; podría ensuciarlo. Estaba previsto que la recogerían a las 11:00 de la noche para ir a una discoteca con algunos amigos. No sabía qué hacer con el niño. Llamó a una prima, que también tenía un hijo, pero ésta no estaba en su casa; también llamó a una hermana, pero ésta no podía. Solo le quedaba una opción, lo dejaría con la propietaria de la pensión donde vivía.

Carmen Patricia quedó embarazada, después de una fiesta en la discoteca "Monalisa", que terminó en una orgía de jóvenes en un motel de las afuera de la ciudad de Santo Domingo. Cuando supo que estaba embarazada, creyó que había sido un muchacho con el cual salía, pero el muchacho le informó que él no le había hecho el amor esa noche. Estaba embarazada y no sabía quién era el padre del hijo. Su familia, avergonzada, la echó de la casa. Con la ayuda de una tía pudo dar a luz a su hijo en un hospital público, a pesar de que sus padres eran de clase media alta. El embarazo le había trastocado toda su vida. Se finalizaron las interminables fiestas de cada fin de semana; los bonches cotidianos con los amigos; las celebraciones universitarias, etc. Todo había terminado y solo podía ocuparse del hijo que llevaba en el vientre. Su vida se transformó totalmente. Ahora vivía en una pensión con su hijo y pagaba los gastos con el dinero que ganaba en su trabajo de cajera.

— ¡Qué voy a hacer, ahora, Dios mío! — gritó a todo pulmón, mientras echaba a su hijo para un lado. El pequeño soportó el empujón y permaneció adherido a la madre. El infante contempló a su madre con su mirada inocente: no sabía qué pasaba. Carmen Patricia terminó de maquillarse. Levantó al niño y se lo puso en el regazo, con el cuidado de no ensuciar el bello vestido que se había puesto. Una desesperación se apoderó de la mujer. El tiempo pasaba, el reloj de la pared marcaba las 10:45 de la noche. Sus amigos estaban por llegar y no había resuelto el "problema" que representaba su hijo. Colocó al niño en una pequeña silla y preparó dos biberones de leche; así, bien lleno, se dormiría toda la noche. Bajó la escalera y llamó a la puerta de la habitación de la dueña de la pensión.

— Doña Magaly, hágame el favor de quedarse con el niño un rato, que tengo que salir.

La dueña de la pensión la miró de cuerpo entero y pensó para sí: <<Ésta va para la calle a buscarse otra barriga. No puede con la barriga que ya tuvo, y ahora quiere otra>>. Contempló al niño que, inocente, presenciaba la conversación. El pequeño no tenía ninguna culpa de tener una madre irresponsable.

— Ven aquí, Andrés Carlos, que tu madre tiene que salir —expresó la mujer, mientras tomaba al niño y lo colocaba en su amplio pecho. El niño se abalanzó hacia la dueña de la pensión, seguro de que llegaría a un lugar de protección—. No regreses muy tarde, que yo tengo que levantarme muy temprano y no puedo trasnocharme.

Cuando Carmen Patricia vio que el niño saltaba a los brazos de Magaly, sintió que la libertad llegaba a su vida. Corrió hasta su cuarto y, echando el teléfono celular en la cartera, se terminó de preparar. En pocos minutos, un automóvil se detuvo en la puerta de la pensión y al compás de dos bocinazos, Carmen Patricia, se dispuso a bajar. Cuando iba cruzando por la sala de la casa, Magaly, la dueña de la pensión, la interceptó.

— Mira, Carmen Patricia, el niño tiene una fiebrecita. Si tienes algo para la fiebre del niño, sería mejor que me lo dejes —expuso doña Magaly.

— No. Eso se le pasa en un rato. Siempre le da una fiebrecita, pero la suda desde que se duerme —confirmó la madre, mientras salía de la casa.

Doña Magaly se quedó pensando en la reacción de la madre. <<Cosas de la juventud>>, pensó. Caminó hasta la cocina y preparó un remedio para el pequeño infante. Ahora ella era la madre.

Carmen Patricia había llegado a la misma discoteca, donde hacía casi tres años, en una noche de parranda, había quedado encinta. La fiesta estaba iniciándose. En ese tipo de lugar de diversión, las fiestas se inician después de la media noche. El alto sonido de la música no permitía escuchar la voz de los compañeros de fiesta, apenas, con señas se comunicaban. El tiempo pasaba sin que los parroquianos se percibieran que estaban llegando las horas de la madrugada. La madre de Andrés Carlos hizo una seña y con otra de las compañeras se encaminó hasta el baño: tenía que orinar. Cuando estuvo sentada, pudo escuchar el sonido del timbre del teléfono celular. Abrió la cartera y observó en la pantalla del aparato que le habían realizado diez llamadas desde la pensión. Hizo una mueca de disgustos: <<Eso es doña Magaly de aguafiestas>>, pensó. No respondió el teléfono. El aparato siguió timbrando. Un poco cansada, después de orinar, levantó el teléfono y observó que la llamaban de la pensión. Hizo un gesto de desagrado: <<Doña Magaly venía a aguarle la fiesta>>, pensó. El aparato seguía sonado, no tuvo alternativa que contestar. <<Eso era otra pela de esa vieja>>.

— ¡Aló! —contestó, en medio de la bulla que penetraba al baño.

— ¡Gracias a Dios que tomaste el teléfono! —contestó la voz de doña Magaly—. El niño se ha puesto malo y está delirando. La fiebre lo está carbonizando. Tienes que venir.

— Voy enseguida, doña Magaly.

Las palabras de la dueña de la pensión estremecieron a la joven madre. Se preparó en segundos y se despidió de los amigos. Tomó un taxi y se dirigió hasta el lugar donde estaba su hijo. La fiesta seguía en su máxima expresión. La bachata, el merengue y la salsa se turnaban en el equipo de sonido.

Entró a la edificación que servía de pensión y se dirigió hasta la habitación que ocupa doña Magaly.

— ¡Gracias a Dios, que llegaste! —expresó la dueña de la pensión.

— ¿Qué es lo que tiene, Andrés Carlos? —preguntó, angustiada, mientras tocaba el cuello del niño. La temperatura era muy alta y el enfermo no dejaba de toser—. Voy a llamar a su pediatra, para qué me diga que hacer. Yo tengo el teléfono en la libreta. Buscó el número telefónico y lo marcó con rapidez. El médico le informó que debía llevarlo a la clínica y que lo atendería. El pequeño seguía tosiendo sin parar. La fiebre lo hacía titiritar de frío. Comenzó una extensa diarrea a hacer estragos en el cuerpo del enfermo. Sus ojos se tornaban vidriosos. Algo muy malo le estaba ocurriendo al pequeño.

El pequeño fue atendido por el médico y dejado interno. Había contraído una bacteria que lo podía matar en pocas horas. La madre se quedó al cuidado del pequeño en el establecimiento de salud.

El silencio y la paz de la clínica fueron interrumpidos por el sonido de sirenas de ambulancia que entraban y salían de la emergencia del establecimiento de salud. Una enfermera entró a la habitación que ocupaba Andrés Carlos para suministrarle un medicamento.

— ¿Qué ha sucedido que han llegado tantas ambulancias a la clínica? —preguntó, mientras acariciaba la frente de su hijo, tratando de inspeccionar la fiebre del muchacho.

— ¡Usted no sabe lo que ha sucedido! —exclamó, alarmada, la enfermera—. La discoteca "Monalisa" se incendió y murieron más de la mitad de lo que estaban en la fiesta de anoche. Ha sido una verdadera desgracia. Los que se salvaron están en muy mal estado —confirmó la profesional de la salud.

Carmen Patricia brincó del espanto. Sus amigos estaban muertos. Ella había salido, sólo algunos minutos, antes de que ocurriera la desgracia. Si no hubiese sido por su hijo, ella, también estuviera muerta. Contempló a su pequeño en estado agónico. La desgracia del niño la había salvado.

Todas las cosas ocurren para un fin. El embarazo prematuro, también tiene su fin. La vida de algunas mujeres jóvenes, solo puede ser controlada y disciplinada, si entra el sentimiento de la maternidad en ellas. Los caminos que Dios traza, algunas veces no lo entendemos, y creemos que es un castigo, y no es así. Cada acto en la vida de cada persona tiene la presencia del Creador del mundo y, por lo tanto, tiene una razón positiva para que ocurra. No debemos acongojarnos por las cosas que nos ocurran, aun cuando sean, en apariencias, muy malas. Nada malo le ocurre al hombre, es el hombre que hace que lo que le ocurra sea para su mal, por no entender el plan de Dios.

El hombre es una creación que, por el pecado, es imperfecto y en su paso por la vida va salvando los obstáculos de su imperfección. Cada hecho que ocurre en la vida de las personas es una prueba de su Padre, el Creador, para que llegue a un estado de menos imperfección. Si maldices el reto que te presenta la vida, tendrás que maldecir la felicidad, que también, ella te da. Todo tiene una razón para empujar la vida. El dolor y la tristeza son parte de todo lo que tenemos y debemos saber vivir con ellos.

Todo lo que ocurre, en la vida de las personas, es para bien. Cada acto y cada acción de la naturaleza, responde a una de sus sagradas leyes. Cuando el ser humano violenta las leyes, la propia naturaleza se vuelve contra ellos, por subvertir su fluido sagrado.

No temas a las acciones de Dios. Cada acción del Divino es una bendición. Muchos creen que las bendiciones del Altísimo son aquellas que les traen felicidad pasajera; y no es así. Dios nos bendice cuando nos coloca obstáculos que debemos superar para tener alguna perfección. La mayor felicidad viene después de superar los obstáculos que nos producen una gran tristeza.

Deja la vida transcurrir con su velocidad sagrada; solo sigue el paso del tiempo, con sus altas y sus bajas; si no te detienes, lograrás todo lo que te propongas.

Algunas cosas, desagradables, que nos ocurren, las personas creen que es para su mal, cuando tú dejas que la vida fluya de forma normal, en poco tiempo, te das cuenta de que fue para bien que ha ocurrido y que fue una bendición que ocurriera en ese momento. Sólo sigue la velocidad sagrada del tiempo. Incluso, la muerte, es una parte del todo y ella, a su debida hora, se posará sobre nosotros para conducirnos a la presencia del Señor.

Carmen Patricia sintió un inmenso frío en el estómago al contemplar la muerte cerca de su pequeño hijo. Acarició la sábana que cubría el cuerpo del infante. Si Dios había puesto a un hijo, casi prematuramente, en su camino, era para salvar y enderezar su vida. Su hijo era la obra del Señor, señalándole el camino que debía llevar su vida. Su hijo le anunciaba, sin que ella lo percibiera hasta ese momento, que el Creador no la quería en la fanfarria, sino que la quería en una vida plena de responsabilidad y de amor. El Señor le anunciaba a su hijo como norte de su vida.

La presencia era un obstáculo que Dios había impuesto para que no malgaste su vida, prematuramente. Su hijo era el instrumento para que conozca una nueva forma de vida. Ahora su hijo estaba muriendo, y ella, en la agonía de su vástago, reconocía la presencia y la enseñanza del Creador. Sus ojos se nublaron, por las lágrimas, enormes, que rodaron por su rostro.

— ¡Dios mío, no te lo lleves! Yo lo necesito más que tú. Si te lo llevas, mi vida perderá el sentido y sabré que no me has perdonado, por no saberme comunicar contigo. Si me lo dejas, salvará mi vida, porque le dará razón de ser.

El pequeño empeoró en su salud y los médicos no tuvieron más alternativa que ingresarlo a la sala de cuidado intensivo del centro hospitalario. La salud, precaria desde el inicio, se desplomaba, presagiando lo peor. La madre quedó desgraciada cuando vio que su pequeño lo entraban a un lugar donde, ni ella, podía verlo. Sintió que su vida se iba en la camilla en la que llevaban a su hijo.

Tres horas después, Carmen Patricia, vencida y agotada, entraba a la pensión donde residía. El sueño y el cansancio habían hecho estragos en el cuerpo de la joven madre. Se tendió en la cama. Debía dormir una hora y regresar a la clínica. Despertó cinco horas después.

Desde el día que internó al niño, hacía una semana, sólo dormía algunas horas, para estar pendiente a la salud del bebé. El pequeño no salió del estado de coma, durante una semana. Los médicos le informaron que creían que el niño no despertaría y que terminaría su vida en el sueño que lo llevó al sanatorio. Todo se había derrumbado. Las esperanzas se agotaron y sólo se esperaba la noticia del deceso del pequeño infante.

Carmen Patricia escuchó los golpes que daban en la puerta, entre sueño. Hacía una hora que había llegado del hospital y quería dormir. Los golpes siguieron cayendo sobre la madera de la puerta. Se levantó y caminó sin definición hasta la puerta. Abrió la puerta: era doña Magaly.

—Tengo que dormir. Tengo un sueño que no puedo con él. Cualquier cosa lo resolvemos después, ahora déjeme dormir —expresó la joven mujer, mientras trataba de tener los ojos abiertos.

— La llaman de la clínica. Que vaya con urgencia —comunicó la dueña de la pensión.

Carmen Patricia abrió los ojos exorbitantemente. Había llegado la hora fatal. El sueño desapareció de su semblante. Y, en pocos segundos, estaba lista y salió hacia el centro de salud, donde había dejado a su pequeño y único hijo. Subió los tres pisos para llegar a la habitación de cuidado intensivo de pediatría sin ningún descanso. Llegó hasta la entrada. No había nadie en la puerta. Se detuvo y esperó. El silencio era tan absoluto que no se sentía la presencia de nadie vivo en el lugar. Seguía parada frente a la puerta de la sala.

— ¿Usted es la madre del niño que está en cuidado intensivo? —preguntó una voz que se acercaba por su espalda.

—Sí, señor. ¿Qué ha pasado? —preguntó descorazonada.

El médico contempló el rostro deshecho de la mujer. Parecía que estaba frente a un despojo humano. El ser que tenía al frente parecía que ya no tenía vida.

— El niño despertó hace una hora y está llamando a su madre. Superó la crisis y creemos que se salvará.

La madre cayó de rodillas y exclamó.

— ¡Gracias, Señor! ¡Que se haga siempre tu voluntad!

Cada cosa que pone Dios en nuestras manos tiene un fin. El Señor no pone cosas para el mal, siempre el fin será para el bien. No te lamentes del obstáculo en tu vida, da gracias a Dios por ponerlo en la época en que puede servirte para ser mejor.

CAPITULO III

La tarde estaba entregando el último suspiro del día. El reloj marcaba las 7:00 de la tarde, cuando Pedro Pablo vio asomarse por la puerta principal del complejo de edificios donde estaba la parroquia San Mauricio a Rocío del Carmen. Hacía más de dos horas que esperaba a la corista de la iglesia. Un sobresalto lo estremeció. Había llegado la hora de conocer los resultados del laboratorio, en el cual le informaban sobre el embarazo de Rocío. Su frente comenzó a sudar. Sus manos no encontraban lugar donde colocarlas. Sentía que todo su cuerpo estaba incómodo. Esperó que la muchacha caminara hacia el lugar donde estaba. Una brisa fría le tocó el rostro y lo refrescó.

— ¡Hola, Pedro Pablo! ¿Cómo estás? —preguntó la muchacha, esbozando una sonrisa pícara—. Ahora fue cuando pude venir. Mi madre no quería que viniera a la misa de las 7:00. Fui a buscar los resultados y no he abierto el sobre, para que los veamos juntos. Estoy muy feliz, creo que estoy embarazada.

— ¿Qué ha pasado con los resultados? —preguntó con desesperación, mientras saludaba. Su frente sudaba. Su rostro estaba contrariado. Rocío del Carmen sonreía como un ángel, llena de felicidad. Sus ojos brillaban con una pasión especial.

— Hablamos de eso, después de la misa —expresó Rocío del Carmen—. Ya es hora de la misa y no quiero que nos vean juntos afuera de la iglesia. Tú sabes que hay muchos envidiosos por aquí —dijo en voz baja y haciendo una seña de picardía.

La joven caminó hacia la entrada de la iglesia, sin esperar las palabras del seminarista. Pedro Pablo la siguió con pasos indecisos. Ella caminaba con el donaire de la mujer que está satisfecha de su acción. Se persignaron y entraron al recinto sagrado. El Padre Antonio Arnaz presidía la celebración de la Eucaristía. El sacerdote, desde el altar, vio entrar a la pareja. Una mirada de reproche le lanzó al estudiante de religión. El rostro del sacerdote cambió de expresión al ver entrar a los dos jóvenes.

La celebración se desarrollaba sin ningún contratiempo. El coro de la parroquia entonaba las canciones señaladas para el culto.

Llegó el momento de la prédica del sacerdote. El fraile caminó lentamente hasta el micrófono del púlpito. La multitud hacia silencio reverenciar.

El padre Antonio bajó el rostro, cerró los ojos y exclamó:

— ¡Señor, dame las palabras de sanar el alma! Permíteme, Señor, ser instrumento de tu Palabra para encauzar una oveja que se ha perdido del camino. Te lo pido en nombre de nuestra Santísima Madre María.

El sacerdote levantó la mirada y la sembró en Pedro Pablo. El joven seminarista sintió el flechazo de la mirada del sacerdote. Sus manos sintieron un leve temblor. Bajo la mirada culpable.

— Cuando el Señor hace su llamado, el hombre no puede renegar al llamado del Señor —expresó el sacerdote—. La razón mayor de la existencia del hombre es la de ser hijo de Dios y, si el padre lo elige para realizar una misión, el hombre no es nadie para contradecir al Creador. Entre nosotros está uno que se niega a hacer el mandato del Padre. El que reniega del deseo de Dios, reniega de sí mismo.

De todos los hombres y de todas las mujeres nacidas, el Señor escoge a unos pocos para su servicio. Algunos escogidos, no entienden la felicidad del servicio y buscan la vanidad y la hipocresía en el mundo. El que ha sido llamado debe responder al llamado.

Que no se enturbie su pensamiento y que pueda ver con claridad el mandato divino. Tengo muchos años trabajando en la obra divina y siento que el trabajo que hago es cada día menor al que debería hacer para la obra del Señor. El compromiso que se asume, a partir de la invocación de la palabra dejada por Dios a los hombres, es sagrado, y no debe ser rechazado por acciones inadecuadas.

No puedes fundar una familia a través de la ofensa al Señor. La familia es sagrada y es protegida por el Santísimo. Las familias deben ser fundadas en el amor al hombre y en el amor de Dios. Cualquier cosa que esté fuera de ese mando supremo, estará fuera de la presencia de Dios. Esto no quiere decir que todos los matrimonios sean puros; no, lo que esto quiere decir, es que el Señor señala el camino del matrimonio y señala otros caminos para el hombre.

No puede abandonar el matrimonio con Dios para luego querer la bendición en otro matrimonio. Usted puede abandonar el camino del servicio, por un llamado distinto; pero no lo puede hacer para renegar del camino santo del Divino.

Nada es más grato en el mundo que el servirle y estar en paz con Dios. Él es el que nos permite lograr la felicidad en el mundo. Sólo el amor al Padre posibilita la felicidad en el hombre. Cuando decide dejar de servirle a Dios para servirte de la obra de Dios, estás cometiendo un pecado a la fidelidad santísima.

¡Ay de aquel que abandone el camino limpio y puro, para seguir un camino de tropiezo! Podemos escondernos de nosotros mismos y de los demás, pero no podemos escondernos de Dios. Podemos mentirles a todos los hombres, pero no podemos mentirle a Cristo. Deja salir el demonio que té nubla la mente. Señor, sana el alma de tu hijo pecador y llévalo, de nuevo, a tu redil. Señor, haz tu obra en este momento. Limpia su alma. Sécale sus manos sudadas como prueba de tu poder.

El sacerdote hizo silencio. Los participantes se levantaron y compartieron el silencio. Un ambiente sobrecogedor reinaba en el lugar. El padre Antonio Arnaz levantó los brazos e hizo una oración en silencio. Había hablado como nunca lo había hecho. Parecía poseído por el mismo Dios, cuando hablaba.

Pedro Pablo se llevó las manos al rostro. Las sintió secas. Un temblor le invadió todo el cuerpo. El sudor le empapó la ropa, a pesar del aire acondicionado del lugar. Rocío estaba en el coro, cantando las últimas canciones de la celebración. Ella lo buscó en la multitud y no lo encontró. Pedro Pablo se había hincado y doblado su cuerpo, en forma de estado fetal. La muchacha hizo gesto de desagrado. La multitud comenzó a abandonar la iglesia, y entonces, lo pudo ver arrodillado. Después de terminar la última canción de la noche, Rocío caminó hasta el lugar donde estaba Pedro Pablo.

— ¿Qué té pasa, Pedro Pablo? —preguntó la joven corista de la iglesia, inquieta, por el aspecto que mostraba el seminarista. El muchacho parecía transformado. Algo había ocurrido en la Eucaristía.

— No. Estoy bien —contestó, sobreponiéndose a lo que estaba sintiendo.

— Vamos, que tenemos que hablar —invitó ella—. Tengo los resultados y tenemos que hablar de ellos —expresó, tomándolo de la mano y halándolo hacia el exterior del local.

El joven estudiante de religión se levantó y caminó hacia la puerta de la iglesia. Llegaron a un pequeño parque, ubicado en el parqueo de la iglesia. La luz de un farol los iluminaba. Rocío del Carmen buscó en su cartera y sacó un sobre con los resultados del laboratorio. Las manos de Pedro Pablo, milagrosamente no sudaban, aun cuando temblaban. Su cuerpo sentía un calor extraño. Miró a Rocío del Carmen que, con toda la paciencia, trataba de abrir el sobre. En un momento llegó hasta ellos una de las amigas de la joven corista y tuvo que esconder, de nuevo el sobre. Finalmente, lo pudo sacar de la cartera y abrirlo. Pedro Pablo leyó en silencio los resultados: Negativo. La prueba de embarazo había dado negativo. Respiró profundamente. Levantó la cabeza y miró hacia el firmamento. Sintió una íntima alegría. Respiró profundamente.

— ¡Qué bueno que saliera negativo! —expresó Rocío del Carmen, mirando la reacción del seminarista—. Ahora podemos planificar con más tiempo nuestro matrimonio.

— Vamos a tu casa, que tengo que ir donde Juan Javier a un asunto. No quiero que se acueste antes de que yo llegue al apartamento —dijo, tomándola de la mano y conduciéndola a caminar a su lado.

Los dos jóvenes emprendieron el camino hacia la casa de la joven, para después, Pedro Pablo, ir a la suya.

Los planes que tiene el Creador con sus criaturas no son conocidos por el hombre. Pero el Señor va tejiendo su voluntad día tras día. Debemos hacer las cosas que posibiliten que se realicen los planes de Dios; nunca obstruyendo el plan concebido por el Padre.

En muchos casos, nos quejamos de cosas que nos pasan, pero esto se debe a que no sabemos qué es lo que nos espera más allá. Nunca te quejes de los incidentes negativos que te ocurran, son solamente algunos de los elementos con que se prueban la integridad de la fe.

Por más cruel que sea la desgracia que te ocurra, siempre será una parte del plan de Dios. El propio Jesús, en la cruz, conociendo el Señor los planes del Padre, sintió que la carga era demasiada para Él, y lo soportó estoicamente. Pero ese suplicio que vivió Jesucristo era el pago de todos los pecados del hombre, y su misión era salvar al hombre.

Solamente pensar la desgracia que fue para la familia del Maestro, todo el drama de muerte que vivió, tenemos que llegar a la conclusión de que nadie sobre la tierra, después de Él, ha sufrido más. Entonces, todos nuestros sufrimientos son menores a los que sufrió el Hijo de Dios. El sufrimiento en el hombre es un paso en la cualificación de su alma. Si rehúye al plan de Dios, el cual tiene alegrías y tristezas, entonces, no puedes lograr la condición de hijo del Padre.

El mayor sufrimiento en el hombre es una corona en el reino de Dios. Las dificultades no nos pueden hacer personas tristes. Las dificultades son obstáculos que debemos superar. Si el hombre no tuviera dificultades, entonces, su vida estaría en la presencia de Dios en el Cielo.

Los obstáculos en el camino hacia la luz, son las pruebas que debemos pasar para alcanzar la gracia. No debemos entristecernos por los obstáculos; debemos alegrarnos, porque Dios nos dotara de la fuerza y la razón para obtener la victoria. Mientras más obstáculos tienes en tu camino, es porque ha sido señalado por el Señor, para que realices alguna obra especial.

Dios no quiere a sus hijos tristes, sino que los quiere alegres. Sé feliz en la lucha para superar los obstáculos que te presenta la vida. Da gracias al Señor por las dificultades, porque ellas son la fuente de la sabiduría que te muestra la grandeza de Dios.

Ama la dificultad y, entonces, disfrutarás de la presencia del Señor.

QUINTA PARTE

CAPITULO I

Habían pasado algunos días y el monseñor Santiago Alonzo no se comunicaba con los seminaristas. No sabía cómo reaccionaron a los últimos encuentros de reflexión a lo que los había sometido. Pero el hecho de ellos no volver por el hogar de ancianos, presagiaba malas noticias. Era muy posible que ya hubieran efectuado las deserciones.

Había hablado con los sacerdotes de las dos parroquias donde laboraban los seminaristas, y les informaron que los jóvenes estudiantes, aún estaban asistiendo. Esa noticia le daba algún respiro.

El padre Santiago Alonzo se hincó frente al altar del sagrario de la pequeña capilla del asilo de ancianos. Colocó dos sobres, que contenían historias para los seminaristas, encima del tope, donde descansaba un crucifijo de madera. Unió sus manos, cerró los ojos y, en silencio, hizo una larga oración de petición al Señor.

Después se levantó, tomó los dos sobres que contenían los nombres de los seminaristas y caminó hasta el lugar a donde lo esperaba un ayudante para llevar las cartas. Entregó los dos sobres, al momento de persignarse.

—Yo he hecho todo lo que podía hacer, ahora le toca a Dios. Yo no tengo capacidad para hacer milagros. Sólo Dios puede regresarlos al camino santo —, expresó en voz baja, mientras miraba al cielo.

Sintió que el final estaba muy próximo para él. Su misión en la tierra había terminado en el fracaso que obtenido con los dos seminaristas. Una inmensa tristeza lo invadió.

Historia para Juan Javier:

HISTORIA NO. 22

EL VALOR DEL DINERO

El automóvil, último modelo y de los más costosos del mercado, se desplazaba por la avenida Abraham Lincoln de la capital de la República Dominicana. La tarde del domingo era clara y de un volumen de tránsito menor. El licenciado Miguel Bonetti se paseaba con placer sobre el pavimento de Santo Domingo; su ocupación como gerente de Banco no le permitía darse esos lujos. Respiró profundamente el aire frío del interior del automóvil. La vida le sonreía.

El semáforo de la intersección con la avenida Gustavo Mejía Ricart lo hizo frenar bruscamente, estaba ofreciéndole la luz roja. Sus pensamientos vagaban felizmente en su mente, cuando sintió unos golpecitos en el cristal de la puerta. Despertó del ensimismamiento y observó a una anciana que, con sus manos descuidadas y antiguas, le pedía una limosna. Cruzó la mirada por el rostro envejecido de la mujer y prefirió ignorarla. Sentía que su mirada se marchitaba si miraba aquel desecho humano. Deberían prohibir que personas en ese estado vengan a las calles principales de la ciudad, pensó para sí.

Las uñas amarillas y endurecidas de la anciana golpearon levemente, de nuevo, el cristal y se escuchó, por primera vez, la voz de la mujer.

— ¡Una limosna, señor! —exclamó, tratando de mirar al chofer del automóvil con sus ojos cansados y triste. Miguel Bonetti cambió de color. Su normal color blanco tomó un tono rojizo. Aquella infeliz vieja mujer había venido a importunar su momento de placer. El semáforo seguía con la luz roja y una motocicleta de la policía metropolitana se había estacionado al otro lado de la calle.

— ¡No tengo dinero para darte! —gritó enfurecido.

La anciana sintió una descarga en todo su cuerpo. Ahora, sus manos temblaban. Sus ojos turbados perdían la visión de la escena. Las piernas parecían no soportar el cuerpo enclenque de la mujer. El semáforo seguía en luz roja.

— ¡Despégate del carro! —ordenó el señor, mientras crispaba sus manos sobre el volante. La mujer permanecía, como una estatua, parada en el frente del cristal de la puerta. El hombre parecía de color tomate. La molestia era tan extraordinaria que, ahora, sus manos temblaban, igual que las de la anciana. Miró, a desprecio, el rostro de la vieja mujer. Pulsó el botón de operación y bajó el cristal.

— ¿No me has escuchado? ¡No te me pegues al automóvil! Este vehículo me costó mucho dinero para que tú vengas a ensuciarlo —comentó exaltado el empresario bancario.

— Señor, sólo quiero una limosna de cinco pesos para comprar un pan —expresó la mujer, mostrando sus arrugadas manos abiertas—. Sólo quiero para un pan; no deseo nada más. Si usted no tiene, Dios lo bendecirá.

Miguel miró, ahora de cuerpo entero, a la anciana. Era el peor paisaje que había visto durante el último año. Un escalofrío de ser contagiado por la enfermedad de la mujer, le recorrió el cuerpo. Sus manos seguían sobre el volante.

— Señor, soy una hija de Dios —expresó, de nuevo la mujer—. Yo soy mendiga porque es la voluntad del creador. Dios ha querido que usted sea un hombre rico y respeto la voluntad del creador. Yo no lo desprecio porque usted tenga dinero y yo no. Yo lo amo, como amo a los demás mendigos y pobres del mundo.

— A mí no me interesa que tú me ames. Tú sólo eres una miserable que pide en las calles. La opinión que tengas de mí, me es indiferente. Yo tengo lo suficiente para no necesitar de tu afecto —dijo el hombre, rompiendo su incomodidad—. Yo no necesito de nadie; yo tengo todo lo que necesito.

La anciana lo miró, ahora con sus ojos llenos de pena y ternura. Contempló el cuero, finamente curtido, de los asientos del automóvil Mercedes-Benz, de color crema y con ribetes de color dorado. Toda aquella riqueza hacía al hombre ciego.

— Todos necesitamos de los demás; unos más que otros, pero todos necesitamos de los demás. Cada ser humano trae una misión al mundo. No depende del hombre la elección de su misión. Tal vez yo no quisiera que la misión que me impuso el creador del universo sea la de mendiga, pero debo hacer la voluntad del Señor. Usted debe conocer que los que somos mendigos en el mundo, seremos los ricos en el paraíso. Un día nos encontraremos en la presencia del Señor y, entonces, tal vez sea yo quien tenga que levantar su defensa ante el divino Creador. A usted le toca, en este momento, lo que a mí me tocará en el futuro: darme la mano de solidaridad.

— Entonces, tú eres Dios —expresó el millonario con cierto aire de ironía—. Si Dios te quisiera te haría con la inteligencia para obtener dinero y no una pobre anciana. Dios les da riqueza a los que ama.

— Dios dispone y su voluntad no es cambiada por ninguna de su creación. La inteligencia para lograr cosas materiales es una inteligencia menor. La inteligencia mayor es aquella que produce un bien al mundo sin recibir recompensa por ella. El descubridor de la penicilina produjo una obra mayor que todos los ricos del mundo.

Cuando se habla de ese gran científico no se pregunta si era rico o pobre, solamente se refiere a su trabajo de servicio a la humanidad. El valor del automóvil no hace tener más valor a la persona que es su propietario; sino que su valor dependerá de su capacidad de servir y su voluntad de amar, principalmente a los que su amor les llega sin recibir nada a cambio. Cuando tú amas a tus hijos, eso es un amor muy bueno, pero es un sentimiento natural y se te paga con la ternura y el cariño de los niños hacia ti; ese amor no es mayor. Una moneda de cinco pesos, para esta pobre anciana tiene más valor para Dios que todo lo que tú le das a tu familia.

— Eso tú lo dices para que yo te dé la limosna — ironizó Miguel Bonetti, mientras miraba, con cierta desesperación, el semáforo que permanecía con la luz roja, impidiéndole continuar su camino—. ¿Cuántas cosas tienen ustedes que decir para conseguir una limosna? —se lamentó amargamente.

— Estás muy equivocado, yo estoy aquí cumpliendo la misión de Dios. Tú estás aquí porque, el Señor quería que yo te hablara de su misión y pudiera mostrarte el mundo que hoy tu desconoces. El mundo material produce cosas materiales, y el mundo de Dios produce las cosas de valor. Sólo las cosas de Dios son para siempre; las cosas de la materia terminan en poco tiempo. Hoy, supongo, todos tus empleados te alaban. Todo se debe a que tú les pagas sus salarios. No sienten amor por ti, sólo cumplen con el ritual del don Dinero. Cuando no estés, ninguno recordará quién fuiste y aplaudirán con el mismo vigor al que se siente en tu silla de ejecutivo. Tu valor, para ti, depende de lo que tengas; cuando no tengas nada, no valdrás nada. Si vives para los valores materiales, cuando seas escombro, es decir, cuando mueras, tu vida no valió la pena haberla tenido en el mundo y fuiste una creación miserable del Señor.

Miguel observó el tablero de su moderno automóvil. La mujer permanecía parada frente al cristal bajado del vehículo. A pesar del aire acondicionado del carro, el chofer comenzó a sudar copiosamente. Sus manos, aferradas al volante, percibieron un leve temblor.

— Según tu opinión, tú vales más que yo. Eso es una verdadera barbaridad. ¿Cuál es tu aporte a la humanidad? ¿De qué ha servido tu existencia en la vida? —preguntó, con acento de confusión en la voz.

— Mi valor, la razón de mi existencia, tú no puedes reconocerla. A ti no te es dado el don de ver las cosas superiores, solamente puedes ver las cosas menores, que son las cosas que no tienen valor en el tiempo. Si pudieras ver el valor de las cosas grandes podrías valorar mi vida y tener una idea superior de la tuya. Pero Dios sólo te dio dinero y te hizo pobre. Mi presencia es para mostrar que tú puedes ser gerente de un banco o limosnero. Que todo puede ser y que es la voluntad de Dios que define los roles. Si entendiera que somos, los dos hijos del mismo padre, sabría que somos importantes, tanto tú en tu rol de gerente, como yo en mi condición de limonera. Es más, le digo que si cuando usted llegue al cielo y el Señor lo esté juzgando y me preguntan por su acción conmigo, hoy domingo, aunque no me dé los cinco pesos para el pan, le diré al Creador que yo lo perdono.

El hombre cerró los ojos y apretó sus manos en el volante. Sus ojos azules se inundaron de lágrimas. Escuchó el concierto de bocinas, de desesperados automovilistas, que la sonaban, solicitándole que arrancara, porque el semáforo había dado verde para pasar. Siguió con los ojos cerrados, donde se iniciaba un pequeño arroyo que surcaba su rostro.

— ¡Muévete, tarado! —gritó el chofer de otro automóvil que estaba en la parte de atrás. Miguel miró a la anciana con dulzura y abrió la puerta con decisión y salió del carro.

— ¿Qué es lo que quiere? ¡Tú no ves que estoy hablando con ella! —exclamó, exigiendo respeto.

Había logrado ver en la pordiosera a un ser humano que merecía respeto y consideración.

Historia para el seminarista Pedro Pablo:

HISTORIA NO. 23

EL DINERO NECESARIO PARA VIVIR

Eran las 2:00 de mañana y el trabajo del día no había terminado. Las primeras horas del domingo se iniciaban. Las dos muchachas que hacían el trabajo de cajeras no habían terminado de conciliar el trabajo del día. Richard Angomás, propietario del gran hotel y del restaurante de comida internacional, esperaba que las cajeras terminaran, para recibirle el dinero.

— Vamos a terminar, que se hace tarde para dormir —exigió el dueño del restaurante, observando el reloj de pared que anunciaba que la madrugada entraba al comercio. Estaba trabajando desde las 5:00 de la mañana, cuando se levantó para ir al mercado a buscar los víveres y los demás productos que necesitaba para el negocio. Había trabajado duro y pudo lograr llevar su negocio, desde un pequeño establecimiento en la parte alta de la ciudad, es decir, en barrio pobre, hasta ahora que estaba ubicado en una de las calles centrales de la gran metrópoli que era la ciudad de Santo Domingo. El cansancio comenzó a hacer su estrago en el cuerpo del comerciante. Habían entrado los años, estaba cumpliendo 55 años, y su cuerpo se resistía al régimen de trabajo que lo sometía su dueño.

— Muévanse, muchachas, que nos va a amanecer antes de llegar a la casa —ordenó Richard Angomás.

— Ya yo terminé —-expresó Mariana, la cajera de mayor edad—, sólo falta que Rosario terminé, que ya le falta muy poco. Este trabajo es muy duro y, además, deja a uno sin familia.

Richard escuchó en silencio la protesta de la empleada. Había cumplido 55 años, hacía algunos meses, y, por el compromiso del restaurante, no pudo llegar a la celebración que le prepararon sus hijos y su mujer, Alicia. Las palabras de Mariana retumbaron en el interior del hombre. Se olvidó de las horas. Su mirada se perdió en el cielo, saliendo por un ventanal del negocio. ¿Qué he hecho con mi vida?, se preguntó. No tenía respuesta. Todo lo que tenía era el restaurante y estaba condenado a seguir con él hasta el final de sus días.

— Terminé, don Richard, venga a recibirme la caja — expresó Rosario, rompiendo la meditación del hombre de negocio. El hombre permaneció extasiado en el confortable sillón. Parecía que no había escuchado a la empleada. En medio de la noche, aun con ruido de los autos circulando por las avenidas, Richard siguió pensando.

— Don Richard, venga a recibirme —repitió la cajera, tocando por un hombro. El hombre se alertó y tomó el dinero y los recibos que le entregaba la empleada.

— Vamos a movernos, que es de madrugada, y usted se tiene que levantar dentro de un par de horas para ir al mercado. Váyase temprano para que pueda coger un sueñito —recomendó Mariana, mientras se arreglaba el pelo y se colgaba la cartera.

Las cajeras salieron del negocio y, algunos minutos después, Richard Angomás, encendía su automóvil para dirigirse hasta su casa. Llegó hasta la puerta de la casa, ubicada en el exclusivo sector de Los Ríos y un sobresalto lo invadió cuando observó las luces intermitentes de un carro patrullero de la Policía frente a su casa. Aceleró el vehículo y llegó.

— ¿Qué es lo que pasa en mi casa? —preguntó al oficial de policía que impedía que entraran a su casa.

— ¿Usted es el señor de la casa? —contestó, preguntando, el oficial.

— Sí soy yo; déjeme pasar.

El policía se echó a un lado y dejó pasar al hombre. Cuando entró encontró a dos de sus hijos pequeños con la trabajadora doméstica y no vio a Alicia, su mujer. Otros policías chequeaban toda la casa.

— ¿Qué ha pasado? —preguntó desesperado y lleno de angustia.

— Señor —contestó la trabajadora—, se entraron unos ladrones y robaron en la casa y Carlixto, su hijo, lo enfrentó y lo balearon. Su esposa se fue con él para la clínica. Se llevaron la caja fuerte, y la señora les entregó las joyas.

— ¿A qué clínica lo llevaron? —preguntó, mientras por su rostro bajaba un torrente de sudor—. ¿Cuál es el oficial que está al mando aquí?

— Soy yo, señor —contestó un teniente policial que revisaba y tomaba algunas medidas para que no se contaminen las huellas dejadas por los rateros. El teniente, un hombre joven, de unos 25 años y con la tez clara y ojos marrones, se acercó hasta el dueño de la casa—. Hemos tomado algunos elementos para posibilitar la identificación de los ladrones y ya hemos terminado. Usted debe ir en horas de la mañana para que firme el expediente que estamos levantando. Estamos a sus órdenes. Por estos días, una banda de ladrones ha azotado toda la capital. No hemos podido dar con ellos; pero creo que con este levantamiento nos pondremos muy cerca de atraparlos. El herido lo llevaron a la clínica "Independencia Norte", que era la más cercana.

— Yo pasaré en la mañana. Mi familia está muy agradecida de ustedes. Soy Richard Angomás, para servirle, cualquier cosa en que podamos serle útil, estamos a su disposición.

— Teniente Marcano, para servirles —se presentó el oficial, mientras extendía su mano derecha y estrechaba la de Richard y se retiraba de la vivienda, junto a los demás policías de la patrulla motorizada, no sin antes dejar a un policía en custodia de la casa.

Richard Angomás instruyó a la joven de servicio para que acostara a sus dos hijos y que luego cerrara bien la casa, e inmediatamente se dirigió hasta el establecimiento de salud que estaba a un kilómetro de la vivienda. En unos minutos, llegó a la sala de espera y encontró a su mujer, Alicia, sentada frente a la puerta que conducía hasta las áreas de tratamiento de emergencia. La mujer, al verlo, se abalanzó sobre él, estallando en llanto.

— Hirieron a Carlixto —expresó con voz entrecortada por el llanto—. Lo tienen en la sala de operación y lo están operando.

— ¿Por qué no me llamaste, cuando ocurrió el hecho? —reprochó el marido.

— Yo salí corriendo con mi hijo para la clínica. No tuve tiempo para llamar y salí sin teléfono celular. Yo creía que tú ibas a llegar más temprano.

— ¿Cómo está Carlixto?

— Llegó sin conocimiento y sangrando mucho. Creo que fueron tres tiros que le dieron. ¡Mi hijo no se puede morir! —estalló, de nuevo, la madre, mientras colocaba su cabeza en el pecho de su marido.

— ¿Qué te dijo el médico que lo recibió? —preguntó, tratando de mirar los ojos llenos de lágrimas de su mujer.

— No lo aseguran. El médico me dijo que harían todo lo posible por salvarlo, pero que no pueden asegurar la vida de Carlixto; que había botado mucha sangre y que estaba muy débil.

Angomás se llevó las manos a la cabeza en señal de desesperación. Movió su mujer y se sentaron en el largo sillón metálico de la sala de espera. Las horas pasaban sin recibir ninguna noticia. Sólo, de vez en cuando, una enfermera le informaba que estaban en la sala de cirugía y que no había terminado la intervención. La angustia se apoderó de la pareja de esposo. Habían pasado más de tres horas y no se tenía ninguna noticia. Todo indicaba que el desenlace sería lamentable. Algunos amigos llegaron y se fueron, después de la hora. Los primeros intentos de nacimiento del día comenzaron a divisarse, cuando un médico, de unos 60 años, de pelo canoso y mirada filtrada por unos grandes espejuelos, se acercó.

— Se ha terminado la operación de su hijo —informó, mientras se limpiaba las manos con una pequeña toalla.

— ¿Se salvará mi hijo, doctor? —preguntó la madre, con los ojos llenos de esperanza. Angomás esperó la repuesta del facultativo.

— No lo sabemos aún. No sabemos cómo reaccionará a la cirugía. No podemos asegurar que se salvará hasta que no pasen 72 horas. Su situación es de minutos. Hay que monitorearlo a cada momento para ver cómo reacciona. Su estado es de suma gravedad y sólo podemos pedirle a Dios que interceda por él. Ahora está en manos del Señor —argumentó el galeno.

— ¿Podemos verlo, doctor? —preguntó el padre.

— No. Su estado es muy delicado y sólo el personal de su cuidado está autorizado a estar en la habitación. Ésta es mi tarjeta, cualquier asunto, por favor, comunicarse conmigo —expresó el médico mientras se alejaba de los angustiados padres. Los esposos se apretaron las manos, tratando de salvar su impotencia.

— Vamos a casa, para que arreglemos algunas cosas —propuso el marido.

— No. Yo no me quiero ir de la clínica. Si Carlixto despierta o necesita algo de nosotros, alguien tiene que estar aquí —expresó la madre.

— ¡Está bien!, quédate tú, que yo voy a la casa y regreso en poco tiempo —-expresó el hombre, alejándose hacia su automóvil.

Angomás cerró la puerta de su carro y se quedó en silencio. Una desesperación se apoderó de su vida. Él no había estado con su familia en la madrugada, cuando ocurrió la desgracia. Si no podía cuidar de sus hijos en horas de la madrugada, ¿a qué hora lo podría cuidar? Su vida se desplomaba. Recordó su vida. El progreso había logrado sacarlo de su familia. El trabajo y las responsabilidades hacían que no pudiera estar con sus hijos y con su esposa. Entonces, ¿para qué es el progreso?, se preguntó. En el pasado, podía estar todas las noches con su familia, y, ahora, que tenía un buen negocio y buenos ahorros, ni siquiera en la madrugada del domingo podía estar. ¿Para qué le ha servido el progreso económico?, volvió y se preguntó. El dinero, que ahora le sobraba, sólo le había posibilitado una moderna esclavitud. No podía compartir con su familia ni con sus amigos. No podía dedicarse a cultivar las amistades que necesitaba. Los viejos y queridos amigos se quedaron en el olvido y en el resentimiento. Ahora, después de progresar, no tenía los amigos que había cultivado en su juventud de estrechez económica; pero ahora cuando había logrado acumular dinero no tenía cómo hacer nuevos amigos. Había logrado ser socio del club Arroyo Hondo, Inc., uno de los más distinguidos de la ciudad y lo visitaba, con mucha frecuencia; entonces supo que los amigos no se consiguen en los clubes sociales, sino en el trabajo cotidiano de la construcción de la vida a partir de los valores de la familia. Ocupaba una mesa, de las más exclusivas del gran salón del club y estaba tan solo como si estuviera en su oficina del restaurante. ¿Qué había logrado con la riqueza? —se preguntó en voz baja y arrancó el vehículo.

Llegó a la casa. Eran las 6:00 de la mañana. Detuvo el vehículo frente al portón de la vivienda. Contempló la mansión donde vivía. Por primera vez, no se sintió orgulloso de la edificación. La enorme piedra artificial estaba a oscura, ni el policía que había dejado en la puerta estaba. Abrió el portón y penetró hasta parquear el carro en la marquesina para cuatro vehículos. Entró a la casa y fue directamente hasta la habitación donde dormían sus dos pequeños hijos. Contempló los rostros infantiles de los pequeños y dos lágrimas se asomaron a sus ojos. Nunca había contemplado los rostros de sus hijos con la paciencia y la ternura con lo que lo había hecho en ese momento. Los durmientes parecían no estar en el universo de su padre, y su padre parecía que ellos no habían estado en su universo. Esos dos pequeños ángeles que dormían, hasta ese momento no habían sido sus hijos emocionalmente. Solo habían sido sus hijos como parte de una biología de la naturaleza. Sintió vergüenza de sí mismo. Pensó en su hijo herido de muerte. No había cumplido 15 años y era el responsable de cuidar la familia. No había sido protegido como hijo y lo lanzaba al peligro. ¿Qué clase de padre había sido? Tomó el canto de la sábana y terminó de arropar a los niños. Les acarició la cabellera. Después se marchó a ver todo el desastre que habían hecho los ladrones.

En la sala de espera, de la clínica "Independencia Norte", Alicia esperaba noticia de la evolución de su hijo. El pasillo y la sala estaban desiertos; sólo algunos trabajadores comenzaban a llegar y a limpiar el centro hospitalario. En el rostro de la mujer se marcaba el trauma de la pésima noche vivida. Se levantó y caminó hasta el baño para lavarse el rostro y arreglarse el cabello. Sus pasos mostraban la derrota que le había infligido el destino. Le arrancaba a su hijo mayor. Su gran orgullo yacía en una cama hospitalaria y no sabía si su corazón latía o se había detenido. Se miró al espejo y contempló su rostro afectado y marchito. Después salió y se encontró con su marido, que había llegado.

— ¿Qué te han dicho los médicos? —preguntó Angomás, mientras le estampaba un pequeño beso en el rostro y tocaba sus manos frías.

— No me han dicho nada. Desde que te fuiste no he hablado con el médico. Una de las enfermeras me dijo que estaban llamando para una junta médica de emergencia. Todo parece indicar que la situación se ha agravado. Los médicos no quieren hablar. Esto es desesperante —expresó la madre de Carlixto, mostrando un rostro angustiadísimo. Su esposo sintió las manos de su mujer con cierto temblor. Sabía que había perdido toda esperanza.

— Vete a la casa, que yo me quedo haciendo guardia, esperando, por cualquier cosa —propuso el marido, mientras observaba a su mujer marchitada por la terrible noche que había pasado.

— Voy a ir un rato a bañarme y a arreglar a los niños, pero vengo en un rato. Si te hablan los médicos, llámame en seguida —expresó la mujer, con acento autoritario.

Una hora después, se acercó una enfermera para informarle que el médico jefe de la clínica quería hablar con él. Caminó hasta la oficina del galeno cargado de angustia. Una entrevista así era para darle la peor noticia. Su corazón le dio un sobresalto. Penetró a la oficina y saludó al experimentado galeno.

— Dígame, doctor, ¿cómo está mi hijo? —preguntó de inmediato, antes de que el médico pudiera saludarlo. El médico lo miró por sus cristales de aumento, se acarició la barbilla y frunció el ceño.

— Su hijo no ha salido del estado comático en que llegó aquí. La evolución no presenta mejoría definible. Aun cuando sus signos vitales funcionan con cierta eficiencia. Parece que la situación se empeora. Lo he llamado para explicarle la situación del paciente y para decirle, que, aunque estamos aplicando el tratamiento correcto y tenemos las capacidades y los equipos necesarios en la clínica, para atender al paciente, no nos opondríamos a que usted lo quiera llevar a otra clínica de medicina avanzada. La recomendación nuestra es que el paciente permanezca en la sala de cuidado intensivo de nuestra clínica; pero usted tiene la última palabra.

— ¿Qué riesgo se contrae moviéndose de este lugar? ¿Qué oportunidad de vida tiene mi hijo aquí y que oportunidad de vida tiene si me lo llevo?

— Yo no aconsejo mover al paciente. Esta en una situación de extrema gravedad; aun cuando la intervención quirúrgica fue todo un éxito, es de reconocer que afectó algunos órganos vitales del cuerpo —el galeno hizo una pausa y respiró profundamente—. Yo creo que, en ningún lugar, pueden hacer más de lo que estamos haciendo nosotros. Lo bueno del caso es que es una persona muy joven y, tal vez, pueda rebasar la situación crítica. Usted es el que sabe. Nosotros haremos lo que usted decida.

— Puedo verlo, doctor —solicitó, mientras se apretaba las manos sudorosas.

— Aunque está totalmente prohibido el paso a personas que no sean lo que están tratando al paciente, vamos a verlo por un momento —comentó el galeno, levantándose del asiento y caminando hacia la puerta. Angomás lo siguió en silencio. Cruzaron el pasillo y penetraron a la sala de cuidado intensivo. Conectado a una enorme cantidad de equipo, yacía Carlixto con sus ojos cerrados. El padre lo contempló estremecido. El cuerpo inerte parecía estar muerto; sólo los aparatos marcaban diagramas y sonidos que referían que aquel organismo no estaba muerto. Un profundo dolor acongojó al padre.

El médico salió de la habitación y dejó a Angomás, sólo en compañía de Carlixto y de la enfermera que medía los informes de los aparatos médicos. El silencio era interrumpido, sólo por el sonido, programado de las máquinas. Parecía que el tiempo se había detenido. Sintió una culpa en su corazón por el estado de postración de su joven hijo. Frente a su hijo agonizante la vida propia parecía que se le iba más rápidamente que a su propio vástago. El dinero acumulado no servía para nada, en este momento. Miró al hijo enfermo y giró el cuerpo y salió de la sala especial. No movería a su hijo de ese lugar; si Dios se lo iba a regresar, se lo regresaría. Todo estaba en las manos del Creador.

Llamó a su mujer a la casa para informarle lo ocurrido. Su mujer le reprochó el no haberla llamado. Después, fue su mujer que entró a la sala de cuidado intensivo para ver a su hijo. La experiencia fue traumática. La madre no podría soportar el llanto y el dolor que le producía ver así a su hijo.

— Esperadme en la casa —ordenó el marido a la mujer por el teléfono. Abordó su vehículo y enfiló hacia su residencia. Encontró a su mujer con sus dos hijos en las piernas. Andrés de siete años y Julián de cuatro años jugaban, inocente, con la madre. Al verlo llegar, Alicia, entregó los niños a la trabajadora. Caminaron hasta la amplia terraza de la casa. Se acomodaron en un gran sillón.

— Tú sabes que no debemos dejar sólo a Carlixto. En cualquier momento nos pueden necesitar y si no estamos ahí, sería una desgracia para nosotros.

— Precisamente de eso te quería hablar. Yo los he dejado sólo a ustedes y el sentido egoísta de hacer dinero me ha llevado a olvidarme de mi responsabilidad.

— No digas eso —reprochó con dulzura la mujer—. Tú has sido un buen padre. Les has dado todo lo que los niños han necesitado. Ninguno de nosotros puede quejarse de tu dedicación y empeño por la familia.

— Sé que he sido un buen proveedor de la casa, de cosas materiales: alimentos, ropas, techo, juguetes, etc.; pero el trabajo me ha robado el tiempo para poder cultivar y cuidar la familia. Carlixto no era quien debería estar en la casa para proteger la familia; debí ser yo. Él es un niño que requiere de protección. No está, aun preparado para enfrentarse a la vida, por eso está en peligro de muerte.

Yo no nací para tener la cantidad de dinero que tengo. El dinero que tengo, en vez de ayudarme lo que ha hecho es destruir mi vida. ¿Para qué trabaja el hombre?, se preguntó. Debe ser para buscar la felicidad, y esa felicidad es verdad que requiere de una cantidad de dinero, pero no es tanto como nosotros creemos. La felicidad sólo se logra con la cantidad de dinero que nos permita construir una vida en la cual nos podamos realizar como seres humanos. Existe una cantidad de dinero que, cuando llega, nos hace esclavos, en vez de libres. El volumen de dinero que te hace obviar a la familia es un dinero maldito. Hemos conseguido dinero; pero vivimos en un barrio que tenemos pocos amigos; conseguimos dinero; pero nuestros viejos amigos ya no están. Todo el dinero que tenemos es para impedir que nuestras vidas sean plenas. No quiero tener el dinero que no me permita construir una familia con los valores y las gracias de nuestro Señor —Angomás hizo silencio. Su mujer bajó la cabeza y buscó sus manos—. Perdóname, Alicia, yo debí estar aquí anoche para protegerlo.

— ¿Qué piensas hacer, ahora, Richard?

— Me desprenderé de todo lo que no pueda cargar. Sólo tendré lo que pueda tener como utilidad de vida; todo lo otro no lo necesito. Sé que puede parecer una tontería, pero el dinero que impida el desarrollo mío y el de mi familia, no lo quiero. Sólo quiero la cantidad de dinero que me posibilite desarrollar los talentos de cada miembro de la familia; todo lo otro, no me interesa. Sólo le pido a Dios que les permita a Carlixto salir de esta encrucijada.

Pasaron algunos días y la recuperación de Carlixto no se producía. El comentario general decía que sólo estaba vivo por los aparatos que tenía conectados. Si se desconectaba de los equipos, moría enseguida. Esa mañana temprano, cuando Alicia y Richard entraron en las instalaciones del recinto de salud recibieron una información que lo estremecieron: el médico jefe del equipo de galenos que vigilaban la salud de Carlixto, lo esperaba en su oficina. Un sobresalto invadió el pulso de los padres del enfermo. Habían esperado durante una semana la noticia fatal.

Todos los pronósticos presentaban el peor resultado del desenvolvimiento de la salud de Carlixto. No había despertado y eso aseguraba un desenlace fatal.

— Díganos, doctor, ¿qué ha pasado? —preguntó Richard Angomás, mientras acomodaba una butaca para su esposa y otra para sí.

El rostro del galeno, oculto detrás de los grandes anteojos, miró a los esposos. El rostro de los padres reflejaba el conocimiento de la noticia que les guardaba el facultativo. Respiró profundamente y con voz pausada expresó.

— Carlixto ha despertado y creo que va a superar el trauma.

— Gracias, Señor mío, por devolverme a mi hijo — exclamó, con el rostro lleno de lágrimas, el padre.

Los esposos se abrazaron y lloraron de alegría. Había vuelto su hijo.

Richard Angomás tuvo que vivir la casi muerte de su hijo para entender que el trabajo sólo sirve para lograr el dinero que sirve para desarrollar la felicidad de la vida y que existe una cantidad de dinero, para todas las personas, que sólo les sirve para dañarles la vida.

CAPITULO II

La noche entraba en las horas de la madrugada. La ciudad, con sus mil luces, parecía dormir. Sólo se escuchaba, de vez en cuando, algún automóvil cruzar por la calle. El silencio era absoluto en el apartamento donde vivían Juan Javier y Pedro Pablo. En el comedor, Pedro Pablo esperaba a su compañero. Dos días habían pasado del conocimiento de los resultados de la prueba de embarazo a que se había sometido Rocío del Carmen, y no había podido encontrarse con su compañero en el hogar. Juan Javier no había dormido la noche anterior en el apartamento. Sintió el sonido de una llave penetrando la cerradura de la puerta y esperó que la puerta se abriera.

— ¡Hola, Juan Javier! —saludó acercándose al amigo.

— ¡Hola, Pedro Pablo! ¿Por qué estás levantado a estas horas?, ya es muy tarde —preguntó extrañado al ver la disposición que tenía el seminarista.

— Te esperaba. Necesito hablar contigo —comentó en un tono de angustia.

— Yo también quiero hablar contigo. Anoche no vine a dormir al apartamento. Ha sido la única noche que no he dormido aquí, después que nos mudamos del hogar de ancianos. Han pasado muchas cosas

319

—comentó Juan Javier, en el momento que tomaba una de las sillas del comedor y se acomodaba. Miró detenidamente a su amigo y percibió un cambio en la luz de sus ojos.

El silencio de la noche hacía que las voces de los seminaristas se escucharan con mayor intensidad. Pedro Pablo encendió la estufa y calentó el café que estaba en la cafetera. Se sentaron de frente. Ninguno de los dos jóvenes conocía de lo que iba hablar el otro. Hacía algunos días que se habían intercambiado las historias que les enviaba el Monseñor. Después de ese hecho habían entrado en un proceso intensivo de lectura y de reflexión. Las últimas reuniones con el padre Santiago Alonzo les habían aclarado algunas cosas sobre el camino que debían elegir para sus vidas. Ambos seminaristas sólo esperaban horas para renunciar a la vida consagrada.

— Han sucedido algunas cosas que quiero compartirlas contigo — expresó Pedro Pablo—. Después de profundizar en las lecturas de las historias del Monseñor, y más aún, leyendo las historias que te habían enviado a ti, creo que he llegado a la verdad. En las primeras lecturas de las historias, no entendía lo que quería decirme el Monseñor; pero, después que han pasado los días y entro en una profunda reflexión, he llegado a la conclusión de que mi camino es el de ser sacerdote. No voy a salir del seminario. Me prepararé para la ordenación —afirmó resueltamente y después se tomaron largos sorbos de café.

Juan Javier miró con extrañeza a su amigo. Su aspecto había cambiado y decía las cosas con soltura y con cierto aire de felicidad. Sus ojos brillaban y su semblante radiaba paz interior. Se acomodó el cabello crecido, para que no le caigan sobre los ojos. Siguió en silencio escuchando al compañero.

— He estudiado, de nuevo, una a una, las historias y he logrado descifrar el mensaje que nos trae cada una de ellas. Muchas veces las leí, pero no sabía lo que estaba leyendo, creía que era un cuento más, y no es así, son verdades absolutas, que nosotros debemos encontrar. Creo que el que no entienda las historias del Monseñor, tampoco entenderá las palabras de Jesús, ni la dinámica de la vida.

He hablado y he leído las historias en compañía de Rocío del Carmen y, aunque con mucha tristeza, ha entendido que mi camino está en la obra del Señor. Me confundió todo el mundo fantástico del Caribe. Estas islas son muy especiales y, para conocer estas culturas y estas subculturas, se requiere de tiempo y de ayuda profunda en el espíritu. He entendido la razón del porqué, nos han enviado a las manos del monseñor Santiago Alonzo. Solamente, a través de él Dios puede hacer milagros en el seno de su misma Iglesia.

Juan Javier escuchaba emocionado a su compañero. Dos espesas lágrimas inundaron sus ojos. Sacó un pañuelo e intentó secarlas. Pedro Pablo lo miró con ternura. Se levantó y caminó hasta donde estaba Juan Javier y lo abrazó. Duraron un tiempo abrazados, y Juan Javier estalló en llanto. Los dos jóvenes seminaristas lloraban de alegría. Una alegría extraña que le había llegado desde la profundidad de su ser. Dios estaba obrando para el bien de la humanidad.

— Puedes llorar. Deja que tu alma se desahogue de las cosas turbias que la habían afectado —expresó Pedro Pablo—. No te resistas a llorar, porque entonces, no podrás ver con claridad las cosas que nos están ocurriendo.

JJ seguía llorando. El llanto es un lavado de la turbiedad del alma. Cuando lloramos porque hemos encontrado el camino correcto por donde debemos transitar, ese llanto es bendito, y debemos expresarlo en su máxima expresión. No podemos tener temor, cuando tengamos deseos de llorar. El llanto es la expresión de la pureza de la acción del ser humano. Cuando lloramos, estamos expresando sentimientos que no tienen otra forma de expresarse. Sólo el llanto expresa con esplendidez las características del alma de las gentes. El llanto no puede ser fingido, cuando expresa un valor propio, ni puede ser impedido, porque es más fuerte que la voluntad de nosotros. El llanto viene de Dios, cuando Él les muestra su verdad a las personas. El llanto es la lectura del libro íntimo del ser del hombre y de la mujer.

Los dos jóvenes estudiantes de religión volvieron a sus asientos, después de secarse las lágrimas.

— Anoche me quedé toda la noche en el Sagrario de la parroquia de Nuestra Señora de la Divina Providencia, con permiso del padre Juan, en penitencia para que el Señor me diera luz en mi camino —expresó Juan Javier—. Ahora mismo vengo de la parroquia y he llorado en presencia del Altísimo. Él me ha señalado el camino que debo seguir. No voy a salirme del seminario. Me convertiré en misionero y trabajaré para la obra del Señor. Toda la vocinglería es pasajera, sólo la obra de Dios es perenne. El trabajo del sacerdote es el trabajo que hizo Jesús cuando vino con nosotros. No puedo negarme a ser hijo predilecto del Señor. Estoy muy feliz. He sentido que me he despojado de las ataduras del mundo y he regresado al camino de Dios.

Al igual que a ti, "las historias del Monseñor" me han enseñado a interpretar cada acto de la naturaleza y de la vida. Son lecturas inspiradas por el mismo Dios. No pueden ser hechas por un hombre que no ha vivido en el mundo. Nos muestra el mundo, con sus miserias y sus engaños; pero también nos señala el camino a seguir por el bien. Cada una de las historias son lecciones de vida y, aquellos que puedan entenderla, estoy seguro de que llegarán al camino indicado para sus vidas. Inclusive creo que son muy válidas para las personas que no son religiosas, porque son fuentes de sabiduría. Después de leerlas con la ayuda de Dios, he entendido verdaderamente lo que encierran. Son lecturas que hay que hacerlas como una oración con el Señor, debe estar dispuesto a recibir la ayuda de Dios para el entendimiento. He llegado a la conclusión de que son las parábolas que nos envía el señor Jesús para este tiempo.

Ha sido una gran bendición que viniéramos a Santo Domingo adonde el monseñor Santiago Alonzo. Creo que solo él podía sacarme de las dudas que invadían mi entendimiento. Hoy no tengo dudas de lo que quiero. Sólo la sabiduría del Monseñor me podía conducir por el camino de encontrar al Señor. Si no logro un encuentro personal con Dios, estoy seguro de que no podría ser sacerdote, y eso lo he logrado, gracias a la ayuda de Monseñor.

Las horas de la noche pasaban y los dos jóvenes seminaristas seguían conversando de su propio encuentro con su propia vocación religiosa. El silencio de la ciudad seguía enseñoreándose en todo el territorio urbano. Pedro Pablo sirvió una nueva ración de café. El proceso de encuentro de los dos jóvenes con el Señor lo había transformado. Por primera vez, la decisión de ser sacerdote no estaba ligada a un deseo familiar. Eran ellos, los propios protagonistas de sus vidas. Nadie puede ser sacerdote sin llegar a tener un encuentro personal con Dios. Nadie puede ser salvo, sin tener un encuentro personal con Dios. Todo ser humano debe procurar encontrarse con el Señor, para poder darle sentido a su vida.

Después de las horas de conversación, los seminaristas se sentían liberados del temor y de las dudas. Estaban absolutamente convencidos de que el camino que habían decidido era el correcto. Una profunda alegría se anidaba en cada uno de los muchachos.

Cuando el hombre se libera de las ataduras del materialismo, encuentra la felicidad. Sólo la presencia del Señor, aportando el sentido de vida, permite lograr la felicidad en el ser humano. El hombre que vive para satisfacer sus necesidades materiales, no puede encontrar la felicidad. La felicidad del hombre viene dada por el mismo que lo creó. Nada material llena las expectativas del hombre. Esto no quiere decir, que Dios no quiera que nosotros no tengamos riqueza material, no, lo que quiere decir esto es que no se puede vivir con el sentido de vida en lo material. Todo lo que Dios coloca en el mundo es para el provecho del hombre, y el hombre debe luchar por tener las condiciones materiales para satisfacer sus necesidades materiales; pero no puede poner en primer lugar lo material, porque, entonces, su sentido de vida es la materia y olvida que lo único que tiene trascendente es su alma. Debemos tener riqueza material para cumplir con lo material, pero debemos tener la mayor riqueza espiritual, para poder salvar nuestra alma. No hay contradicción entre la riqueza espiritual y la material. La material satisface necesidades momentáneas; en cambio, la riqueza espiritual te lleva a la felicidad plena.

Juan Javier se levantó y caminó hasta el amplio ventanal que permitía tener una vista panorámica de un sector de la ciudad de Santo Domingo. Contempló el haz de luz que salía del mausoleo de Cristóbal Colón y que se perdía en el infinito. El haz de luz, cuando lograba atrapar una nube, entonces reflejaba una cruz en el cielo. En ese momento el faro proyectaba una inmensa cruz en el ennegrecido cielo caribeño. Sentía la presencia de Dios.

— ¿Cuándo vas a hablar con el Monseñor? —preguntó Juan Javier—. Nos queda muy poco tiempo en Santo Domingo y, si el Monseñor envía un reporte negativo al Seminario Mayor en España, no nos permitirán ordenarnos de sacerdotes. Yo no estoy seguro de que no lo haya enviado ya —dijo afligido. Su rostro palideció por sólo pensar que ya no pudieran ordenarse como sacerdote católico.

— Por la mañana voy para el hogar de ancianos. Te estaba esperando, porque no quería ir sin que conozca mi intención. Había hablado otra cosa, y ahora he cambiado de actitud. Pero, muy temprano hablaré con el Monseñor. Yo creo que él no ha enviado el reporte. Ayer me envió una de las historias, y eso me dice que él confía en ella, aun después de lo que les dijimos.

— Tú tienes razón, es muy posible que no las haya enviado el reporte con la descalificación de nosotros; pero de que los tiene hechos, las tiene hechos —comentó Juan Javier—. Quiero resolver algunos asuntos en la parroquia. No he hablado con el padre Juan ni con María José. Necesito poner todo en orden para enfrentarme con el Monseñor. Iré después que tú hables con él. Sólo quiero saber si no ha enviado el informe. Por favor, pregúntaselo, que eso es muy importante. No quiero que mi madre se entere, en España, de las dificultades que hemos tenido en Santo Domingo.

— No te preocupes, que yo te lo informo mañana, después que hable con el Monseñor. En estos pocos días que nos quedan en el Caribe, quiero tener la mayor cantidad de reuniones con el Monseñor. Está muy viejo y cuando me vaya no sabré si lo podré volver a ver. Toda esa sabiduría debo abrevarla, ahora cuando estoy con él. Me gustaría mudarme al asilo y poder ayudar en las labores que no pueden realizar los ancianos sacerdotes. Si el Monseñor nos acepta, vamos a vivir la última semana en el hogar de ancianos, como sirvientes. Ese recinto está lleno de la bendición de Dios. Todos los sacerdotes, no solamente el Monseñor, están llenos de sabiduría, sino que todos tienen una vida dedicada al servicio de Cristo. Cada uno de esos ancianos es una lectura maravillosa de la presencia de Dios en la tierra. Todos abandonaron el sentido material de la vida y se dedicaron a seguir el camino trazado por Jesucristo. Ellos son un gran ejemplo.

— Me parece una buena idea. Propónselo y dile que yo estoy de acuerdo con la idea —informó Juan Javier, esbozando una sonrisa—. Pasarnos la última semana en el hogar de ancianos sería una bendición. Ahora cuando tenemos una nueva luz en nuestros pensamientos. Ahora sí podemos entender el camino del Señor y poder saber la razón de cada cosa. La verdadera enseñanza, después de las historias del Monseñor, será la lectura de cada una de las vidas de los ancianos que han servido con amor y fe a la obra de Dios. ¡Qué grande es Dios! Me hizo vivir el mundo material para enseñarme el mundo real de la fe. El Monseñor me lo dijo muchas veces, pero yo no le entendía; pero ahora sí puedo entender con facilidad lo que me decía.

— Cuando se ha tenido un encuentro con el Señor, la vida es nueva y es buena. Si no conocemos a Dios y conocemos qué quiere de nosotros, entonces, nunca sabremos el porqué de nuestra existencia. Doy gracias al Padre, por hacerme llegar a la luz. Nunca había sentido una felicidad tan grande como la que siento hoy. Mi vida se ha llenado de gozo, y sé que será para siempre. Nada malo me ocurrirá, porque estará, siempre el Señor conmigo.

— Mañana, al mediodía, comeremos en el apartamento, para que me informes si el Monseñor acepta que nos mudemos, por la última semana, al asilo de ancianos.

— No hay problema. Hablaremos mañana; pero ahora vamos a dormir —solicitó Pedro Pablo, tratando de limpiarse los ojos, ya sediento de sueño.

La noche llegaba a su máxima oscuridad. Los dos jóvenes estudiantes, ahora nuevos, entraban en el sueño reparador que no habían podido tener desde hacía algún tiempo. El apartamento de JJ y de PP, ahora era un lugar donde reinaba el Señor, y todo había vuelto a la felicidad.

Muy temprano se escuchó que alguien llamaba a la puerta del apartamento de los seminaristas. Pedro Pablo abrió la puerta y recibió dos historias que les enviaban a él y a Juan Javier. Sintió una inmensa alegría. Les traían sabiduría y aseguraban que no había enviado el reporte negativo de reprobación al Seminario Mayor de España.

Historia para Pedro Pablo Zambrano:

HISTORIA NO. 24

UN PASO OBSTRUIDO

Mario Paniagua empujaba el triciclo sin cadena para locomoción por la avenida Enriquillo de la Capital de la República. El sol de las 2:00 de la tarde caía implacablemente sobre el hombre. Su sombra, que aún no se había cansado de seguirle, a pesar de su rumbo incierto, lo acompañaba, a pesar de que ésta se movía para ponerse en el lugar donde el sol no le golpeara como a su amo; el hombre, estoicamente, soportaba el inmenso calor del Caribe.

El pequeño vagón móvil cargado de frutas y víveres se desplazaba lentamente sobre el pavimento gris de la moderna calle de la ciudad de Santo Domingo era empujado por la fuerza física del hombre, ya entrado en edad. Giró a la izquierda para entrar al exclusivo sector de Los Cacicazgos, en las proximidades del parque Mirador Sur, cuando sintió un vehículo que se le precipitaba hacia él y le arrancaba el triciclo de las manos. De un salto se puso a salvo y, tirado en el suelo, contempló la jeepeta Prado que se tragaba su móvil por la parte delantera. Miró uno de sus brazos de donde comenzaba a brotar sangre.

La puerta de la jeepeta, del lado del conductor, se abrió, de donde salió un corpulento hombre de unos 40 años, de piel blanca, cabellos lacios y ojos azules. Mario permanecía tirado en el pavimento; su mirada se nubló un poco y no podía distinguir a la persona que se acercaba. Por un breve momento perdió el conocimiento.

—¿Qué buscas tú con un triciclo en esta urbanización? No sabes que en sector no se usa comida de vendedores ambulantes —expresó el hombre, dirigiéndose hacia el caído, con evidente ira. Sacó, del interior del vehículo, una pistola y apuntó hacia el hombre que se trataba de levantar.

Mario Paniagua se incorporó y caminó hacia su instrumento de trabajo chocado. Las frutas y los víveres que iba a vender estaban tirados en el suelo. Observó la pistola en las manos del chofer y exclamó:

— ¡No me mate, no me mate! Usted fue quien me chocó; yo venía por mi derecha —reclamó el obrero callejero, con el pánico dibujado en el rostro.

— ¡Qué diablos busca por aquí! Por esta urbanización no usamos vendedores ambulantes. Las residencias tienen todo lo que necesitan y si le falta algo lo mandan a buscar al supermercado —ripostó el Ing. Orlando García Tatis, que así se llamaba el propietario de la jeepeta, mientras intentaba sacar el triciclo que estaba atorado en la parte delantera de su vehículo—. ¡Por esta urbanización no necesitamos a ningún triciclero! Sólo sirven para buscarle problemas a la gente decente. En este sector no viven pobres. Mucho esfuerzo y muchos sacrificios hemos tenido que hacer para vivir en un lugar tranquilo y que no nos molesten los barrios marginados.

Mario caminó dificultosamente hasta el lugar donde estaba su medio de subsistencia. Miró fijamente a Orlando García Tatis, que aún tenía la pistola en la mano derecha. Sus manos temblaban por el impacto del accidente. Miró el rostro iracundo del ingeniero.

— Señor, usted está muy equivocado. En este sector viven muchos pobres; lo que sucede es que usted ni siquiera los ve. En todas las casas de esta urbanización viven, en su mayoría, más pobres que ricos, que son los dueños de las mansiones. Los ricos cuyo sentido de vida es el dinero no pueden ver a los pobres, tampoco tienen ojos para ver el valor real de las cosas. Para ustedes, los pobres, sólo son válidos cuando los necesitan para que les sirvan; si no les sirven, entonces son un estorbo.

— Lo que tú quieres decir es que los ricos no tenemos sensibilidad y que somos inferiores como seres humanos —señaló el corpulento hombre.

— Cuando usted bajó de su vehículo, no vio a un ser humano en mí; sólo vio un obstáculo que le había provocado un malestar. Mi presencia en los barrios de los ricos es parte de la distribución de la vida. Muchos de los alimentos que usted come los producen los seres humanos más pobres. Eso no tiene nada de malo, es que esa es la misión de cada uno. Yo no hago nada malo, trayendo productos hasta la puerta de su casa. Los productos que yo vendo, los compran en su vivienda y en las viviendas de sus vecinos; de lo contrario, no viniera a vender por aquí.

— ¡Saca ese triciclo y procura que no me maltrate la pintura de la Jeepeta! —ordenó con arrogancia el habitante del sector adinerado, mientras marcaba los dígitos de un teléfono desde su aparato celular—. ¡Hola… Hola! Soy yo, compadre. He tenido un accidente con un triciclero. ¿Tiene usted una unidad para que venga a meter preso a este imprudente? General busque un vehículo y mándeme a trancar al que me chocó la jeepeta —El ingeniero García Tatis cerró el teléfono y miró con desprecio a Mario que trataba de sacar una de las ruedas de su móvil de debajo del bómper de la jeepeta. La pistola seguía en la mano del hombre.

— Yo no he sido el que ha tenido la culpa. Es usted quien me ha chocado —comentó el vendedor de frutas con cierta turbación.

— ¡Vamos a ver quién tiene la culpa! ¡Estos "padre de familia" creen que van a joder toda la ciudad! Ni vendiendo a toda tu familia tú puedes pagar los daños que tiene la jeepeta. Esa mica y esos rayones que tiene valen una fortuna; mucho más que tú y tu triciclo —enfurecido comentó el chofer con el rostro sudado y con la mirada contrariada.

— Todo en usted se limita al valor material de las cosas. Para mí estos productos valen más que su jeepeta. Si usted no tuviera esa Jeepeta, tendría a su familia bien protegida; en cambio, los productos que yo traigo son todos lo que tengo. La diferencia entre usted y yo es que usted puede vivir bien sin la jeepeta, y yo, si pierdo los productos y el triciclo estoy seguro de que mi familia va a pasar mucha hambre.

El ingeniero Orlando García Tatis se montó, de nuevo, en la jeepeta y la movió de reversa hasta que esta desenganchó el triciclo de Mario Paniagua. Observó el pavimento lleno de las frutas y de los víveres, además del triciclo, convertido en un ocho, del vendedor ambulante. Se dispuso a desmontarse, de nuevo, y, al bajar cayó sobre un enorme tomate maduro, el cual explotó y le salpicó el pantalón de tela inglesa y la camisa de lino especial.

— ¡Maldita sea! Ese maldito tomate me ha empuercado toda la ropa. Este es uno de mis malditos días de mala suerte.

Mario contemplaba, aterrado, al hombre que se maldecía teniendo un arma en su mano derecha. Comenzó a tratar de enderezar el triciclo; era muy difícil, estaba muy afectado por el choque.

— Cálmese señor, todo ocurre por bien —expresó Mario, tratando de tranquilizar aquella fiera que estaba a punto de dispararle con la pistola—. Píenselo mejor, tal vez, este choque que me quitó todo lo que tengo y le produjo algunos rayones a su vehículo es el accidente menor que usted iba a tener en el día. Tal vez, si usted no me choca a mí y a mi triciclo pudo haber chocado a un niño o a otro vehículo a gran velocidad, y entonces, hubiese sido peor.

— No me venga con pendejadas. Ustedes los pobres sólo piensan en desgracias mayores, no piensan en cosas mejores. ¿Por qué diablos tengo yo que chocar a un niño o a otro vehículo en marcha?

— Las cosas pasan por algo y tal vez yo estoy aquí puesto por Dios para impedir que usted destruya su vida. No hay nada que ocurra en el mundo que no sea la voluntad de Dios. No se mueve una hoja en un árbol sin su voluntad divina. Tal vez estoy aquí para cumplir una misión con usted que ni usted ni yo sabemos que estamos cumpliendo. No obstruya la voluntad del Creador, Él sabe por qué hace sus cosas.

El ingeniero Orlando García Tatis escuchó, ahora con cierta tranquilidad, lo que le decía el vendedor callejero. Las frutas seguían derramadas por todo el pavimento. El sol seguía cayendo sobre el suelo citadino, y el calor se hacía insoportable. El teléfono celular comenzó a sonar insistentemente; al principio, Orlando no le hizo caso. El timbre del aparato de comunicación seguía fastidiando el momento. Miró la pantalla del teléfono y observó que era el encargado de su construcción más importante.

— Dime, ¿qué quieres? No puedo hablar contigo —contestó alzando la voz y evidenciado el mal humor que tenía—. Llámame después, ahora no puedo —cortó secamente.

— Ingeniero, ha pasado una desgracia. Sobre su oficina se ha desplomado una pared, y gracias a Dios que usted no vino temprano. Si usted hubiera estado ahí, la desgracia fuera más grande.

— Voy para allá, en seguida —contestó mientras observaba a Mario Paniagua, que aún tembloroso, recogía la venta. "El encuentro con el vendedor callejero le había salvado la vida", pensó para sí. Sintió que se aproximaba otro vehículo y vio que era su compadre, el General, que se desmontaba del vehículo en compañía de dos agentes de policía.

— Éste fue quien le chocó la Jeepeta, compadre — preguntó el oficial, señalando hacia el triciclero. Orlando miró, de nuevo, a Mario.

— Sí, fue él; pero yo soy el culpable —expresó con un gesto de arrepentimiento.

Entonces supo que el triciclero estaba siendo usado por Dios para salvarle la vida.

Historia para Juan Javier Salazar:

HISTORIA NO. 25

UN SERVIDOR SERVIDO

El salón del restaurante estaba casi desierto, los pocos comensales comenzaron a retirarse paulatinamente. El conjunto de mesas quedó sin comensales. Las horas de la madrugada comenzaban a posarse sobre la ciudad de Santo Domingo. El cansancio, producto del trabajo de 14 horas, se hacía presente en Agustín Peralta, principal cocinero del establecimiento comercial.

Se derribó en el sillón más cercano y se quedó quieto unos minutos; necesitaba un respiró. El calor de la cocina, aún a esas horas, era insoportable.

— Agustín, el jefe te quiere ver en su oficina —dijo, Amancio, uno de los cocineros, al momento de entrar al lugar.

— ¿Qué quiere conmigo? Estoy cansado —comentó, mientras trataba de levantarse del asiento donde estaba sentado.

— Yo no sé lo que quiere, pero me parece que el trabajo no se ha terminado.

Agustín Peralta caminó pesadamente hacía la oficina del dueño del restaurante. Lo último que quería que suceda era que hubiera un pedido de última hora. Tocó dos veces y escuchó la voz del dueño desde el interior en la que le ordenaba entrar.

— Me ha llamado el presidente del Banco, donde manejamos las cuentas nuestras, que tiene en su casa unos amigos y quiere que le cocine una comida. Yo sé que el personal está muy agotado, pero no le puedo decir que no a don José Blanchart. ¿Qué podemos hacerle de comida a estas horas? —preguntó el gerente, dándole una orden al cocinero—. Tenemos que llevarla a la mansión y servirla —reafirmó el dueño.

El cocinero miró con ojos de impotencia al dueño del negocio. Parecía que no tenía ninguna opción que no sea hacer el trabajo. Una rabia le quemaba las entrañas.

— Yo no puedo hacer otra comida en el día de hoy. Estoy absolutamente cansado y no me siento muy bien. Estoy aquí porque yo no abandono mi trabajo; pero yo no puedo cocinar ni un frito más. ¡Estos ricos quieren que le sirvan hasta el último suspiro de los pobres! —se lamentó el cocinero.

— Es comida para 15 personas; vamos a poner manos a la obra —ordenó enfáticamente, Josué Bonicheli, quien era el dueño del restaurante.

— Yo me siento muy cansado, no sé si pueda hacer esa comida. Yo no creo que pueda. Estoy absolutamente agotado y me comienza a doler un poco la cabeza; es una penita que no me deja en paz —contestó Agustín, aceptando la voluntad del dueño del negocio.

— Es para 15 personas; eso tú lo haces en poco tiempo y luego la llevamos a la casa de don José.

Agustín se encaminó hacia la cocina, donde le esperaban los cocineros ayudantes. Sintió un poco de fatiga al respirar. Dio algunas instrucciones a los compañeros de trabajo y se sentó, de nuevo, en el viejo sillón que estaba en la cocina. Comenzó a sudar copiosamente.

— ¿Qué le pasa Agustín? —preguntó Amancio, observando el sudor copioso que tenía el compañero de trabajo.

— Desde la mañana no me he sentido bien. Tengo una penita en la cabeza que me ha mortificado todo el día. Creo que voy a tener que ir al hospital del Seguro Social a ver si me chequean.

— Pero esos médicos están en huelga. Todo el que va con un problema a ese hospital sale con dos problemas. Mejor sea que trate de ver un médico en una clínica.

— ¿Dónde voy yo a tener dinero para poder ir adonde un médico de las clínicas para ricos? Los pobres no podemos ir a esas clínicas. Tenemos que estar a la buena de Dios —se lamentó.

En cuestión de una hora y media, dando las 2:45 h de la madrugada, ya la comida estaba servida en la casa del banquero. El espléndido buffet esperaba por los comensales.

En la casa de don José Blanchart se celebraba, de forma repentina, el compromiso de su hija con un importante hombre de empresa del país. La celebración llenaba de risas y música a la casa y se escuchaba en todo el inmenso solar que ocupaba la vivienda.

En medio de la celebración se escuchó la voz del anfitrión, que muy contento, llamaba a los convidados a disfrutar de la comida. La tropa que celebraba conformó una pequeña fila, iniciada por el dueño de la casa. Cuando Agustín Peralta se disponía a depositar en el alimento en el plato de Don José, sintió que la noche se ennegrecía y su enorme cuerpo fue a precipitarse al suelo.

— ¡Un médico, un médico! —gritó un cocinero, mientras trataba de ayudar al caído.

— Cárguenlo y llévenlo a una habitación —ordenó don José.

Dos cocineros y el empleado principal de la casa cargaron el pesado cuerpo y lo subieron a una de las habitaciones de la mansión. Un hombre blanco, de unos 60 años, corría detrás del hombre desmayado, con un maletín de médico. Acomodaron a Agustín Peralta en una confortable habitación. El hombre respiraba con dificultad y parecía que, con el tiempo, se le agotaba la respiración.

Su rostro, sudoroso, comenzó a tomar un semblante de palidez. El hombre se estaba muriendo.

El médico desabrochó el cuello del enfermó y comenzó a quitarle la camisa. El cuerpo tendido en la cama se empapaba de sudor.

— ¡Llamen una ambulancia urgente! Este hombre está sufriendo un infarto y se está muriendo

—solicitó el galeno, mientras trataba de reanimar al enfermo.

— ¡Llévenlo en mi automóvil! No creo que aguante la llegada de una ambulancia —ordenó el dueño de la mansión—. Ingrésenlo en la clínica Dr. Abel González con mi autorización, que yo me ocupo de los gastos.

Cuatro hombres cargaron al enfermo y lo introdujeron en el asiento trasero del carro Volvo, último modelo. El médico, que era hermano de don José, siguió asistiendo al enfermo durante el trayecto hasta la clínica ubicada en la avenida Abraham Lincoln.

En poco tiempo, después de llegar hasta la clínica, Agustín Peralta ingresaba a la sala de cirugía del establecimiento de salud. No había recuperado el conocimiento. El pulso se agotaba. El diagnóstico informaba de venas obstruidas, por lo que la sangre no llegaba hasta su corazón y tenían que colocarle un pequeño equipo que le permitiera hacerle llegar la sangre hasta su centro de bombeo.

Agustín Peralta estaba siendo intervenido en uno de los centros de asistencia médica más importante de la ciudad capital. Su pecho había sido aserrado y la cavidad toráxica estaba abierta. La intervención tenía como función tratar de ganarle un poco de tiempo a la muerte, para que no se lleve al grueso cocinero. El propio hermano de don José, especialista en cardiología, asistía a la intervención quirúrgica. Los médicos y el propio centro de salud no se responsabilizaron de mantener con vida al trabajador de gastronomía.

El tiempo pasaba y los galenos seguían con su delicado trabajo. En la sala de espera, la esposa y los compañeros de trabajo de Agustín esperaban los resultados quirúrgicos. En el rostro de los asistentes a la sala de espera se notaba una actitud de poca esperanza. El corazón de aquel gigante parece que se había cansado de latir.

Agustín estaba en manos de los galenos y en la clínica que nunca se imaginó ser tratado. Estaba siendo atendido por uno de los equipos médicos más entrenados y caros del país. Todo lo que había ganado durante toda su vida no sumaba los gastos que se estaban incurriendo en la operación y en el tratamiento. Sólo pudo ser una bendición divina la de caer en crisis de salud en la casa de uno de los hombres más ricos del país. Él, que no tenía con qué atenderse un tratamiento elemental, estaba siendo atendido, como se atienden los ricos en la Capital de la República. Los recursos del dueño de un banco estaban siendo utilizados en su salud sin que él lo pidiera. ¡Dios sabe cómo hace sus cosas!

La seis de la mañana estaba haciendo su entrada a las manecillas del reloj, cuando salió uno de los médicos de la sala de cirugía. Todos los asistentes se aproximaron hacia el galeno.

— ¿Qué ha pasado? —preguntó uno de los compañeros, cocinero ayudante de Agustín. El médico informó que estaban haciendo todos los esfuerzos para salvarlo; pero que los daños que tenía el corazón eran muy grandes. Todo lo que le pedía era que recen por la vida de Agustín; sólo un milagro podía salvarlo de esa encrucijada.

Pasaron cuatro días de la intervención quirúrgica y Agustín no volvía en sí. En la sala de cuidados intensivos los médicos y el personal de salud se afanaban por salvar la vida del cocinero. Don José Blanchart visitaba, en la tarde, la clínica y se enteraba de la situación del enfermo. Esa tarde, don José entró a la habitación de Agustín Peralta. El enfermo estaba inmóvil. Poco a poco abrió los ojos y se encontró con el rostro del banquero. Fue el primer rostro que observó, después de estar en coma. El enfermo hizo una leve sonrisa. José Blanchart se estremeció al contemplar el despertar del enfermo. Agustín Peralta había regresado a la vida.

— Lo único grande y bueno que ha hecho el banco de mi propiedad es haber salvado la vida de este hombre — comentó, mientras salía de la habitación. Dos lágrimas, de alegría, rodaron por su cuidado rostro.

Solamente estando en la casa de don José Blanchart, Agustín Peralta podía salvar la vida, y Dios había hecho su voluntad, colocándolo en el lugar indicado. Todo el dinero del millonario era para que Agustín estuviera vivo. Dios estaba operando en su obra.

CAPITULO III

La lluvia hizo su presencia con las primeras luces del día. De una lluvia fina e intermitente que pasaba, por momentos, a aguaceros torrenciales. El tiempo de sequía había terminado en la región. El pequeño bosque que rodeaba, como un cinturón, a las edificaciones del asilo de ancianos sacerdotes parecía celebrar la llegada del agua desde el cielo. Las aves, aun cuando era la hora de recibir su alimentación, no salían de su hábitat. El cielo estaba cubierto con una nubosidad que presagiaba lluvia todo el día. El monseñor Santiago Alonzo, desde una de las ventanas de su habitación contemplaba la caída de las gotas de agua. Tomó un abrigo y se lo colocó por encima de la camisa. Comenzó a bajar la temperatura y sintió frío. Llegaban las 10:00 de la mañana y la lluvia continuaba cayendo en grandes proporciones. Estaba ensimismado, cuando sintió los toques en la puerta que le anunciaba la presencia de alguien. Miró la habitación, percatándose de que estuviera arreglada, y autorizó la entrada de quien llegaba hasta su puerta. Sólo podía ser uno de los ancianos del hogar. Esperó, luego vio entrar a uno de sus ayudantes.

— Monseñor, lo busca Pedro Pablo. Le he dicho que usted está en sus meditaciones, pero como me ha dicho que le informe

339

inmediatamente cuando llegue alguno de los seminaristas, se lo vengo a decir. Si usted quiere le digo que no puede recibirle hoy y que venga mañana.

Santiago Alonzo siguió contemplando el torrencial aguacero que estaba cayendo sobre la región, plácidamente. Después comento:

— ¿Está muy mojado?

— No, Monseñor, trajo un capote y no se mojó gran cosa. Creo que se protegió muy bien.

— Tráelo aquí a mi habitación. Mándame una cafetera con café caliente y dos tazas. Está comenzando a hacer frío —ordenó el rector del hogar de ancianos. Una decisión final había tomado el seminarista. Las dificultades del clima no eran para que viniera un día tan difícil. Sintió una preocupación íntima. Era muy posible que viniera a despedirse.

La lluvia seguía cayendo y el monseñor Santiago dejó volar su pensamiento mientras la contemplaba caer. Los nuevos tiempos requieren de métodos nuevos para tratar los problemas de las gentes de esta época. No entendía por qué el método de las historias no había tenido éxito con los dos jóvenes seminaristas. Las palabras divinas no tienen tiempo para ser implementadas. Las palabras inspiradas por el Señor son palabras para siempre. Las enseñanzas de Jesús son tan actuales como la misma vida de esta época; entonces, si sus historias son mensajes divinos, inspiradas por el propio Dios, ¿por qué no han tenido éxito con los muchachos? En el pasado recibió a seminaristas que tenían mayores dificultades y había logrado que encontraran el camino de la misión. Sentía que se acababa su vida y no podía legar a la humanidad, con el método traído por Jesús a la tierra, de las Nuevas Buenas, que el mismo Jesús le permitió escribir para este tiempo. Al final de sus días, el propio Señor era el encargado de decirle que su obra era imperfecta; que tenía resultados positivos en algunos casos, y en otros, no. Pero no era su obra; era la obra del Señor; no lo entendía. No importaba la edad y la fe, siempre tenemos que aprender del Señor. Al final de su vida, sólo le faltaba enseñar a otro sacerdote para que siga sus pasos con el método, pero tenía sus dudas. Tal vez, el Señor indicaba cual era el camino de las historias, y era que debían morir con él. No debía haber otro "Monseñor de las Historias", en el futuro.

— Pasa, hijo —ordenó al sentir los toques en la puerta.

Pedro Pablo entró. Después del saludo ceremonial, se sentó en la única silla que había en la habitación. El padre Alonzo se sentó en el borde de la cama. El seminarista observó la habitación; estaba cambiada. Mucho mejor arreglada que la última vez que estuvo en ella. El único lugar privado de un servidor tan perfecto era una pequeña habitación. Todo lo material que había obtenido en la vida estaba en el pequeño y humilde espacio.

— ¿Por qué viniste hoy, si está haciendo un tiempo muy difícil para salir? Esta lluvia parece que no va a terminar. Cada vez que pasan las horas, mayor es el grueso del aguacero —comentó el seminarista cuando se sacudía algunas gotas de lluvia de la ropa.

— Monseñor, tenía que hablar con usted, hoy. Quiero pedirle perdón por todos los disgustos que le he estado ocasionando —expresó el seminarista al momento, que se arrodillaba frente al viejo sacerdote y le besaba el anillo—. Al principio no lo entendí, ni entendí el mensaje que me mandaba con las historias, ahora puedo ver con claridad lo que usted siempre me había querido decir. He leído, de nuevo, las historias, y ellas me han llevado a tener un encuentro con Jesús. Mi encuentro con el Señor me ha permitido llegar a la luz. Deseo, con toda mi alma, ser sacerdote y deseo irme de misionero al lugar más difícil que el Señor disponga. Usted ha sido una verdadera bendición para mí. Si no lo encuentro en mi camino, tal vez me ordenase de sacerdote, pero nunca sería un hijo de Dios. Sus enseñanzas han sido el camino para encontrarme conmigo mismo y encontrarme con el Creador. Ellas, las historias, han sido una fuente de luz para yo lograr mi encuentro personal con Jesús.

Monseñor, le digo que han sido mi orientación para encontrarme con el Señor, pero no necesariamente para ser sacerdote. Si hubiese tomado la decisión de no ser sacerdote, ellas me habrían llevado a mi encuentro con Dios. El encuentro con el Señor es lo que nos hace ver el camino que debemos seguir en nuestras vidas, que puede ser el servicio como sacerdote y puede ser el del servicio como una persona normal; pero, en ambos casos, el encuentro nos indica el camino para ser hijos de Dios. Usted ha sido tocado por Dios para enseñar sobre su obra.

El padre Santiago Alonzo permanecía en silencio, escuchando las palabras de Pedro Pablo, que eran ahogadas por el llanto que rodaba por su rostro. Dejó hablar y llorar al seminarista. Sólo le puso sus manos sobre la cabeza. Sintió una íntima alegría y una leve sonrisa se posó sobre sus labios.

— Monseñor, estoy muy feliz de recibir la gracia del Señor para servirle. Él me ha indicado el camino y estoy muy contento por hacer su voluntad.

— En este momento te has convertido en sacerdote —expresó el Monseñor—. Cuando un seminarista hace su encuentro con el Señor, es porque Él lo ha ordenado sacerdote; ahora sólo faltan las formalidades de la Iglesia, pero eres uno de los llamados por Dios para que porte, por todas partes, su Palabra. Serás un sacerdote, hijo de Dios, que es el grado más alto que puede lograr un hombre sobre la faz de la tierra. Es una gran bendición para ti y para tu familia todo lo que ha ocurrido. Llegaste como un estudiante a estas tierras y volverás a España como un hijo de Dios. Que todo sea para la gloria del Altísimo. Ahora eres otra persona, eres un elegido. Cuando Dios elige a sus hijos los dota de la sabiduría requerida para entenderse con Él y con la humanidad. Tiene la gracia y el don, ahora úsalo para gloria de Dios.

El viejo sacerdote invitó a Pedro Pablo a compartir una oración. Se hincaron frente al pequeño altar que tenía en su dormitorio. Después se levantaron y se sentaron. La lluvia seguía cayendo.

— Monseñor, quisiera pedirle un favor.

— Dime, hijo.

— La última semana que permaneceremos en Santo Domingo, porque también lo quiere Juan Javier, queremos vivirla al servicio del asilo. Ayudarle en todo el trabajo del hogar. En la limpieza, en la jardinería, en la cocina, es decir, ayudar en todo. Queremos comenzar a servirle al Señor, sirviéndoles a los que han dedicado su vida al servicio de la verdad.

El viejo sacerdote miró al seminarista. Sintió una profunda emoción. El cambio que había experimentado era muy grande. La obra se expresaba con esplendidez. Le tocó las manos y expresó:

— No hay problemas con esa petición. El próximo lunes vengan a vivir para acá, que le voy a tener lista una habitación. Tendrán que hacer las labores propias del hogar. Desde muy temprano nos levantamos para realizar el trabajo. Bueno..., los que se levantan temprano son aquellos que tienen responsabilidad, los demás permanecen acostados hasta la hora de la oración y del desayuno.

Estás iniciando tu vida sagrada. Debes tener mucho cuidado con ella. La verdad es absoluta para Dios; pero no para los hombres. Aprenderás, mucho más, con el tiempo. No podemos ser fanáticos de las leyes de Dios. Debemos cumplirlas; pero debemos hacer que se cumplan en la sociedad. El hombre común busca muchos bajaderos para sentirse cumplir con los mandatos divinos, y nosotros debemos entenderlo y tener la paciencia de conducirlo por el mejor de los caminos. Esa pureza que sientes hoy, y que te da tanta alegría, debe ser para ti y sólo para ti. Conviértete en una fortaleza del Señor y no dejes que el mundo afecte tu fe. Pero, también, esa fortaleza no puede impedir que estés en el mundo, procurando realizar la obra de Dios. Debes aprender a vivir la fe pura de tu interior con la fe relativa de los demás. Las cosas que no puedas hacer, permíteles al Señor que las concluya.

— Monseñor, deseo, muy seriamente, salir de misionero. No quiero quedarme en España como sacerdote de alguna parroquia. Quiero afrontar mi fe. Vivir para servir a los más débiles —y lo miró a los ojos con una nueva y brillante luz que le brotaba, llena de alegría.

El viejo sacerdote lo escuchaba. Sentía que la emoción le enturbiaba la razón.

— Hijo mío, el camino que has tomado no es tuyo. Desde este momento, tu voto superior es la obediencia. Sólo podemos hacer lo que nos manda el Señor. Si el Creador quiere que le sirvas desde España, entonces sírvele con amor. Si el Señor te señala para el servicio desde Roma, entonces, sírvele con amor. Si el Señor te señala para el servicio en África u otra región deprimida, pues hazlo con el amor de Dios. El fin es hacer la voluntad de Dios, no la nuestra. Tu camino, no es tu camino. Tu vida, ya no es tu vida. Eres la voluntad del Altísimo. Eres la voluntad suprema del ser. Nunca permitas que se interponga nada entre tú y el Señor. Mantén el contacto siempre y verás que todo marchará como lo deseas. La vida, la naturaleza y la voluntad de Dios tienen sus ritmos y sus reglas. Sé que estás dotado para entenderlas y comprenderlas. Camina sin temor, ya estás en el camino que te llevará a su presencia. Que nada ni nadie se interponga entre tú y tu Creador. Ese es tu mayor reto en la vida.

— Monseñor, ¿debemos hacer siempre la voluntad de la Iglesia, aun cuando no sea la voluntad de Dios? —preguntó, provocando cierto cambio en la actitud del monseñor.

Santiago Alonzo se sorprendió por la pregunta. No esperaba esa pregunta en ese momento. No había dudas de que el seminarista, aun con el encuentro que había hecho con Jesús, mantenía una opinión liberal y preservaba su rebeldía.

— El camino que has elegido es el del servicio a la obra de Dios y a los hombres. La Iglesia nunca se opondrá a que le sirvas a los hombres y a Dios. Podrás tener algunos puntos diferentes; pero siempre se hará la voluntad del Creador. Tu obra en la vida no dependerá de la Iglesia, sino de tu voluntad de realizarla. El llamado del Señor nadie lo puede obstruir. Demuéstrales a Dios y a los hombres que tu vocación es genuina y verás que nadie impedirá tu camino.

Las horas habían pasado y había llegado la hora de la despedida.

— Gracias, monseñor, por todo lo que ha hecho por mí. El próximo lunes vendré a pasarme los últimos días con ustedes en el hogar —expresó, despidiéndose.

El monseñor Santiago Alonzo se levantó y caminó hasta una mesita donde tenía una vieja cartera de cuero. La abrió y buscó un viejo y amarillento sobre. Lo limpió de un polvillo que contenía en su superficie y lo volvió a entrar, cerrando herméticamente la cartera.

— Toma esta cartera. No contiene ninguna historia. Está cerrada desde hace cincuenta años. Quiero que lo abras cuando termines tu ceremonia de ordenación como sacerdote. Nadie debe conocer la existencia de la cartera ni del sobre que contiene, ni siquiera tu confesor. Entregándote esta vieja cartera de cuero que contiene un sobre especial, te entrego la primera lectura, para cuando seas sacerdote. Si lo abres antes del día indicado, de nada te servirá y sólo te ocasionará tristeza. Si lo abres siguiendo las indicaciones, entonces, será de grandes bendiciones.

Pedro Pablo tomó la vieja cartera de cuero, con cierto temor en las manos. Después el monseñor Santiago Alonzo le entregó una pequeña llave que abría la cartera de cuero para que preservara el secreto que guardaba el documento. Lo guardó cuidadosamente y se despidió del viejo sacerdote. Una extraña sensación sentía por la posesión del enigmático documento.

CAPITULO IV

La hora de la última oración había terminado y el padre Santiago Alonzo se disponía a recrearse en una cómoda mecedora, ubicada en la terraza de la vivienda que ocupaba en el recinto del asilo de ancianos. La mayoría de los ancianos habían cenado y ya estaban en sus dormitorios. En el lugar se respiraba un ambiente de paz. El silencio envolvía todo el espacio. La mecedora se balanceaba con la velocidad de una tortuga.

El padre Santiago escuchó los pasos de alguien que se acercaba hasta la terraza. Despertó de sus pensamientos y miró al que llegaba. Se sorprendió con la presencia del recién llegado.

— ¿Qué haces tan tarde, por estos lugares? Creí que habíamos convenido que vinieran el próximo lunes —expresó Santiago, dándole la bienvenida a Juan Javier, quien se inclinaba para el saludo ceremonial.

— Necesito hablar con usted, monseñor.

— Siéntate, hijo —ordenó el Monseñor de las Historias.

La noche llenaba de oscuridad el recinto religioso. El bosque, apenas alumbrado por algunos faroles, parecía un lugar solitario. Santiago, vestido con su sotana negra, contempló a Juan Javier, con extrañeza.

Juan Javier, de tez blanca y seis pies de estatura, se dobló para acomodarse en la mecedora que estaba en el frente de la del Monseñor. Su pelo, perfectamente peinado, parecía con un toque de vaselina, por el brillo que reflejaba. Su camisa blanca y sus pantalones negros de marca, lo mostraban con el porte de un actor de cine.

— Monseñor, usted sabe, que hablamos de mi decisión de separarme de la Iglesia.

— Como no, lo recuerdo muy bien —afirmó el sacerdote, incrustando su mirada en los ojos de su contertulio, para conocer la razón de la vista.

— No le voy a tomar mucho de su tiempo. Sé que éstas son horas de descanso.

— No te preocupes, hijo, habla —dijo con palabras suaves y en tono bajo.

— He decidido continuar con mi vida de seminarista y quiero ordenarme como sacerdote. He reflexionado las lecturas de las historias y las cosas del mundo y creo que mi camino es el servicio al Padre. Le confieso, monseñor, que al principio creía que las lecturas sólo eran cuentos con sentido moral y religioso, pero con el tiempo y con nuevas lecturas he descubierto un enorme caudal de conocimiento y sabiduría. Las lecturas me han llevado a leer la Biblia con un sentido de mayor profundidad y creo haber encontrado la verdadera opción del Señor. Hablé con el padre Juan, de la parroquia de Nuestra Señora de la Divina Providencia, para pedirle perdón por los malestares que le produje y para solicitarle consejo, y he reconocido que estaba en el camino equivocado. Siento una paz muy especial en mi vida. Los días previos, los nervios y las dudas me estaban matando.

El sacerdote se mantuvo en silencio. El joven vocinglero y alegre parecía que había cambiado su actitud. Observó que el seminarista traía consigo un paquete de las historias que le había enviado y que las conservaba junto a su Biblia.

— ¿Tú estás convencido de lo que estás hablando? —preguntó mirándolo fijamente a los ojos.

— Sí, monseñor. Estoy muy convencido. Durante estos días, antes de venir aquí, he hecho penitencia para buscar la ayuda de Dios. He orado mucho y he llevado una vida de absoluto apego a las normas de la Iglesia. Además, siento que mi vida ha hecho un cambio, después de mi convencimiento. Hasta ahora, la decisión de entrar al seminario fue de mi madre y de mi padre; pero ahora, la decisión de ser sacerdote no es de ellos, es sólo mía y nada más que mía. Sé que el Señor me ha llamado a su servicio y ha llenado mi corazón de felicidad. No entendía, hasta ahora, el gozo que se siente estar con la presencia de Dios. Es algo extraordinario que todas las personas deberían vivirla.

— No será algo pasajero, para luego volver a otro sentido del camino —reprochó.

—Monseñor, si fuera pasajero, me hubiese pasado antes. Además, lo que siento en mi corazón es algo muy grande. Después de releer las historias y leer las que usted les ha enviado a Pedro Pablo, tengo absoluta claridad de lo que quiero hacer con mi vida. Nunca me había sentido religioso, como ahora. El que estudia bien sus lecturas, estoy seguro de que encuentra el camino del Señor. Las historias son continuación de las lecturas del Nuevo Testamento. El que se guía por ellas, llega hasta la presencia de Dios. "Conoceréis la verdad y la verdad, os hará libre". Para conocer la verdad no es solamente leerlas. Es menester que el Señor té de la sabiduría para descifrarla. Sólo con el ejercicio de las lecturas de sus historias he podido alcanzar la verdad. El que sigue, con devoción, fe y entendimiento las lecturas, seguro que conocerá la verdad.

— ¿Por qué no habías venido a darme la noticia hasta ahora? —se lamentó el religioso, sonriendo complacidamente.

— Quería probarme que había llegado al camino. Usted conoce y sabe cómo es el comportamiento del ser humano y podía inducirme. Yo quería llegar al Señor por mis propios pies. Las lecturas debían llevarme al camino. Cuando usted no esté en el mundo, esas lecturas, también llevarán a otros al camino del bien. Ellas se bastan por sí mismos. No fue un desprecio, monseñor, fue la prueba de que usted siempre ha estado por el camino correcto, y las historias no son suyas sino de una inspiración divina.

— Has hecho muy bien. Cuando leía los comentarios que me enviaban de las lecturas de las historias sentía que ellas no hacían su trabajo. Llegó un momento que creí que el método, inventado por el mismo Dios, no tendría resultado en esta época. Pero con lo que me has dicho, compruebo que el plan de Dios es para todas las épocas y para todas las personas. A pesar de los demonios modernos, Dios nos provee un plan para nuestras vidas, y eso es lo más importante.

—Las historias que el Señor le ha inspirado, después de la Biblia, es el mensaje divino más directo que ha llegado al hombre. Las historias son la continuación de la palabra de Dios.

El sacerdote miró con verdadera satisfacción al seminarista. Frente a sí tenía la obra mayor que había hecho en la tierra. Aquel joven estudiante de religión, después de sufrir algunos traumas, había encontrado la sabiduría para entender el mensaje divino. Una alegría le invadió el corazón. Acarició la portada de la Biblia que descansaba en una pequeña mesa.

— Me alegro de que hayas encontrado el camino del Señor. La sabiduría, no es sólo entender el mensaje divino, sino entender el trabajo pastoral. La sabiduría de un sacerdote no está en explicar el mensaje eterno, sino que está en hacerse partícipe en la solución de los problemas de las gentes, sin perder de vista su esencia religiosa. Si conoces la verdad y no la puedes transmitir, sólo se salva a uno, que es a ti; pero si conoces la verdad y puedes hacérsela ver a los demás, entonces, estás dotado de la sabiduría divina.

Un sacerdote puede ser salvo y no ser un servidor de Dios. Un sacerdote puede ser, técnicamente, perfecto para la celebración del rito religioso. Eso no lo hace ser un mensajero de Dios. Para un sacerdote ser mensajero de Dios debe tener un encuentro con Jesús y sentir la presencia de Dios en su vida.

— Monseñor, he comenzado el camino. Ahora me toca a mí definir la solución de cada uno de los asuntos que me trae el camino. Tendré pocas flores y muchas espinas; pero tendré la presencia de

Dios, y eso es lo más importante. Nada será superior a la fuerza de Dios y yo estoy dispuesto a hacer su voluntad.

La noche se escondía en las horas del reloj. Juan Javier miró su reloj y entonces, solicitó el permiso para retirarse. El padre Santiago lo complació.

— Quiero servirle al asilo, como Pedro Pablo, para comenzar mi verdadero encuentro con Dios desde este lugar sagrado. Estoy muy feliz de habérmelo encontrado en el camino, monseñor. Si no lo encuentro a usted, seguro que estuviera en otro camino. El Señor sabe cómo hacer sus cosas. Nos veremos el próximo lunes en el hogar. Nunca tendré con qué agradecerles su ayuda.

El joven caminó hasta la salida. El monseñor Santiago lo observó marcharse con una inmensa alegría. Levantó el rostro y las manos juntas hacia el cielo, y exclamó:

— ¡Gracias, Señor, que siempre se haga tu voluntad; nunca la mía!

CAPITULO V

Epilogo

Después del regreso de los seminaristas a España, la salud del monseñor Santiago Alonzo se deterioró. El informe de las actitudes de los estudiantes fue enviado con aprobación. En pocos meses los dos seminaristas se ordenaron sacerdote.

PEDRO PABLO ZAMBRANO:

Pedro Pablo, después de ordenarse sacerdote, abrió el sobre que contenía el documento que le entregó el Monseñor de las historias. Cuando lo abrió encontró el misterio de las historias y un instructivo de cómo conservar el poder de continuar el método de enseñanza, iniciado por Jesús. Durante dos días estudió los manuscritos pormenorizadamente. Cuando estuvo listo para emprender el camino que le trazaba el documento, llamó, desde España, al monseñor Santiago Alonzo, en Santo Domingo, para pedirle las últimas explicaciones sobre Las Historias. En el hogar de ancianos le informaron que el Monseñor había muerto el mismo día que él se ordenaba de sacerdote.

La Orden de Los Predicadores, Dominicos, envió a Pedro Pablo a ejercer su apostolado en Zaire, en el continente africano. Durante muchos años permaneció trabajando con los pobladores más pobres y excluidos de la sociedad. Fundó un seminario para predicadores de los pobres. Sólo regresó una vez a Santo Domingo, para celebrar las bodas de Rocío del Carmen y para visitar al asilo de ancianos sacerdotes. Después de muchos años de trabajo pastoral fue designado, por el superior de la Orden, como orientador especial de jóvenes seminaristas con problemas de fe y de adaptación. Impuso el método que le legó el monseñor Santiago Alonzo. El Vaticano le dio la categoría de Monseñor y, también fue llamado, "El Monseñor de las Historias".

El monseñor Pedro Pablo Zambrano expandió las historias en todos los seminarios vocacionales de la Iglesia y lo llevó hasta el seno del pueblo cristiano. Muchos predicadores asumieron las historias y fue convertida en parte del trabajo con los feligreses con problemas. El documento entregado por el monseñor Santiago Alonzo ha permanecido en secreto absoluto. Se cuenta que el misterio fue dado por el mismo Dios al "Monseñor de las historias" con el compromiso de que Él, el mismo Dios, le señalaría a la persona que debía entregar el secreto para preservar en su poder el poderoso documento y darle continuidad.

Monseñor Pedro Pablo tiene en la actualidad noventa años y está retirado en un monasterio de España. No se conoce si le ha entregado el misterio a otro religioso. El monseñor tiene diez años ciego y sólo recibe a un seminarista cada año. Su labor pastoral fue fructífera y de gran bendición para los pueblos donde estuvo trabajando.

El Señor ha señalado a un sacerdote, para cada época, para que escriba "las historias divinas" de cada tiempo que vive el hombre. Como sucedió con Jesús, muchos no las entienden, pero con el tiempo llegaron a la conclusión de que sólo pueden ser escritas por las manos del mismo Dios. En algunos pueblos de África, por donde ejerció su apostolado el monseñor Pedro Pablo Zambrano, los pobladores le llaman Dios.

JUAN JAVIER SALAZAR:

Se ordenó sacerdote en la misma ceremonia que lo hizo Pedro Pablo, con quien mantuvo una gran amistad durante toda su vida. Fue enviado, por los superiores de la Orden, como predicador a la República Socialista de Vietnam, en el continente asiático. Durante veinte años ejerció su ministerio clandestino. La religión está prohibida en ese país. Fue perseguido y encarcelado. Sobrevivió a muchas situaciones de peligro para su vida. Su apostolado fue de gran bendición para los pueblos asiáticos. Su fama se propagó por todos los continentes. Al final de sus días fundó una nueva Orden: Los Predicadores Clandestinos.

Nunca regresó a Santo Domingo. Su vida la consagró a predicar la verdad en el país comunista. Tiene un seminario, donde prepara los sacerdotes para la fe en Vietnam, y la docencia la imparten en diferentes cuevas y lugares secretos. Sólo el Papa conoce del trabajo realizado por el padre Juan Javier, quien fue designado como Monseñor. Desarrolló nuevas técnicas para la propagación de la fe, en la cual entraban los comunistas y otras denominaciones, que en el principio eran ateos. Aun cuando es clandestina la Iglesia y el trabajo pastoral, se sabe que una gran población del país comunista es cristiana militante.

El monseñor Juan Javier Zambrano fue designado Obispo de una diócesis clandestina en Vietnam. Su misión ha sido tan extraordinaria que se le conoce como el Papa de la Iglesia en peligro. Nunca regresó a España. Tiene en la actualidad noventa y dos años y sigue dirigiendo su Orden y el Obispado que tiene asignado.

Con la ayuda del monseñor Pedro Pablo, utilizó las historias del monseñor Santiago Alonzo y obtuvo grandes logros. Las historias le permitieron enseñar el evangelio sin poner en peligro la vida de los feligreses. Las técnicas del método de las historias fueron convertidas en historias orales que se iban contando de familia en familia y a medida que la escuchaban se iban convirtiendo al cristianismo.

El trabajo realizado por el monseñor Juan Javier ha sido tan extraordinario que el Vaticano ha considerado que ha llevado una vida de santo.

Juntamente con el monseñor Pedro Pablo han elevado una instancia al Sumo Pontífice de la Iglesia fundada por Jesucristo para que "El Monseñor de las Historias" sea elevado a Santo. Ellos han definido que el milagro mayor realizado por el monseñor Santiago Alonzo es la vida que ellos han llevado. Sólo Dios, usando como instrumento a un hombre santo, podía lograr el milagro en las vidas de ellos. Ese documento está en estudio.

FIN

Printed in the United States
By Bookmasters